"十四五"全区大学生学科竞赛项目·宁夏大学生原创文学大赛

NINGXIA DAXUESHENG YUANCHUANG WENXUE DASAI
HUOJIANG ZUOPINJI · 2022 JUAN

宁夏大学生原创文学大赛获奖作品集

2022卷

宁 夏 大 学 生 原 创 文 学 基 地 编
《宁夏大学生原创文学大赛获奖作品集·2022卷》编委会

黄河出版传媒集团
阳 光 出 版 社

图书在版编目（CIP）数据

宁夏大学生原创文学大赛获奖作品集. 2022卷 / 宁夏大学生原创文学基地"宁夏大学生原创文学大赛获奖作品集·2022卷"编委会编. —— 银川 : 阳光出版社,2023.4

ISBN 978-7-5525-6776-2

Ⅰ. ①宁… Ⅱ. ①宁… Ⅲ. ①中国文学 – 当代文学 – 作品综合集 Ⅳ. ①I217.1

中国国家版本馆CIP数据核字（2023）第064087号

宁夏大学生原创文学大赛获奖作品集·2022卷

宁夏大学生原创文学基地 "宁夏大学生原创文学大赛获奖作品集·2022卷" 编委会　编

责任编辑　杨　皎
封面设计　石　磊
责任印制　岳建宁

黄河出版传媒集团　阳　光　出　版　社　出版发行

出 版 人　薛文斌
地　　址　宁夏银川市北京东路139号出版大厦 （750001）
网　　址　http://www.ygchbs.com
网上书店　http://shop129132959.taobao.com
电子信箱　yangguangchubanshe@163.com
邮购电话　0951–5047283
经　　销　全国新华书店
印刷装订　宁夏银报智能印刷科技有限公司
印刷委托书号　（宁）0025855

开　　本　710 mm×1000 mm　1/16
印　　张　18.75
字　　数　300千字
版　　次　2023年4月第1版
印　　次　2023年5月第1次印刷
书　　号　ISBN 978-7-5525-6776-2
定　　价　48.00元

目　录

诗　歌

散　文

小　说

其　他

诗

歌

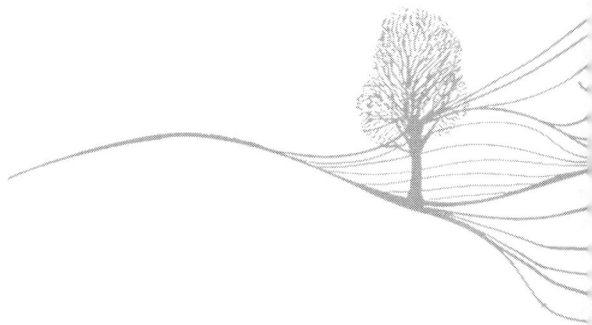

在孤独的城市（组诗）

马 飞

阿里早餐店：孤独从匆忙的陌生开始

寒气被四周的绿植挤出来

早起的人吞下，又承受不住地吐出

九月来了

城市受不住秋天

不如乡下——

麦子、玉米温暖地长在田里

散着光芒

我们脆弱如城市，容易死去

我们又不愿像麦子、玉米一样

聚在一起，散着金光

只在寒冷的清晨，匆忙地

走进这家早餐店

坐下，饱餐自己的饥寒

匆忙又陌生

102 路公交车：一天中最惬意的时光

眼睛从公交车窗向外

一处陌生的公园里

林中小路，向着寂静和神秘

延伸……

短暂的一瞬

我在那里散步，但我知道

接下来许多个小时的忙碌

我都将在那里散步

"在看什么？"

你靠着我的肩膀，问我

我看到你迎面从小路跑来

我说：一天中最惬意的时光

大世界商务广场：向日葵开在城市的阴影里

当我下车时，我望见向日葵低着头

站在两座高楼的面前

她们失去了太阳，不幸的花儿

被困在城市的阴影里

向巨大事物的恐惧低头

但是——

低着头，并不缩起花瓣表露恐惧

她们开在城市的阴影里

她们反抗，为了短暂的日出日落

为了短暂的幸福，我们反抗

我们开在生活的阴影里

中山公园：鸽子困在五元的饲料盒里

去中山公园，你总能走到鸽子广场

所有的路都把你引向那里

你在那里看到鸽子和自己。

一地安逸的胖鸽子，收起翅膀

它们走路。拿饲料盒的游人手张开

它们疾跑。

天空高不可及，无用的翅膀

饿了就进饲料盒，吃饱

就进笼子。

不必想天空和翅膀的联系

在饲料盒里长肉。它们走路

云的风险不会进入梦中。

眼镜烧烤店：我们的酒杯叮叮当当

我们的酒杯叮叮当当

现实理想不断撞杯。

敬苦难！

幸福醉倒一旁

我们的酒杯叮叮当当

爱情倒满又喝空。

再续杯！

婚姻醉倒一旁

我们的酒杯叮叮当当

骰盅打开又合上。

罚三杯！

理智醉倒一旁

我们的酒杯叮叮当当

我们的身体摇摇晃晃

生活啊！

让我们醉倒一旁

玫瑰公园广场：死亡的夜晚来临，不停地舞！舞！舞！

生的世界随西边的太阳极速坠落

死亡的夜晚来临，恐惧把他们赶到这里

四周的树开始露出凶恶的本相：

地狱的卫士，死亡的执行者

热的大地变冷

然后又变为恐怖的炼狱

外面的世界被大树隔绝，汽车驶过

广场中寂静无声

急躁、恐惧从四面逼近

这些年龄摆向死亡的人

打开音响，古老的唤神之舞在广场重现

生命在音乐和舞蹈中再度复活

舞！舞！舞！

在一亿双冷峻之眼的注视下

为了生命舞蹈！

直到死亡怯懦地退去

月亮从东边升上来

怀远夜市：饮下五色的灯光我们难受得无法入睡

夜市的餐车五点以后睁开眼睛
厨子们备好食材，我们的饥饿游荡上街
孤独、无聊或是饥饿的另一个
拧开燃气烧制晚霞的火焰，直到
黑夜熟透。

提供免费饮品，五色的诱惑
盛在同一款玻璃杯中。我们

饮下五色的灯光嚼碎玻璃
我们哀号，我们填饱饥饿
胃液翻滚，玻璃刺穿我们的思想。

该是睡觉的夜晚
床舒适地放下我们。

我们难受得无法入睡。

秋日信札：回家的希望在时间之土深埋

一整个夜晚凝成草露，将要滴下
彻夜难眠。

——担心我们的土地。

母亲新种下的菠菜、芹菜
从众多的希望中发芽。

回家也是那众多希望中的一个
可它在时间的土里深埋。

——担心我们的土地。

西北风啃食草地，不停咀嚼
彻夜难眠。

作者简介

　　马飞：宁夏大学文学院2019级汉语言文学专业（教师教育）（1）班学生。喜欢写诗、小说。有作品见于《银川日报》等刊物，曾获得2021年宁夏大学生原创文学大赛诗歌组三等奖。

纸上新疆（散文诗）

党锐强

一

苍天为大——

我情不自禁去附身膜拜的圣灵。

和至高无上的神灵做比，足下的大地是多么的普通。连同我的身躯一道匍匐的还有那略显苍白无力的言语，轻轻地将附着的魂魄捎递给苍穹去核验。不知能否窥看地道，那轻轻漫漫的灵魂如浮云似彩霞，饰缀着这辽阔的空域。

天地中间，安卧着被牛羊马匹背负的新疆。

每一块葱绿之地都靠近新疆的心房，它们拥有瑰丽斑斓的裙衫，我随便择一块便能恣意描摹成心中的世外桃源。

只是，游人如织，却怎么也刻写不了内心的诗情，那份浪漫太过庞杂。

二

再来絮叨上天馈赠的语言。

倘若生命没有语言的辅助，人就如同戈壁荒原的孤石，在辽远而神秘的自由里独处，只能眼巴巴地偷听各种声响。

再向时空深处窥探，也许还可寻得到岁月掩藏下的血腥和征战。我的生命尚停滞于那不知何故引发的械斗的开端，尘沙雪霜不经意溅染了我光滑的衣衫。

或许，我们所遗失的，正是将来我们心心念念而追寻的。

被锈迹斑斑的物事所附着的，有杂草、有尘沙，也有英雄的尸骨。被掩埋的时光最容易忘记，我却担心忘却。然而，我们最应该忘却的则是自己。

牢记荣光，更需铭刻耻辱。我们所依仗的不过是父辈恩泽或福荫。只不过，这一切在时光面前似乎都隐匿不见。试问：我们所剩几何，还可倚仗何物？

稍得闲散，细细品悟自己胆汁的苦涩，认真凝视一番血脉偾张吧。有心之人，请务必亲尝锥心之痛，让这痛生生世世铭刻于心。

三

酒醉不知归路，行行漫漫间，我误入莹莹白光之处。

这光，清冷，隐有彻骨寒气。此时的天地，尽皆如此。光照不到的地方，略显昏暗，正好藏匿个人最见不得人的秘密。有些许人，极尽苦心去揣度、窥探，试图揭开暗藏的玄机或隐秘。

其实，大可不必。莹莹白白最终都将消匿，天地都将被黑暗或光芒吞噬。

清风，也只有在轻轻拂掠的山风，才能察觉莹白之光随风摇曳的命运。

四

一人，一灯，遨游在瀚海时空，回味时代之音。

在古籍中探秘，破解一段段尘封的历史，我尽可能让那遭受囚禁之苦的灵魂能回归自由。

于是，提及了新疆无可比拟的蓝色空域，凌空展翅、恣意翱翔的鹰隼。还有那洁白如雪的云朵，身轻似燕地摇曳或徘徊，在旷远深邃的时空永恒地守候。

我敢断言，新疆的云朵都自带灵魂，和其他生命一样都被赋予了使命。

其实，新疆的太阳、月亮、浩繁星辰何尝不是如此？

它们以翱翔之姿，极力诠释着自由，将生命引向一个又一个无法企及的高度。

可是，平凡如我，只能附身膜拜，引颈探寻天空的高度。

五

不够，远远不够。再远一点吧，一直到天山的源头，到怀揣天池的西域，到靠近身系那拉提的伊犁河谷，到拥抱高山雪水的塔里木盆地，它们都和天山息息相关，它们都孕诞于神奇富饶的西域大地，属于新疆延绵不断的香火。如同一把密钥，将新疆轻轻开启……

我颤颤巍巍，抖索着双手续写出一段又一段诗意。

其中还必须填写一只果敢坚毅的雪狼，护佑新疆。当然，我会毫不吝啬地舍弃那平淡无奇的植株、毫无特征的山川。我会极尽笔墨，描摹这里的西域风物。

我还想把那平凡却不可或缺的羊群写进去。

是的，羊群如雪般圣洁。我想问：雪白覆裹下的肌里是否也洁白如雪？

六

我轻轻摊开一卷白纸，眼过处，山川隆起，河流漫过，野草疯长。不一会儿，时时可闻鸟语花香，处处可见莺歌燕舞。

当然，眸之所及便可触及绵延不绝的天山。那山巅，娇羞坚毅的雪莲花依然迎风而立。

噢，我知道了，雪莲向上的地方就是天山。而天山，永远横亘在新疆。

作者简介

党锐强：宁夏医科大学2020级公共卫生专业学生。作品散见于《散文诗世界》《诗选刊》《天津文学》等杂志。

带给远方（节选）

曹梦牵

要把什么带给远方

作为信物？还是礼物？

我探索山林采下一枝桃花

在池水中注入无尽的思念

凝视它生长

它却在夜里凋萎在第二天腐烂

我拿什么带去远方

灌注思绪？还是泪水？

我翻寻住处拾得一块玉石

在窗棂下同化忧愁的夜色

幻想它破碎

它在月光下走失还存在过去

我把什么送去远方

写满祝福？还是告别？

我走进溪水飘来一叶羽毛

在水花中沉浮轻盈的跳动

希望它永恒

又随着水波飘摇走向远方

我用什么送别远方

秋的清愁？海的相思？

我乘着悠悠过往走向远方

在钟声里化作回荡的音波

那是我的信使

替我将那一片洒满月光的羽毛

带给远方

语出戴望舒《烦忧》

杀死那片虚无

那片虚无缥缈的烟

又出现在我面前

朝我挥手

它打算把我缠绕隔绝外界

开启崭新的世界

是火焰散发的热度

江河湖海都化成蒸汽

被研磨的云

雪花填充的空白

一片虚无缥缈的烟

游离在烟囱

我该如何逃离

它带我去崭新的世界

没有高楼林立

烟雾不会限制我的方向

迈出的每一步都是尽头

那片虚无缥缈的烟

和我形影不离

我要化作它的影子

融入这片崭新的世界

杀死那片虚无

作者简介

　　曹梦牵：宁夏大学教育学院2019级应用心理学（教师教育心理健康）学生。

柴柴鱼的梦（组诗）（节选）

虎博文

未完成的思索

执笔，躲在偏房一隅听雨

藏在雨滴里的秦淮河波涛汹涌

象牙塔锁住我的思绪，无法呼吸

指尖战栗，笔尖在纸上斜斜奔走

广阔的江湖诞生了新宿主

一切都是进行时，哀叹裹挟河鱼逃离了

思绪在发芽，故事在延续

背离云的风忘记了行径

沉沦在半潭清水中

摆脱现实与幻灭的斟酌

我忘记笔尖触痛

化作一泓听雨的泉

柴柴鱼的梦

无端在清醒与恍惚间徘徊

独自闯入现实与梦幻

错落有致的房檐下藏着我最珍贵

最宝贵的青春

不去祈祷幻化成一只会飞的柴柴鱼

带着不会飞的你一起旅行

让时间的节点停顿在

最原始的时刻

赋予生命以新的生命

最自然最释怀　相交织

狠狠砸在　虚无的幻境边缘

一切的一切

塑造最纯真的理想

作者简介

　　虎博文：宁夏大学博雅书院2019级汉语言文学（文秘）专业学生。

诗两首（节选）

贾雨晴

一 厨 房

大钟的第十二声还没响　奶奶

老房子什么也没说

聚和散手牵着手

背靠着背　肩膀扶着肩膀

你把那些都照单全收　关进冰箱

咂着嘴假寐的犬儿

把毛线团压在肚皮下

簸箕里睁开一朵狡黠

你给我盖上毛毯　掖住

穿堂风和谎言　奶奶

柴火堆、煤堆和雪堆都很好闻

我知道醒来之后

心里的安宁也熟透了

爱就会翻动它金黄的两面

二 墓 园

我已经想不起来：

朔日望日如何点燃（或焙烧）

手里的灯

野核桃、野酸枣

故乡在他处。树树山山

山山树树，等待着火。焙烧或煎熬

两个人间的信件。系以红色丝带

提笔写些：灰烬、红尘、黑发人

六月大雨里的一场夜来幽梦

我被时间拒之以墓园门外。漫山遍野

作者简介

　　贾雨晴：宁夏大学文学院2020级汉语言文学专业研究生，山东省烟台市芝罘区作协成员，曾在《南方文学》《烟台日报》等刊物发表作品。

深夜行（外一首）（节选）

屈金钱

深邃的夜晚。走在它的肠道里
我闻到了草腥，以及反抗着的
一片蛙鸣。
还能遇见什么拾起什么
那些熟悉的物什

不能停留，
那将使我的落寞和灿若星月的梦
——融化
往前走
一直往前走
相信会遇到发光的灯草
那将是我走向中年的出口

一口镰

父辈们在割倒

大片大片的麦子和日月后

腰就拾不起了

眼里的绿草也枯黄了

在拔节抽穗中，我渐渐明白

他们迟早会睡进那片庄稼地

像割倒的一颗麦。成熟落穗

这一切的一切

都是在喂养一口新镰

作者简介

屈金钱：宁夏大学文学院 2020 级汉语言文学（教师教育）专业学生。

北方手记（组诗）（节选）

任馨怡

一

风轻轻撼动我的叶

栖息在叶上的光，掉落在地上

开不出明艳的花

结不出甘甜的果

你是它们之中最普通的那一棵

等待

等待是靠近夕阳的云彩

是旧去新来　是风云变幻

是我只剩枯萎的手掌

也要在这片土地上留下一份凄凉

二

迷路的孩子喜欢在梦里哭泣

在暴风雨来临之前

晴雨不定的季节会被情绪肢解

因为你不是诗人

意志会在白昼消沉

纯真善良的星星会拯救灵魂

不要让夜迷失了眼

继续为星星点头吧

直到看不见梦魇

三

无尽浩瀚的宇宙苍穹之下

我是长有羽毛的巨人

携带着天空的阳光和美好

在朝圣日，降落人间

一片羽毛落到苦难的老人面前

飘落到学步的幼孩脚踝

他们拾起，放入心中

慢慢老去，慢慢长大

四

啄木鸟在我心脏凿了一个洞

里面塞满我见证的所有春夏秋冬

五

祈祷着

你把我解救

用你掌心的温度

熨平我的褶皱

六

目光所及

未曾见过你

啊！原来你也是一棵树

摇曳着姿态等待着自己的旅人

如果我也是一位休憩的旅人

哪一棵树在为我驻足

哪一棵树能否为我驻足

我走出泥土

消失在叶重叠的剪影

七

云不寂寞

树不沉默

八

橙色的云朵被恶魔雕琢

变脸的男人守着衰败的帝国

乘船的北方女子轻轻飘过

红色的深夜

语言是杀人的剑火

无人能往潮水躲

别躲

一起跳进九曲黄河

九

细雨飘摇，白日点灯

拉严阳台与客厅交接的纱帘

季节四之有三它琴页折叠

哑白，消融于墙壁

柜门与光线，洁白平整覆压寂静隔绝

寒气紧贴窗户

举着亿万倍放大镜

凝视这片迷蒙又安静的雪原

悬在玻璃上的泪痕迟缓清白

我们谢绝冬天，除非听闻有雪

作者简介

　　任馨怡：宁夏理工学院机械工程学院机电一体化专业学生，作品见《贺兰山》《华原》《宁夏文艺家》等。

太阳所照耀着的（组诗）（节选）

石宇阳

照耀我的是太阳

照耀着我的是太阳
是一个逆来顺受的老人

父亲的皮肤在小河里闪烁着铜色的光芒
其实他也不过是一个郁郁不得志的男人
村子里他是最有出息的那个

现在我坐在椅子上
吞咽着满是盐巴的面包
一个满是遗憾的童年
和两个辛劳了一辈子的老人

银子打造的戒指，我的故乡

命运多舛的女儿

远嫁他乡，家庭的外来者

很多时候我都在痛恨我的无力

人类几千年的落寞

我双眸中跳动的烛火

年迈的老马仍在奔波劳碌

背上驮着的是水，是小麦，是生活

现在我也学会了沉默

为了生存，为了不会是一把被折断的刀

为了他们羞于谈及的金钱

大厦将倾之前我们都是驻足的行人

星星坠向北方的大海

我希望我的太阳依旧闪耀

希望我们再次举起酒杯的时代

不再有瘟疫，饥荒和战争

如果我的一生注定短暂

那我希望在某一刻可以像太阳那样耀眼

就像我的名字一样

我的父亲所希望的那样

众生，或追逐太阳的人

告诉我，太阳是什么颜色

也许我曾短暂地拥有过太阳

但太阳灼伤了我直视它的双目

在人间流浪

众生是河流里的沙石

随着河流起起伏伏

是锻钢时四溅的火星

不断消逝又不断迸发

有时我忘记自己也是其中一粒尘埃

众生难辨人我也难逃人我

无数的遗憾填满了人生

我们这短暂的一生都在追逐太阳

即使我失去了我的太阳

你也不该为我落泪

冰川反射阳光刺痛我双眼的瞬间

我一生难忘的瞬间

有些问题无解

你在高山的岩石上如哲人般思考

长生天只是沉默不语

那面以太阳为图腾的战旗猎猎作响

一千只慧眼，一千枚纽扣

一千杆长枪，一千把枷锁

众生身着战袍高呼岱逊腾格里之名

众生聪慧，众生愚昧

你畏惧自己的欲望又为何追求自在

我用一生痛哭

为无法追逐的太阳

为和我一同扑向火光的众生

哀莫大于心不死

双目失明后，我终于看清了你的模样

我的太阳

作者简介

　　石宇阳：宁夏理工学院文学与艺术学院汉语言文学专业大二学生，宁夏作家协会成员。2016年开始创作诗歌，曾获2021年宁夏大学生原创文学大赛三等奖。

散

文

父亲的六个核桃

李 霞

　　往事在谈笑中云蒸霞蔚。而在当时，父亲和我，一个愁眉不展，一个惴惴不安。当时何时？ 2019年夏。往事缱绻，葳蕤生香，宛如一缕阳光，斑驳心间绿荫。也是夏天，只不过，时间已来到2022年。

一

　　父亲又一次专程送我去银川，仍是在夏末。

　　六年前的此时，父亲第一次开车送我。那时，高中入学，新一阶段的求学之路刚刚开启。直到现在，我依然记得那段并不闪亮的青春岁月。思绪像拉扯成开的棉花，丝丝绕绕，难舍难分。

　　入校后，一切都安排罢，父亲又是好一阵叮咛与嘱咐。至夕阳洒落，只剩三两家长现身校园，父亲才悠悠起身，计划原路返回。我送他到校门口，准备挥手说再见时，父亲猛然间想起了什么，手连拍着脑袋，忙说："我就感觉还有个啥东西没买呢"，便转身向马路另一侧的超市奔去。

　　我疑惑地左顾右盼着，未猜透父亲的忽然发现。不一会儿，透过路面上行驶车辆的空隙，我看见父亲携着六个核桃，左手一箱，右手两罐，出了超市，径直向我走来。

六个核桃？

当熟悉的包装再次映入眼帘，瞬间引爆整个回忆。初三时，有一回模拟考试刚结束，父亲又来学校向班主任了解我的学习情况。自此之后，父亲就一箱一箱地往回买六个核桃，叮嘱我饭后必喝。

中国人常说以形补形，看核桃仁长得像脑仁，就说会补脑，父亲对此深以为然。周末他盯着我喝完定量后，还要让我多喝一点，然后给我打气："喝得多肯定补得快"。我复习到晚上时，父亲总会在睡完一觉后，跑到我屋，往书桌顺次放上五罐，又说道："都半夜了，别熬了。等会把它装到书包里，明天走学校时带上。"

有一次，周末回到家，我问父亲："怎么突然这么重视让我喝六个核桃了？"

父亲仍是惯常动作，从箱子里一罐又一罐地往出取，看见书包便往进塞，边塞边说："上次和你们班主任谈话，罢了，给我建议让你多喝补脑牛奶。"

原来如此。

父亲一直小心翼翼地践行着每周一提醒，生怕哪次自己忘了督促会影响我考试发挥。我又问父亲："为什么不买其他牌子的呢？"

"核桃是植物界里的'唐僧肉'，营养价值高。经常用脑，就得多喝六个核桃。"父亲打广告般地说完了一串。我再没多问，也再没多说什么，只在心里暗暗告诉自己，"一定要争一口气，决不负六个核桃。"

我是从何时开始与父亲这样毫无芥蒂地大胆交谈的呢？细细想来，是在我上了中学之后。

我的小学生活以四年级为界，可分为前半段和后半段。小学前半段，我是在父母的注视下慢慢成长的，在他们的眼睛里一点一点地长高。

有一回，放学后我没回家。父亲动了怒，拿着棍子佯装要揍我，想让我长记性。尽管最后没挨上打，但从那之后，我总觉得一不小心就会真挨打。因此，我开始有意和父亲保持着距离，谨防受到他的棍棒教育。

我依旧记得，那是八岁的冬天，一日，天降大雪，并伴有大风。那时，村子里全是土路，狭窄崎岖且不平整，每遇雨雪，极其难行。一连几次，都有同学滑倒受伤，严重者一两个月无法到校学习。后来，考虑到路难走、学生小、家长忙不便接送的问题，凡是逢见大雨大雪大风的恶劣天气，学校总会放假，少则半天，多则一两天。落下的课程，学校又总能想办法补上，有时延迟放学，有时利用周末。

又因天气之故，学校放了一个悠哉又惬意的下午假。中午放学出校门后，我直接去了同学家，直至晚上七点才想起回家。我完全忘记了父亲"放学按时回家"的叮咛，也丝毫不知道父亲见不到我会抓狂到想揍人。

玩时贪恋不想回，回时又战战兢兢。我畏首畏尾地往回走着，到家后，我悄悄地伏在门上，透过门缝观察父亲的情绪与动向，以期有可乘之机偷偷溜进去，然后撒娇卖萌求原谅，再保证绝对不会有下次。

可是，当虚掩着的门轻轻被我一碰，大风便猛地将它开大，父亲就气冲冲地朝着门走来了。他愤怒的表情就像被砸扁的核桃，只要再稍稍一用力，就会"嘎嘣"一声，爆碎整间屋子。我从未见过父亲怒目圆睁的样子，脱落严重的头发突然都根根立起。我见此势转身就跑，但又不得不三步一回头地来判断我的安全系数。父亲出门后，顺手就拎起房门旁立着的橡子似的粗棍，疾步向我追来。我开始边跑边哭，声音越哭越大，渴望有人出来救我。

我正准备歇斯底里地呼喊时，奶奶迎出门来，一边向我跑，一边呵斥父亲。我听见奶奶的声音后，没再叫喊，却哭得近似呼天抢地。我到奶奶跟前时，泪眼婆娑中才看清她的脚上只穿着一双袜子，两脚站在厚厚的积雪之上。

父亲见此，让奶奶赶快进屋，自己也放下了粗棍，软软地进了屋子。奶奶牵着我的手，把我领回了她的房间。雪地上凌乱闪烁的脚印，变成了一条又一条暗淡板结的小道。下过雪的夜晚，空气又清又幽，我在哽咽声中慢慢睡熟。

过了好几日，我终于知道父亲当时很生气的原因。一开始，他并不知晓学校下午放假，直至看见我的同班同学在家时才获悉。于大雪纷飞中，父亲先是在附近邻居家一通找寻，未果后，又打电话四处询问亲属。点燃父亲怒火的是我的不听话，对他反反复复、强调了又强调的"放学按时回家"不理不睬。

又过了好几年，随着年龄的增加，我才终于理解了父亲当时拿着粗棍装势打我的初衷。只是那次之后，我怕极了父亲，怕到不敢和他多说一句话。

二

四年级时，我转学了。小学生活的后半段，我住在县城舅舅家，和父亲见面的机会和次数少之又少。

离开家后，我仿佛一夜之间长大，变得格外懂事。上学从未迟到过，放学从未晚回过，学习自觉，生活自立，克服恋家，不让父亲多操心。不能和父亲朝夕相处的三年寄居生活，我开始越来越理解他，想起很小的时候，我与父亲之间的亲昵瞬间，又忆起那次因过晚回家父亲的怒火中烧，复杂的情绪总会升腾蔓延。

父亲总是在周末择一日来看我，有时带一袋米和一袋面，有时拿一桶油和一些水果，先问舅舅我是否听话，而后再表谢意，最后安顿叮咛我几句，便就急匆匆地离开了。那些我准备了好久但没来得及说出的话，如鲠在喉，吐不出，也咽不下。每晚入睡时，想起父亲来时的局促与拘谨，难过就冰凉地往上爬，眼泪常常浸湿被角。

上初中后，我住宿在学校。父亲情理上的顾虑少了些，心理上的安然多了几分。每当有家长来看自己的孩子时，我的羡慕满溢。我曾尝试着向母亲诉说，期盼母亲的转述能间接打动父亲，让他来学校看看我，带着一包又一包不重样的好吃的，满足极早在外生活的孩子的那一点点荣耀感。

然而，一个学期过去，另一个学期又来，整整一学年，我在学校始终没有见过父亲。失落之余，我无数次在心底抱怨；烦躁至极，我还会在母亲面前牢骚几句。总觉得自己像个没人管的孤苦孩子，我从心理上又开始抵触父亲，与他的言谈，更为稀少。

升初三的暑假，同庄里的人来家里闲浪，当与母亲聊及孩子的学习时，我从母亲的口中才知道父亲竟然来过学校四趟。

每学期一次，上课时来，下课前走，来了四次，见了四个任课老师。每每听罢老师的反馈后，父亲就踏实地走了。父亲来无影去无踪，加之没人提及，我竟一直误以为自己不被父亲关心与重视。于是，我在心底开始和父亲慢慢和解。

上了初三，站到了中考的十字路口，父亲总会有意无意地和我谈心。每次考完试，父亲都会来学校，同各任课老师细问漫谈。问罢，便等我放学，然后带我出去吃顿大餐。之后，又买一大包可以补充能量的好吃的，让我带进学校。我往进走时，父亲就站在学校门口，一直目送着我走远，然后才转身缓缓离去。

直至那次模拟考试父亲来过学校后，便把可以补充能量的东西固定成了六个核桃。

幸运的是，我真的没辜负父亲的六个核桃，考入了县里人人都倾心的六盘山高中。回村时，路上碰见很多人，每个人都迎上来，问同样的话："这就是你那考出去的女儿？"父亲乐开了花，用手使劲拍拍我的肩膀。那一刻，父亲仿佛成了世界上最幸福的人。

父亲整日面露微笑，直至开学后我见不到他的时候。好长一段时间，我被他的骄傲悄无声息地打动着。当再回味那段独特的青春时光、回想难忘的中考味道时，六个核桃的浓香细腻，成了强烈的记忆点，飘散心间，永远醇香。

父亲走到我跟前后，把六个核桃递到了我的左右手，又再三嘱托每日必喝，我点了点头，连"嗯"了几声。

隔着学校的栅栏围墙，我向父亲摆手说了"再见"。父亲走走停停，三步一回头地对着我大声喊："要好好吃饭，六个核桃喝完了自己买，买整箱，别买两三罐……"

校内的我距离校外的父亲不过五十米远，我清晰地看见父亲那像水仙花缸底黑石子一样的眼珠子，上面汪着水，下面冷冷的没有表情。看着父亲越来越远的背影，我转身望着四周陌生的环境，想起几个月后才能实现的再相见，整个世界仿佛一颗蛀空了的牙齿，麻木得没有任何感觉，只是风来的时候，隐隐地有一点酸痛。

父亲送我抵达了新的一站，却无法陪同我继续前面的行程。他也不知道，在我的前面，将有怎样波澜起伏的青春，一切都将由我自己掌舵，划向三年后的高考。

三

我从小就不太勇敢，生性敏感，极缺自信，好胜心却又强。

每逢考试，我都会和父亲断联一阵子。高二学期末，在忙碌复习之时，偏偏重感冒。寄宿制且又封闭管理的学校，出趟校门，请假不仅费周折，还费时间。自己就先找了点药，稍减缓一下疼痛，想撑到考试结束。

可是，一连几天，非但没好转，反而日益严重。头疼，乏力，咳嗽，流鼻涕，淌眼泪，甚至浑身都酸痛，整日浑浑噩噩，整晚迷迷糊糊，复习毫无效果。

在争分夺秒的考试周里，没人还能顾及别人。我越发焦灼，考前两天高烧不退。

我下定决心要早睡，并祈求能捂出一身汗。可是在夜里，无数次辗转反侧，越翻身越清醒，不得不睡却又毫无睡意。我急得几近抓狂，无奈到眼泪下一秒就能扑簌簌地落下。

我知道，此刻我是最不能拨通父亲电话的，但又完全没有控制力，想听听他的声音，想让他告诉我该怎么办。我终究还是打通了父亲的视频，凌晨两点的时刻，再加之我听到父亲唤我名字时一言不发的泣不成声，父亲慌得惊坐起来。

我在父亲的安慰声中，慢慢平静下来，哽咽地说着我的百般煎熬与难过。直至我揉掉眼睛里的泪花，我才看清手机屏幕上的父亲。他的头上满是晶莹的水珠，两眼已显得灰暗，双唇也似断了水的干涸。

"你就是太着急了。闲闲儿的，感冒好了再复习，考成啥都无所谓。快，先赶紧睡，实在不行，明儿给老师请个假。"父亲的声音已不再洪亮，带着喑哑，却震断了我内心深处的那根弦。

我躺下后，父亲才挂断了视频。我闭着眼，心里荒芜得要长草。那些长长短短的草，将我层层叠叠包裹住。我无力挣脱，意识连同身体，陷入越来越深的迷糊之中，就像千万缕蛛丝网住的蛅虫一样，没有一丝突围的可能。我的眼前却是一片白光，仿佛到了另一重境地，似河岸般深远。

我感到泪水已经打湿了枕头，便将头挪了挪。但我未感知到的是，那一夜，父亲一眼未合。他盯着眼前的月亮，看着它先躲进云层，然后又慢慢钻出来。钻出来时，月轮变大了些，月光也明亮了几分。后半夜，便隐进西山了。父亲的心油炸般地煎熬着，一个决定悄然在他心中生出。

清晨蓦然醒来，像历经沉疴痊愈一般，格外透彻。一大早，老师让我出校门，告诉我家长来了。见到父亲的时候，我的哭声比昨晚又加了几分力道，像冲出闸门的洪水，须臾之间便将父亲淹没。父亲的老泪也在一团一团打转，我从没有见过他这般晶莹的眼睛。

父亲掏出纸巾帮我抹掉眼泪，我的哭声才慢慢小下来，接着变成了一个余音袅袅的尾声。停止哭泣的我开始和父亲说话，一开口，我的情绪就激动了，眼泪又止不住地流下来，哽咽得几乎吐不出字，一段话被含含糊糊地说了很久，可父亲却还是听得明明白白。

他带我去了医院，买了一包感冒药，点了一桌好吃的，又买了一堆零食，然后送我到了学校。我一副一下子全好了的样子。

我一直都知道，父亲的治愈力特别厉害。

"心态要放好呢。每次考试前，不能太焦虑。着急没有用，倒起反作用，自己不要给自己太大压力咧。昨天晚上把我差点紧张死，你把爸的心脏直接再不考虑了么。"父亲的话语中渐渐有了笑意，说到最后，他用食指使劲点了一下我的脑门。我的脑袋向后仰了一下，弹回来的时候，不小心咬到了舌头。

"斯哈——"我的舌头隐隐有点痛觉，心却是一阵猛疼。

转身走前，父亲朝我笑了一下，脸上的褶子聚在一起，像一朵野菊花。

四

从未曾想，时间来得如此猝不及防，它没敲窗，便擅自撬开了那金色的日子，将其丢向了远方。

我高考发挥失常，辜负了父亲的六个核桃。

很难形容这是一种什么心情，不甘、遗憾、悲怆……总之预感未来一片惨淡。我把自己关在房间里一连三天，心脏如同被一只无形的手握住，一点一点地被碾碎。在分数的轰击下，所有的计划都分崩离析，我的泪腺也随之改变，头一低，眼泪就流出来，一股一股往外流。

我听见父亲急躁地打电话，步履沉重，他竭尽气力去尝试接近女儿的内心。我心疼他，却什么都说不出来，什么也做不出来。

三天后，我终于鼓起勇气走出房门。父亲就坐在屋子正中的沙发上，他蓦地站起身，张了张口，欲言却又止。也许，根本不用亲昵的称呼，我们之间的交流本就是几个动作，三两眼神便能会意。

半晌，父亲小心翼翼地说："天还没塌下来，好着呢，先吃饭。"

我看着父亲一脸的沧桑，捧着一个失败的孩子却仍奉若至宝，心中一阵酸楚。然而我还是什么都说不出来，什么也做不出来。

每个人成长的背后都站着一个父亲。填志愿时，父亲四方打听，四处拜访，到处搜集信息、听取经验，一直奔波到填报时间到期。等待结果时，父亲时时留意，刻刻关注，每天登录系统不止十次，准考证号记得远比我牢固。投档至何校，何时投档，已投档多长时间，投档后几时被退档，下一批次的录取何时又投档至另一院校……父亲说起这些如数家珍。他就这样巴望着，愁眉不展地焦灼等待着。我自己呢？惴惴不安到没有勇气直面。

直到有一天，父亲欢呼："录取了！"我能听出父亲那种蜜糖多得快要盛不下的欣喜。

我看着父亲，听着窗外呼啸而过的急流，岁月仿佛掷地有声。我心生暗喜之余又临表涕零，感激这份一如三年前考入高中梦想学校的幸运，让我还能对得起父亲的六个核桃。

那天的太阳光芒，璀璨而又热烈。

历经了高考的洗礼，我就像一只悄无声息地走路的猫。沿着下雨的墙根，一边湿漉漉地走着，一边用灵敏的嗅觉和机警的双耳，探测着前进道路上那些会阻挡自己抵达远方的障碍，然后小心翼翼地绕开，再继续猫腰向前。

五

大学开学，父亲送我到学校，诸事都办妥后，没歇多久就匆忙返回。

我送他到停车点。父亲空着双手坐上了车，朝我咧嘴笑着。给我铺床、提东西、递六个核桃的那双大手，一只扶着方向盘，一只在灰尘与风中搓着脑袋。又如常地再三安顿："别怕花钱，该吃就吃，该喝就喝，该玩还得玩，千万别怕花钱昂……"

我连声允诺。父亲迟迟没有关紧车门，仍在絮叨着他的诸多不放心。每每强调罢，总会带句："爸回昂。"可又过一阵，父亲还待在原位。

我被父亲悄无声息的巨大眷恋深深击中，以至于走着走着，回头一看，见脸上一直挂着笑的他，眼泪就轻易地掉下来了。回到宿舍，我又重新摆放了物品。那箱沉甸的六个核桃，摇坠着我的心。

适应期过后，平凡与普通充斥着生活的角角落落。因天长路远，我和父亲大多只靠微信的方盒子吐露言语。每每听到那些车轱辘似的"注意添衣加裳""六个核桃喝着没""别太累了""又发了一个小红包""得适当犒劳一下自己"，我也总会不可思议般地平静下来，重蓄力量。至于那些无从得知的苦楚，便化在那温柔的语调中，销声匿迹了。

我一直以为，过去的事情就会慢慢消失。然而，搅动几下后，许多往事和场景依旧生动地摇晃着。

大二那年的国庆假期，没能回家。而当时天气愈来愈冷，急需保暖。于是，不得已让父亲快递来几件厚衣服。

父亲知道我的需求后，在电话那头又问："还有啥要带的没？想吃点啥？寒假前再能回来吗？要不我啥时候挤点时间来看看你……"

没能记全父亲的连环追问，于是就只给了他几句浅浅的回应："再没啥要带的，吃的就算了，有掏运费的那些钱，还不如自己买呢。估计得寒假了才能回去。您不来了，来一回多麻烦。"

次日下午，父亲给我发了张图片。打开一看，是张韵达快递的邮寄单，包裹重量十千克。我暗自思忖——究竟是装了多少厚衣服，才会如此之重。

又过了一日，取件短信来了。按着取件码找见包裹时，因它太大太重，我给舍友发消息求帮忙。我们抬着包裹，举步维艰，一走一停。终于进到宿舍，拆开一看，我犹似被电击了一般惊叫着："妈耶！怪不得这么重，竟然还快递六个核桃？！"再往里看看，除了厚衣服和六个核桃之外，还有棉帽、棉手套以及真空包装的各种好吃的。

六

有一阵子，我的学习遇到了瓶颈，大创检查、作业到期、三项比赛，恰又临近期末考试。

那些时日，总感觉自己孑然一身，我的心犹如浸在冰雪中，寒冷地钝痛着。恨不能分身，又怕不能如愿，焦灼至极时，我开始整夜整夜地睡不着。打给父亲的视频，从一天一回变成了一周一次。

很多时候，我会难过得不能自已。被凸出的摆设蹭伤手肘时，热水壶突然爆裂时，手机从桌子掉下屏幕失灵时，出图书馆一人走在黑暗的道路时……在无数个不经意的细小瞬间，偶尔一低头，眼泪就会落下。

我大抵可以把情绪倾诉给父亲，但又想起高中那次哽咽着打完电话，他一夜辗转反侧后，又急忙地赶来，我顿时心生不忍。经电子处理过的悲伤声音，在我与父亲之间隔了一层脆弱危险的膜，似乎过激的情绪会打破这种平衡，威胁到他生活的宁静。

因此，报喜不报忧才是常态。

可能父亲也是一样吧。奔波劳碌又开始胃痛，水电费又到了缴费期限，新换不久的纱窗又被风吹坏，忙罢外面斤斤计较的生活，再风尘仆仆地回家处理弟弟妹妹的鸡飞狗跳。种种不顺，本欲诉诸电话，又恐徒增烦恼，便隐而不报，只说些琐事。

又接通了父亲的视频，我说："一切都好，无须挂念"，他说："家中诸事如常，不必担忧。"末了，我叫他保重身体，他让我预防感冒。其间种种酸楚，终是欲言又止，只字不提。

熬过了那段时间之后，生活又变得略显平顺。那个期末过后的新学年，参评奖学金时我顺利获评。将之告诉父亲时，他在电话那头咧嘴笑个不停，我也跟着心情大好。盼着父亲节到来，想给他一点带有仪式感的快乐。

父亲节前一天，正是体测。体测前，父亲安顿我跑前记得喝点功能饮料。体测罢，微信中父亲的惦念铺天盖地。

在学校的日子，父亲总是在我的脑海里一下下跳出，像电影胶片在镜头里转动，那些画面时而会遁入空际的想象；像春天遗留的花瓣，那些过往缩干了水分也会闻到花香。在被忙碌与疲乏打湿的日子里，爱的清香，总会抚慰匆匆步履。

父亲节当天，我发了一个大大的红包给他，又附了平日里难以吐露的感恩之语。父亲一定是被我的惊喜惊吓到了，迟迟没有动静。等缓过神来回复我的时候，已是一小时之后。他发了一长排憨笑着的小黄脸表情，接着又是一个眯眼捂嘴偷笑着的娃娃表情包，然后才是字数相同的两个小短句："心意爸知道呢，钱留着自己花。"两个小半句后面分别缀着小表情，一个爱心，一个龇牙。

总在感慨时代日新月异，隔得再远也如相对而坐。只是真的分开后，才知道有些话当面才好说，有些事当面才好做，远一寸都是煎熬。在红包被退时，恨不能拿起父亲手机代他领取红包。

那晚，朋友圈里破天荒地有了父亲的动态——三个笑脸表情的文案，一张和我聊天界面的配图。内容简单到没有一个字，我却能读出他那些潜藏着的骄傲与欣慰。

七

忽而今夏。

去固原参加教资面试时，父亲一直陪在我左右。他生怕干扰我，一句絮叨的话语都没有，静看着我喝完一罐六个核桃，又目送着我走进考场。

父亲踮着脚尖，伸长了脖子，盯着我从参加面试的那个神秘教学大楼里走进去。跟着我一同走进来的，还有父亲的心。

考点学校的门口吞吐着一波又一波也许再也不会相见的人，一波结束一波又进。出了考场，我远远地看见父亲踱着小步，急匆匆地来回走动着。我从人群里窜出来时，父亲扬起明媚的笑，快步迎上来。他观察着我的情绪，自己咂摸着好与坏，微蹙的眉头渐渐松开。

第二天上午，我要回校，父亲送我去车站。他提着行李走在前，我两手空空地尾随在后。进了车站，父亲买票，我坐在椅子上一边照看行李，一边等他来。父亲一来，便送我上车。他给我挑了靠着车前门的座位，嘱托我："下车一定要记着把自己的东西带全呢。"

我说道："知道了爸，快回去昂。"

他向车内环顾了一周，又往车外看了看，说："我还是买几罐六个核桃走。你就在车上坐着，我一阵儿就来。"

还在家的时候，父亲执意去买六个核桃，说取出一半让我拿上。我告诉他学校里还有，喝不完就都放过期了。好一阵软磨硬泡，几经力劝，父亲才暂时妥协。

然而，父亲始终意难平，一路小跑，终究还是进了车站边上的超市。我看着父亲提着一大袋东西朝大巴快走着，躺在路上的石头绊了一下他，突然间我的舌根像是被轻软的羽毛拂过，心口潮起的异样情感一瞬把我攒住。

父亲将五罐六个核桃和一瓶百岁山放在我的腿上，气喘吁吁地两句一顿地说："就怕——车——走了耶。把——这几罐——拿上，百岁山——路上——喝。没敢多买，买多了——怕你——提着重。"

我的眼前旋即闪过六年前父亲第一次送我的瞬间。很难说这是一种怎样的复杂情绪，其他的话到嘴边却吐不出口，就像一个委屈的喷嚏被硬生生憋回。

车走了。一路上，我紧攒着腿上的六个核桃。父亲的话让我不断反刍、咀嚼再咽下，喉咙里竟悟出了丝丝痛痒。

我知道，对独自一人坐车的我，父亲的不舍中还夹带着几分不放心。

八

暑假有天晚上吃完饭，闲聊之时，家里的三本相册被拿了出来。我看着小时胖嘟嘟的自己，一阵又一阵哈哈大笑。

翻到一张周岁照，照片里的我还不懂得看镜头，一脸懵懂和天真，父亲用大手掌抚着我的头，动作青涩生疏。我睁圆了眼睛看着父亲，说："那会儿也太年轻了吧！"父亲捧起相册，边看边说："年轻了才能抱动你呢，再说那会儿也才二十来岁么，你想爸能有多老呢。"

又几声大笑罢，我继续翻看着相册。眼球忽然被吸引，照片里的父亲坐在炕头，低着头，手里拿着一团东西，眼睛盯着双手看。我凑近了照片，才看清父亲手里拿着的是一双小孩子的袜子。

我疑惑地问："十几年前的娃娃袜子好是有那么好看呢？看袜子都要拍张照片？"

母亲在一旁忍不住地咯咯笑，边笑边说："你那会胖得很，袜子穿上，脚腕被勒得就像一道深沟，所以每次新袜子买回来，你爸就坐在炕上，开始抽袜子边上的松紧线。"若不是母亲解释，靠着那张静态图，我永远也看不出父亲低着头是在抽袜口上的松紧线。不承想，我如此严肃的父亲，心思竟也能这般细腻。

暑假正过半，父亲身体突然有些不舒服。一阵绵密的咳嗽袭来，如抽丝一般拉拉扯扯，没完没了。他的肺里仿佛塞着一团团丝绵，每一次咳，就是把那些丝绵拉长，再从口里吐出来。痛苦的是，旧一波还没咳完，新一波又来了。那些丝绵又像天上的云，虽然薄，但片儿大，风吹不散，雨滴不透。父亲咳着，一抽一搐，感觉脑仁儿都要迸出来的样子。

实在忍不了的时候，父亲伸出抖抖索索的手，指着桌角边上的药箱，对着我说："把中间那个白色小药瓶里的药取出来。"我倒出了一把，父亲接在手上。我又端来一杯水，看着他把药送进嘴里。

我说："爸，咱去医院看看吧，这都已经好几天了，咳得还是这么严重。"我见不得父亲被病痛折磨得坐卧难安的样子，但是除了叫他去医院以外，再起不到任何作用。

父亲依旧隐忍着，吃过药能安稳一阵子。但药效过了之后，咳嗽得反而越来越严重。后来，在大药店买了一回药，吃了几次，好像好了很多。于是，父亲就又一天脚不停歇地忙活。

正当我们都以为父亲完全好了的时候，没想到咳嗽再度发作，那地动山摇的架势，让父亲不得不去县医院。

父亲入院后，我争着要做陪护——陪他输液，看他吃药，为他买饭，给他泡脚。住院第三天，早上医生来查房，查完便说："可以吃点水果了。"我又追问："可以喝牛奶吗？"医生刚要出门时，又转过身对着我点了点头。

中午，趁着父亲午休的时间，我跑去了超市。父亲平时舍不得吃的水果，我见样买了几种。与水果一同带回来的，还有一箱六个核桃。

"咋全买了些贵的，又乱花钱。"父亲躺在病床上，虚弱的声音中带着几分责备。

我一边往出取水果，一边对着他说："哎呀，这怎么能是乱花钱呢。你现在就好好住院，营养跟上，好得就快。每天早上，六个核桃必须得喝。"父亲咯咯地笑着，他终于知道了自己嘱咐我时的腔调。

天亮了，太阳慢慢出来，像是被雨洗过似的，干净明朗的一轮。我打开一罐六个核桃递给父亲，他喝几口缓一阵，缓过一阵又喝几口。我一直目不转睛地看着父亲，直至空了的罐子被我扔进垃圾桶。

九

父亲调养得不错，十天后，便已出院。

秋季开学返校的前一晚，我正收拾东西，行李箱又被我装得鼓鼓囊囊，装好后，父亲帮我合盖箱子。行李箱一直陪我回家再返校、返校又回家，上高中时入手，今年是它伴着我的第七个年头。箱身正中有两个密码锁，其中一个欲要罢工，合扣时极不乐意。好在一个还完好，盒盖上后，箱子虽然有缝儿，但不影响使用。

父亲见状，一边絮叨母亲为啥早早没买个新的，一边开始想各种办法。

因已是凌晨，我不忍他们熬夜，便连说："不要紧，我回家的时候行李箱也是装得满满的，路上也没开。完全可以用，真一点儿都不影响。"

父亲速驳我道："那不行，万一开了咋整？一开你就慌了，那阵子就两眼一瞪，没招儿了。"

说罢，父亲没再理我，便去找绳子，欲将箱子上身绑紧。过了一阵，父亲找来一条帆布腰带，绕着箱身缠了一圈，然后将其拉紧，准备打结固定。绑了一下后，发现打结不可行。他自言自语了几句，便松开了腰带，从床上跳下。不一会儿，他又拿着针线进来。穿好线后，父亲又拉紧腰带，把腰带的两头对在一起后，开始一针一线地将其缝住。

父亲怕我嫌弃，缝好之后，把线头藏到了里侧，又捋了捋腰带，将其抚平。那条腰带在粉色行李箱上缠绕着，看着极其和谐。

我看着父亲的举动，感受着他的细腻，仿佛看到了十几年前怕我勒着坐在炕头拆袜线的尚还年轻的他。

每每返校，眷恋总似三月飞草疯狂生长，鸢狂筝舞，摇动漫漫归路的雨霖铃。

开学第一天，晨跑罢，在路上走时，打通了父亲的视频。视频是母亲接的，话完几句家常，我问："我爸呢？怎么没见到啊？"

母亲将摄像头转了过去，对准了父亲。我看见他正往出取六个核桃，加大了嗓门说："喝牛奶着呢，早——上——必——喝！"

我舒心地坐到了教室。时光落地生根，安宁得犹似能听见鱼吞池水。

作者简介

李霞：宁夏大学文学院2019级汉语言文学（教师教育）专业学生。曾获"2020·梦想与奋斗"宁夏大学生主题征文优秀奖；获全区大中小学生"我心目中的英雄"主题征文三等奖；获同心县"健康同心·同心同行"诗歌征集大赛优秀奖。有作品见于同心文艺文学季刊、学习强国宁夏学习平台以及宁夏大学图书馆公众号。

老　陈（节选）

陈　晨

　　我高中毕业的那年，也是给奶奶过完三周年忌日不久，老陈突然说要把这个破落的老院子拾掇一下。

　　"在老家盖房有啥用呢，前脚盖成，后脚走了，图了个啥！"在外地工作的三个姐姐听闻老陈的举动后轮番打来了电话，她们说得没错。别看进城这么多年了，其实我们在城里连个属于自己的房子都没有，一直搬过来换过去，租着别人的房住。以前是供我们姐弟上学，手里没有钱，现在三个姐姐大学毕业都工作了，经常往家里补贴，我和哥哥在大学的开销也不是很大，按他们两口子供我们读书的心劲来说，加上三个姐姐能帮上忙，在城郊首付一套像样的楼房是不成问题的。

　　我们姐弟好说歹说，结果，东拼西凑，加上国家危房补贴，买材料、挖地基、请工人……我们没想到，老陈说干就干了。这么些年过去了，在做家里的关键决策时，我们还是没能扭过这个家昔日的"独裁者"。他还反给我们来了一句："你奶奶说过，不管走到哪，根根子不能丢。"明明是自己早已拿定了主意，想堵住我们的嘴，又说成了他是在完成奶奶留下的夙愿。

　　房确实盖成了村里数一数二的，红色琉璃瓦、房里外都是好瓷砖、窗户还弄成了落地式……可事情也从我们姐弟的话上来了：房成即回城。刚把院子收拾利落，还没等他缓过神儿，城里的工友就来电话说，联系上了好活让去干。

"干活，干活，只有干着，才能活着。"老陈常念叨着，这话不知是他从哪个文化人口中学来的，反正按他的文盲水平，我是不敢相信一开始就出自他口，不过也有可能是和有高中文化水平的母亲生活了这么多年，把他潜移默化地影响了。

刚进城时，这不懂那不会，再加老板一看是农村来的，想着肯定都没有文化，他们在寻活的路上栽了不少跟头。日子长了，自然就摸索出门道来了。再寻活时，母亲专门强调她是高中文化，好多单位一听有文化就愿意要他们。

可每一次都好景不长，我们问了母亲，才明白问题出在老陈身上——既没文化，脾气还大。老板给他派了不属于他的活，心直口快的他不但不干，还要和人家美美顶上几嘴。老陈不能干了，母亲也就跟着不干了，就这样反反复复换了好几份活，老陈的脾气倒是被磨掉了些许，但在城里正规点的单位干，没文化是立不住脚的。

几番折腾，无奈之下，城里的他又不得不拾起了"卖力"的老本行，到劳务市场揽临工。只不过，以前是把力卖给了庄稼，庄稼不一定给他个好收成。现在，把力卖给了工头，工头看上了他，给他个心满意足的好工价。并且，他可以成天和同他一样没有文化的工友用土话拉家常，他觉得知足得很。

最近，母亲休了两天假，干临时工的老陈已连续早出晚归很多天了，趁着母亲在家，我们劝他也休息上一两天再去。他说老板最近看得起他，说等这些活干完了到另一个工程上的时候给他加些工钱呢。我们就知道，他肯定又是被工头"表扬"了，用现在时兴的话讲，就是给他"画大饼"了。明白人都能听得出是唬人的话，在他看来，就是自己被人家认可了，无论如何，明早还是要早早地去，在工头跟前显摆自己的能耐。

凌晨五点多，"叮里咣啷，呲啷呲啷……"这是母亲在给老陈做早饭。"越做越倒回了，味道这么重，我一天苦下得这么重，想把我潑（渴）死吗！"我们都被牢骚满腹的老陈吵醒了。母亲没言传一句，老陈见没人理他，嘴里自言自语着："哎，我现在在这个家里没地位了，要搁以前……""哼！"，门一摔，上工去了。

"这家里没有一个体谅我的，从我妈的话上来了，进了城，心就变了，管不住了。"晚上下工回来的老陈边吃饭边嘟囔，我们各自吃着饭，现在已经没人听他的这些闲言碎语了，也没人在他发火时去刻意讨好他了。或许每当这个时候，他都在心里悔恨自己当初听了我母亲的话，一步一步走进了城，而昔日对他言听计从的娘母子也不再是"服服帖帖"了。

晚上，母亲置气睡在了我的房间，让我和老陈睡去，即便我万分不愿意，也只能这样，租的房就只有这么大，我再无地可去。

"噗～噗～噗"，真的老了，这个昔日独掌家庭大权的男人，就连鼾声也不如以前那么雄厚了。

第二日，老陈依旧早起上工去了，他没有再像老家时那样，和母亲嚷了嘴第二天要睡到半晌午。

作者简介

陈晨：宁夏大学博雅书院2019级汉语言文学专业学生，宁夏作家协会会员，作品见于《人民日报》《黄河文学》。

林　海（节选）

高玉娇

2014年春天，老高回老家干了件大事。那时候我还不懂这件大事是什么，只知道他应该是找到了一个挣大钱的新路子。

老高是个贪财鬼，"挣大钱"这几个字早就被他刻进了基因里。

小时候，我们一家七口人挤在三间木屋子里。老高和老宋收鸡回来，还得匀出一间专门用来堆鸡笼。后来又做了其他生意，都不是很成功。我上三年级的时候，老高和老宋四处借钱，租下大奶家的地，摆上推豆腐的家伙什，他俩的事业才算是起步了。从那一天开始，老高家的孩子们就再也没有寒暑假了。

2014年，老高回老家干了一件大事。

暑假，他带我去看他的山。

山上除了树和草，什么都没有。他让我低下头仔细找，我看了半天，还是不知道他想让我看什么。他蹲下来，小心翼翼地扒开杂草，骄傲地跟我说："看，这就是你老爹要干的大事！"

一棵翠绿的、豌豆芽似的小树苗，不，不是一棵，是漫山遍野的小树苗。悄咪咪地，在一片片荒土里扎了根。

这些年外出务工的人越来越多，老家好多土地都荒废了，留在家里的人只能靠种玉米洋芋维持生计，日子过得很艰难。老高发现老家的环境适合种植黄柏树。把大家召集起来，提出要成立合作社，带领村民致富。村里从来没人这么干。他只能一边三天两头往老家跑，耐心地跟大家解释自己的规划，一边跟银行贷款，拿出自己的积蓄购置树苗，带领支持他的少数人开始种植黄柏树。

这些小树苗就像他的孩子们一样，既可爱，又脆弱。有一段时间一直高温不下雨，树叶枯得打卷，他想方设法到处找水，用大水缸一车车往上山拉，再背着大喷壶钻进树林里给树苗浇水。杂草长得比树苗快，隔三差五就要满山除草，农药会把树苗杀死，所以只能用镰刀一刀一刀割。还有一年病虫害特别严重，他每天都要带人背着杀虫剂上山，鞋子穿烂了好几双。为了方便后期管理和出售，老高还出资带领村民一起打通了好几公里的山路。

渐渐地，小树苗终于长到小臂粗细，加入合作社的村民越来越多，种植规模达到了两千多亩。老高这才正式把合作社办了起来。

挂牌那天，村委会小院里挤满了人，老高操着一口标准的贵普话，激动地宣布："今天，我们的合作社正式成立了，以后，大家的日子只会越来越好！"刻着"林海中药材农业合作社"字样的牌匾，闪着金光，照进大家热烘烘的胸膛里。

八年间，老高确实像当初承诺的那样，带领村民走上致富之路。

而老宋，在老高把家里的积蓄全都拿走时没说话，在老高长期不着家时也没说话。她对老高的事业一言不发，只是坚持着打理好整个豆腐厂，维持每年高额的贷款和整个家庭的生计。

有一天，老高神神秘秘地递给我一个红本本，我稀奇地打趣他："哟，大人也有奖状？"他非常骄傲地回答："你看嘛，比奖状还值钱"。我小心翼翼地翻开红本本，老高就迫不及待地开始介绍了："我就说合作社是办对了，现在我们村里人均收入都提高了不说，种那一片林子，回老家呼吸着空气都是甜丝丝的。刚好也赶上国家政策的便利了，政府聘用我去当农民讲师，给其他村镇宣传，这下子你老爹真的是要开始办大事了！"他笑眯眯地说着，我看到他眼角堆起来的褶子，偷偷在心里给他竖了一个大拇指。

2021年，人大代表换届，老高得到了全村人的认可，当选化磋凹村的人大代表。有一天，老高在群里分享了一个视频链接，是当天的地方新闻。简短的几分钟，概括了老高这七八年的一切。

老宋看着新闻，眼眶红红地跟我们说："几十年前我们收废品、卖鸡鸭、跑货车的时候，从来没想过会有这样的日子。"

老高跟我说："人多少要有点价值，不能白活了，以前老爸只想挣大钱，现在也是只想挣大钱，不仅我们家要挣大钱，大家都要挣大钱才好。"

我看着老高眼里亮着的光，决心再也不劝他停下来了，如果他要一直跑，我们就在后面追。一座山、两座山……追到这些山头全都变成灿烂的林海。

作者简介

高玉娇：宁夏大学文学院2020级汉语言文学（教师教育）专业（2）班学生。

去（节选）

金雅茹

　　我写这篇文章是在国庆节前两天，以前都是记日记。现在竟不太适应长篇大论了。现在是2022年9月28日19：03分。敲着键盘，想在这漫长的时光中留下我浅浅的记忆。喜欢徐佳莹的歌："给我一瓶酒，再给我一支烟。说走就走，我有的是时间。"我不是一个很正能量的人，可以说是消极厌世，只想静静地写，然后给有缘人看。写下这些，我想一些可能是我挣扎后的回忆，一些可能是不甘后的平静。如果你理解，那么谢谢喜欢。如果不喜欢，我也没有办法，各自安好吧。

　　暖黄的光会让人渐渐温暖起来，还能宁心静气地把话说完。生长在西北，每年都有茫茫的黄沙，每年都有天寒地冻的凛冽，可我爱这份苍茫。也许我没见过什么小溪潺潺，大自然如此鬼斧神工，我仍然充满感恩。我如今已经很少回老家，喜欢听她们讲。有的刚二十就结婚生娃，有的刚结婚就离婚，有的出门打工，各有各的路。我想起了郑琼导演的《出路》，是部纪录片。世间之事扑朔，各花入各眼，是非只在人心。小时的玩伴也早已走散，不禁感叹时间匆匆而逝，不见旧时光。

　　天上有两架错落开的飞机，温热的风吹在我的脸上，心中生出了许多惬意和甘愿，心像是一块海绵吸满水一样，鼓胀柔软，这感觉正好，我感觉这是一个大大的气泡，可此刻它透过柔雾一样的晚霞靠近我时，我还是要拥抱它。质疑它，被伤害，但我还是想让它对我好，送给自己一束鲜花和一丢丢浪漫，身上是香水淡淡的香气，阴天快乐。不知道胡写了些什么？但我希望这世界上的另一个我可以坚强勇敢一点，矫情一点，努力一点，幸运一点，走在这条不繁华的街道，我们擦身而过……努力挺住吧，对生活。

允许自己成为自己，允许别人成为别人。时常庆幸我不是真正的我。我也没让你了解真正的我，这很好。所有繁华落幕，苦难和幸福亦都是常态。建高楼，行宾客，楼塌，离去。不过尔尔。所有的道德家都认为长久的悔恨是最要不得的情感。如果你做了坏事，感到后悔，做出有能力的补偿，下次提醒自己做得好一些就行了，但是绝不能沉溺于自己的得失。在粪堆里打滚并不能让你变得干净，共勉。

我喜欢舒服的文字，不喜欢一些矫揉造作。我觉得真实的东西往往是最慢最美也是最能打动人心的。于我而言，我觉得大学也学到很多。宽容尊重，理解生物的多样性，一个人的所作所为绝对和他的成长环境是分不开的，所以当两者不同时，也不便强求，宽容是很好的情绪舒化剂；第二点是接纳自己，会为自己的一些成绩高兴，给自己鼓励，及一些正向的输出。不会再因为一次没做好的事情苛责自己，而是尝试着越做越好，我想这也是一种成长。第三点，维持情绪稳定，做自己人生的主角。学会爱自己，天冷知觉，春梦无痕，接纳自己的每一面。第四，真诚。或许了解一个东西，我们都应该用时间这面放大镜去探索，彼时或许有戴着假面具的猥获得阵阵掌声，可我总坚守心中的真诚。我相信真诚者辩真诚。我想，这四点是我学到最深刻的东西了。我希望阅读可以打发无聊的时间，也希望自己将这漫长无聊的时光变得鲜活起来。真实平淡浪漫地过好我长长但短短的一生，便是最好的了。

我好像一直恐惧一些特别细小的事情，事后想起总觉得当时太可笑，却也是松了一口气，感叹好在是过去了，没有麻烦。几年前，在书里看到过这样一句话："其实你什么都不用怕，走着走着，就又到了下一个回头看的日子。"

终于写完了。我想我大概是怕麻烦，怕不被认可，所以很多时候连说话也小心翼翼。或许这也是不喜欢和人打交道的原因，怕想太多睡不好。毕竟一个人难过的时候，夜晚漫长到总是太过难熬。但是我又好像喜欢从生活中找到一些力量，合适与选择，爱和希望，我都想拥有，我是不是一个贪心的人？

作者简介

金雅茹：宁夏大学文学院2020级汉语言文学（文秘方向）专业学生。

旧时光（节选）

宋程辉

又是一年，难忘今宵，也许年年岁岁花相似，可匆匆的一年却又显得不同。

雪霁初晴，冬日的阳光仿佛拉近了和人们的距离，显得格外清晰，也格外的耀眼，今年的除夕比往一年都要来得早，在前一年的倒计时里迎来了除夕的整点，但这匆匆的除夕再也没有了往昔的味道。

…………

俗话说："一方山水有一方风情，一方水土养育一方人"，我的祖上世世代代守护在这一片山清水秀的净土，被大山环绕着的人们不知道什么是城市的繁华。车水马龙、灯光璀璨终究成了一种奢望……

过了夏秋季的悠扬，迎来了雪花。大山被一片白色封锁，等到雪停后可以看见一排排野鸡野兔的脚印。然而，大自然留给人的美往往是一种纯粹的、人工无可替代的美。追溯历史，102年前，在这个名不见经传的小地方发生了中国最大的地震——海原大地震。因为独特的地理环境，这场大地震也造就了中国最美的丹霞地貌——火石寨。火红的山体有了白雪的覆盖，显得格外宁静，多了几分诗情画意。山峦与光秃秃的树木遥相呼应，白皑皑的山头，一幅简约的画面直入眼帘，给人视觉上留下不可磨灭的冲击！

下了雪之后，寒风一天高过一天。待二十四节气的"冬至"来临后，这一天有了入冬以来的第一顿饺子。俗话说："冬至不吃饺子，冻掉耳朵没人管"，这一段流传了千年的佳话也没有失去其魅力。这一天早上，父母亲起得比哪一天都要早。母亲经过一早上的忙碌后，小心翼翼地从炕头边的木柜里摸出几张磨了皮的钞票，嘴角不自觉地微扬，从里面抽出一张给父亲。在那个本身就穷苦的年代，一张一百的钞票显得格外值钱……

日暮黄昏，家家户户升起了炊烟，我在母亲的吆喝声里回了家，望着母亲包的一大桌饺子，我的馋虫直接被勾了出来。蹲在锅灶前的我吸足了气对着灶台又是一顿猛吹，从灶台里喷出来的火燎了头发也丝毫不在意。水跳起了舞蹈后，饺子便被母亲放入锅中慢慢煮熟。熟透之后，母亲会捞出来放进冷水中，冷却后端送这样艰巨的任务便会交到我的手上，在路途上顺便再偷吃那么一两个也没人知道！送到爷爷奶奶手里后，在他们的宠爱中再吃上几个，然后心满意足地回家，待肚皮耷拉下来并宣告抗议的时候，便是最为胜利的时刻。母亲吃完父亲剩下的几个后，便用一张旧布将剩下的饺子盖住，转身就将昨夜的剩饭找了出来，自顾自地吃了起来……

冬至过后，农俗将后面的八十一天分为九个九天。进入"四九"之后便能明显感受到寒冷的压迫感，母亲便会拿出年前缝好的棉衣和棉裤，直到我们穿得圆滚滚的像个球一样，她才会满意地点点头。"四九"天虽然寒冷，但丝毫冻不住一颗火热的心。河洼里的小溪结了厚厚的冰层，这样一年一度的滑冰盛会如火如荼地进行着：初滑的时候稍微站不稳脚跟就会摔个底朝天，头和冰面来一场跨种族的恋爱，嗯，摔起的鼓包便是他们爱情的结晶。我也不知道曾在这光滑的冰面上摔过多少次，但每次摔过后都会哭着跑到母亲面前求安慰，带着泪痕的糖果比往时的都甜。不过，这一项危险的运动父母却从来不会阻止，也许这也是对他们儿时记忆的一种传承吧！落日之后，我们用提前拣好的干柴架起一个柴火堆，火苗燃尽后的柴芯，那可是不可多得的宝贝。用它焐熟的洋芋又软又烂，和小伙伴分享着这一份快乐，笑声遍布山川……

⋯⋯⋯⋯⋯

又是一场春雪漫过前院，轻飘飘的雪花触控在指尖的那一瞬间便成了水珠，手指轻轻一捻便没了踪迹。雪花，水珠，我的童年和这淡淡的年味。大数据网络时代，让整个地球联系了起来，人们联系日益紧密起来，只是多多少少淡了人情味和年味。疫情阻止了大多数的交流活动，让一个个人不得不宅在了家，少了亲戚串门拜年，剩下空洞的老屋在这淡淡的旧年里黯然神伤，再也回不去的从前。我的农村，我的童年和留给我与众不同的记忆。

作者简介

宋程辉：宁夏西吉县人，银川能源学院审计学2022级（2）班学生。

纸上千百折（节选）

罗雯萱

一

这张纸铺在床头柜上已经很久了。

久到人们已不记得是哪一任病床留下的，也没人在意过。虽看着陈旧了些，倒还算干净，便得以继续留着了。

文宣在昏昏沉沉中被推进手术室。刀片几乎横着嵌在了右手上，于是央求医生把麻醉剂多打了一点。

麻药劲儿一过，缝合的疼痛感复苏。凌晨的窗外是暗蓝色的，光细密地洒在左边的吊针上，洒在右边被纱布固定的手上。文宣目不转睛地看着，房里弥漫的压抑使她无法喘息。

老人家风尘仆仆地赶到，抖落了帽上的雪，鼻尖红红地笑道："奶奶来了！"将馄饨放在纸上，文宣挪了个地方："奶，你坐吧。""不用，站着刚好喂你。"老人吹了吹，递到她唇边。

手机提示音响起，文宣看到发来的学习内容，无意中握笔，引出一阵撕裂的痛，纱布见红。她左手握拳，却又被静脉留置针刺到。忽地，一只苍老的手拿去了笔："没事，孩子，我给你写。"文宣呜咽着说了两句，却看老人迟迟不下笔，写了几个尚凑不成一句话的字。

被刀误伤本就不快，此时委屈倾泻而出："怎么这几个字都不会写，算了算了！"随即一把夺回。她起初只是宣泄，冷静下来，看到老人将发青的手收了回去，有些触动。但还是躺下，将头扭向一边，"我睡了。"

晚间，母亲下班匆匆来接替，老人刚要踏出房门，文宣轻声道："注意安全。"吃饭时，她心不在焉。

二

又是一个人。文宣重复着四处打量屋子的举动，仿佛这样就能暂解愁绪。

目光停驻于柜上的那片纸，她轻轻摩挲，耳边响起早年间老人尚健朗的声音："先吃猕猴桃，奶奶再给你剥松子噢！"然后是文宣的稚嫩："猕猴桃好酸！要是不剥我松子也不要咯！"果然如愿以偿。那时她还不高，可老人缩得厉害，不用再仰望老人使她很是高兴。

饭毕，文宣轻声道："奶，你继续写吧，不会的我仔细说，写错了我擦掉。"一张纸被融洽地装满了。

打发时间之余，老人拿起那张写满的纸，灵巧而迅速地叠了起来。不多时，一只活灵活现的千纸鹤便出工了，她放在孙女手背上，又将纸裁成窄条，叠起了小星星，纸飞机。"你以前就喜欢，总往家里买，总被你妈训，奶奶做的你也不要，就喜欢外面那些花里胡哨的玩意儿。"

她们许久未这样相处了。老人们总爱回忆，也爱讲回忆。她静静听着，时不时给老人倒水，这样好的时光，便又是一天了。

文宣拿着剩下的一半纸，又出了神。

这个家里，聚散是常事。虽说山水有相逢，但中青两代人总要奔波，开启新的旅程。她却已被传送到旅行的终点，带着清晰的记忆迎来送往，消磨出愈发瘦小的背影。

不管承认与否，随着时间的流逝，她们确实在各种意义上有了距离，心灵愈走愈远，甚至在将来，还会经历永不相见的诀别。可她执拗地认为小孙女值得最好的，所以愿意给予生命里所有的珍贵，然后笑着站在光阴的尽头，慢悠悠等着她每一次转身。

一道稚嫩清脆的声音让她收回思绪："妈妈，那个阿姨怎么在哭呀？"

文宣怔怔地蹭脸，触到一手的冰凉。窘迫低头，才发觉纸已被晕染得不成样子，她平静地将它折好。

"哎哟，接水的人真多！"老人提了壶开水进来，她喜欢自言自语，是个文宣不知道的习惯。不知老人是否发觉异样，只坐在陪护床上，揉着走得急而发疼的腿脚。文宣低头掩饰，余光静静落在她身上。这一刻仿佛戛然而止，然后永远凝固在奔流的时光中，只在文宣的脑海中鲜活生动，一如初见。

风停了，雪纷纷扬扬地落下。天地一线，洁白宁静，宛如不染尘埃的新生。

一个多礼拜后，出院了。轻轻摩挲着老人暗沉的手背，文宣有些恍惚。

她犹记得当年弯腰向她招呼的一双手，就算她涕泪横流，磕碰得满身灰土，有时不愿去幼儿园，甚至迁怒着说讨厌祖母，表达着一个孩童最大的愤怒。但老人依旧笑着走来，柔声细语地安慰劝导。她从不计较那些不尽如人意的事，但文宣心中深深烙印着这份感激与爱。

文宣主动牵着老人，一种奇异的感觉在心底流淌。老人顿了顿，回握住了她。

是的，生命之间总是有距离的，但最诚挚的爱意就是熊熊燃烧的火焰，足以焚尽世上所有的隔膜。

床头柜上的白纸，文宣新放了一张，原来的已变成攥在她手中的纸鹤。她想着，回去之后，得再给奶奶买双舒适的棉鞋。

"若逢新雪初霁，冷阳当空，你带笑与我同行，天光与地雪间，唯你一种绝色。"

作者简介

罗雯萱：宁夏大学文学院2020级汉语言文学（文秘）专业大三学生。

奶 奶（节选）

张苟苟

外公走了，人常说老伴老伴，老来有伴。奶奶就一个人了，村里的老人都说奶奶就像那离了群的孤雁，飞不久了。奶奶的身子骨向来硬朗，常年的劳作反而让奶奶走路稳健，事事都能做得得心应手。可就一年，短短的365天，奶奶一下子老了许多，头发几乎全白了，原本走路稳稳当当，而今也深一脚浅一脚。奶奶常念叨："今年的庄稼收成不错，是个丰收年，你外公不会享福啊。"奶奶命苦，不管谁听说了都要轻叹一声不易。奶奶三岁就没了爹，含辛茹苦地长大，膝下有四男一女。妈就是奶奶唯一的女儿，而我是奶奶的外孙女。不想大舅在二十三岁时遭了矿难，就此殒命，奶奶几次晕厥，泣不成声。临了临了，奶奶在68岁时没了丈夫，孤身一人，形单影只。尽管命运已经给奶奶的一生增添了许多的不幸，可奶奶却依旧温润善良。她用心爱着每一个亲近之人，觉得村里的小娃娃都俏皮可爱，惹人心疼。甚至对路边的野猫野狗也不会加以训斥驱赶，经常背着家里人给它们一点馍馍吃。这个小老太就这么操劳了一辈子，辛苦了一辈子，也良善了一辈子。而我和奶奶的故事很长，大抵要从我的出生讲起。

在一个平淡得不能再平常的夜晚，小小的土坯房里一声尖锐的哭喊宣告了我的降生。抱着这个皱巴巴的婴孩，母亲的脸上愁苦大于欣喜。刚刚经历分家风波的父母显然无力抚养一个稚嫩的生命，终日苦恼着。奶奶目睹了这种困境后便把我带到了自己家里，这一待就是12年。而这12年的互相牵绊始终以食物作为维系，超出了一切血脉延续的理所当然，比其他的骨肉相连来得更为明艳灿烂。

一个个村庄被大山环抱着，远远近近的屋舍挂在半山腰上，东一家西一处，无半点规律。奶奶家的几间土房子也安详地躺在大山里头，旧得满身都是故事，成天安静地睡着。菜园里的黄瓜摘了好几茬，日子也就这样一天天过着，而日子的冗长也把姥姥变成了奶奶。

"奶奶我想喝羊奶了"。浑身沾满了土的我奶声奶气地喊道。

"好好，给我娃弄羊奶"。奶奶停下了手中的活计，从桌上拿起那个印着大红牡丹图案的白瓷瓶走了出去。不久后，奶奶就端了一大瓶羊奶走了进来，奶奶把瓷瓶放在炉子上，煨了好久，渐渐地，热气在瓷瓶的上方升了起来，一小会后，就听见沸腾的羊奶发出欢快的叫声。奶奶仔细地把白糖撒在了羊奶上，看着白糖完全消融后小心翼翼地把羊奶倒进一个小碗里。

涎水早已在我的嘴边肆无忌惮地流了下来，干成了一道道白色的印痕，清晰可见。奶奶心疼地看了我一眼，在碗边轻轻地吹了几下就用勺子喂我喝。那时的我简直想象不到这个世界上有比羊奶还美味的东西，总之，觉得它就是人间至味了。

"奶奶，你也喝"。嘴上沾满羊奶渣的我开心地把勺子向奶奶推了推。"我娃长身体，我娃喝。奶奶老了，就不喝羊奶了。"

夜来了，太阳敛去了它的锋芒，只留下了清冷，喜欢叫唤的黄狗也没了声息，大地上一片沉寂。睡在奶奶的臂膀里，我的梦里却有了有羊奶的醇香。

时间就这么走着，走着，转眼间我大学毕业，顺利考上了研究生。奶奶逢人就夸，我娃可有出息了，现在是研究生了，争气得很。村子不大，奶奶说的次数一多，村里的人也就都知道了。外公一周年忌日我们一家子回去时，少了很多意料之中的伤感，就好像这是很多年以前的事，而外公只是出了一趟远门，只不过再也不会回来罢了。奶奶依旧疼我，逮住空闲就偷塞给我一碗肉，告诉我哪哪有好吃的好喝的，让自己去拿，千万别亏着肚子。我和奶奶的故事还在继续，从孩童时的悉心照料到成年后的无微不至，她是我心上最柔软的地方。万籁俱寂之时，我常想，如果我长大之后我的奶奶依旧在操劳，那我的长大又有什么意义呢？以后的路变数万千，外公的与世长辞让我一下子慌了神，祸福真的只是一瞬罢了，只希望她能再等等我，再等等我，我还想带奶奶去好多好多地方，吃好多好多好吃的。愿我的奶奶身体无恙，事事无忧。

作者简介

张苕苕：宁夏大学文学院2022级汉语言文学专业学生。

若日后又重遇（节选）

丁 玲

　　最近总是频繁梦见我小学五年级的语文老师，或许是因为自开学以来铺天盖地的教学设计、教学任务，让我又重新思考起了我为什么要当老师，我该如何当老师这类反反复复又答案模糊多变的问题。当这些问题不断地萦绕我心的时候，她的形象便在我的脑海中逐渐清晰。

　　印象中，当时她应该是四十多岁，体态轻盈，如幽风一般款款而来，每天穿着花花绿绿、设计感极强的衣服。说话时，她的红唇便与笑容一同在脸上灵动地绽开。沉默时，她又是那么的忧郁，仿佛可以坐着火车，跨越两千多里的路程，只是为了去赛里木湖边吟一首诗……她是那么自信舒展，神采飞扬，而又神秘清冷，遗世独立。在当时我们这个地方妇女到了四十岁人均黑白灰或暗花图案的大环境下，她显得格外"扎眼"。不可避免，她的衣着也会受到同学们私下口无遮拦的议论。更严重的是，她似乎还遭到了同事们的冷眼。

　　挥之不去的，除了每天引人注目的打扮之外，还有她对学生乐此不疲的鼓励和赞扬——每天夸奖学生"一万遍"且几乎可以用尽汉语中所有的赞美之词。自然，她的课堂总是特别活跃，我们班的语文成绩也总是名列前茅。但活跃的课堂气氛和优异的语文成绩始终与我无关，我只是一个安静地坐在教室后排终日发呆幻想不学习，还有点神经兮兮的"透明人"。不过，事情从一天中午开始发生了改变，那一天她才算真正地走进了我的生命。那天，我的桌上放了一本夏洛蒂·勃朗特的《简·爱》，她在过道走动的时候，看到了它，轻柔地问我是否读完，我当时的状态十分滑稽——局促、呆拙，紧张得说不出话来。她也没有再问，只是笑了一下，然后走上讲台，当着全班同学的面夸奖了我，说我爱读书，会读书，让大家向我学习……我全程红着脸低着头，但我知道我内心孤寂的那部分已经被她点燃，然后燃烧，化为轻烟飘向窗外……也许就是从那时候，我才开始渐渐地对这个世界敞开心扉——我开始在她的课堂上表达自己的想法；开始与同学交流玩耍；开始与灵魂中那个随性热烈的自己相遇相知。那段时间我的生命是金色的，也是在那段时间我才开始认真听她讲课，具体的教学内容已被时间模糊，但是她在课堂中润物无声的生命教育却久润心灵：要自信、要阳光、要对生活饱含热爱、要对生命充满敬畏、要视他人目光如鬼火，勇敢大胆地去走自己人生的路……这些简单质朴而又深刻隽永的话，是我最早的人格启蒙，也是我不断追寻的人生状态。

当她的形象越来越明晰，我内心的声音也愈发响亮。我为什么要当教师？是为了能够像我的老师一样用自己的朗光照耀一棵棵小树，让他们茁壮生长；用自己的柔风推动一朵朵小云，让他们浪漫飘浮；用自己独立的灵魂唤醒一个个不知所措的灵魂，让他们坚定昂扬。我要怎样当教师？我想最重要的是，要拥有独立的人格和仁而爱人的心灵，自信自强，在我的学生面前呈现一个完整的大写的"人"的形象。

上次回家，在街上远远地看到了她，她已经穿上了暗色的衣服，但是面庞依然从容平静。那一眼匆匆，我并未上前和她问好。若日后又重遇，我希望可以去和她打招呼，让她看到我的自信舒展，也许也可以让她看到年轻时候的自己。

作者简介

丁玲，女，宁夏师范学院文学院2020级汉语言文学专业学生。

绮　梦（节选）

李　霏

2022年阳光灿烂的夏日，我有幸认识了一群可爱可亲的小家伙们，孩子们自然天性的调皮活泼、奇思妙想与可爱稚气，为我的暑假生活增添了别样的色彩。青春如梦，色彩斑斓，在乾安县德建社区儿童服务站与孩子们相处的二十多天里，我们相遇、相识、相知。这是一段奇妙的经历，亦是一段难忘的回忆。

底色：青春里的"志愿红"

《论语》有云："君子务本，本立而道生"，"本"自然为人生的底色。如果为当代青年选择价值底色，我想，这应当是"志愿红"。青春里的"志愿红"更是明媚动人，它象征着热情、阳光、温暖。它是一颗被托起的爱心，赤子之心，殷殷之情；它是一腔无私奉献的热血，心意不变，目光坚定；它是一面畅意翱翔的旗子，迎着烈日，满怀希望。

作为大学生青年志愿者和儿童服务站的口才老师，多重身份的责任与意识，使我毫不犹豫地为自己的假期生活涂添一抹"志愿红"。我穿着红色的志愿者爱心小马甲，与孩子们唱儿歌，朗诵诗歌，练习绕口令，表演手势操……这是一间小小的教室，却蕴含着无穷大地给予精神上驰骋的空间，因为这里是致力于为孩子们树立远大理想、助力梦想启航的地方。当我说："哪位小朋友愿意主动为大家朗诵这首诗歌呢？"孩子们争先恐后，高高地举起手，眼睛里满含期待的目光。有时我纠正他们读错音的时候，孩子们会低下头，有点不好意思地腼腆一笑。当我表扬他们感情饱满，表演很出色时，一双双笑眼和喜悦的脸庞就映入眼帘。阳光透过窗子淡淡地洒入室内，人在艳阳中，桃花映面红。

这是一群很"赞"的孩子。后来，当我逐渐了解到孩子们的家庭情况后，教学就多了一些别样的重量和内涵。我很喜欢这群小孩儿，不仅因为他们上口才课时声音清脆，悦耳动听，更因为他们课堂上勤奋努力的样子，是我眼中最美丽的风景，这一身"志愿红"也变得更有意义。

主色：饱蘸深情的"碳素黑"

寸金光阴，当有诗书相伴。我就读于宁夏大学汉语言文学专业，学科专业与个人志趣的相互作用下，我给孩子们上的第一节课是朗诵诗歌《望庐山瀑布》。

我拾起碳素笔，在那方洁净的白板上书写古诗时，流动的黑色墨水散发出淡淡馨香，一笔一画的汉字整齐罗列，白板上的黑字清晰醒目，在完成最后一笔的恍然间，我似乎真正体悟到"文运同国运相牵，文脉同国脉相连"。仔细算来，这群10岁左右的孩子们所步入校园的时间并不算很长，也尚未形成独立的世界观、人生观、价值观，这就彰显精神价值层面上的教育对他们的人生成长格外重要。在小学阶段，学生文化自信的培养，是实现文化兴国、文化强国的基础关键。这对每位老师来说，都是一份沉甸甸的责任，古老博大的中国文化积淀着中华民族最深层的精神追求，也代表着中华民族独特的精神标识。

短短一个假期，我同孩子们学习了《元日》《八一颂》《彩色的中国》《勇气》

《面朝大海　春暖花开》等十余首古今中外的诗歌。遨游在诗歌的海洋，希望祖国的花朵们在接受了中国文化的浇灌滋润后，不忘初心，茁壮成长。更希望他们身为中华儿女，始终牢记且坚信，古老的中华文明种子，生命胚芽蕴藏于内部，要在新时代的土壤里播种！

副色：夏日里的"透明色"

七八月份的家乡，时而艳阳高照，时而暴雨连天。

为了收获更好的课堂效果，确保每位孩子都能有效地参与进课堂互动中来，每次上课我都会站在孩子们身边，单独依次纠正他们的发音、感情、语序，一节课下来，步伐未停，就有了一次有点小"尴尬"的回忆。我正低着头为同学们做表演示范，只感觉到什么东西忽然从我的脸上滑过，坐在我身旁的一个小男孩大声说："老师，你的汗水都掉到我的课桌上啦！"我只好一边尴尬地笑了笑，一边默默擦掉桌子上的汗水。入伏后天气更为闷热，一小时的课程结束后，我脱掉志愿者小马甲，每天都能"收获"后背上透过衣服的一片汗渍。虽然天气让人有些烦躁，汗水让人感到不适，可每节课后满满的成就感，在这些小小困难面前也就微乎其微了。

今夏多暴雨，天气预报连续播报蓝色预警。连夜的小雨在第二天早上转为暴雨。早上七点，刚刚起床的我，面对打在窗上豆大的雨滴一脸忧愁。母亲说："这么大雨，今天就别去了吧？应该不会有小孩在这个天气来上课吧。"我也一直期盼大雨转小雨，磨蹭到八点零几也不见雨势转小的苗头。我站在窗前不停地徘徊，但最终，我想：来了一个同学也是同学，我不能让他们白来一趟。因为父母上班时间和我上课时间不同，只能自己解决出行问题，我顺手拿起一件黄色雨衣，打着伞出门，好不容易打到车，到教室时裙摆早已被雨水浸透。对于一个有点爱美的小女生来说，皱巴巴的黄色塑料雨衣贴在裙子上实在有点难看，浸湿的裙摆也有些狼狈，但看到仍有同学们在暴雨天来上课，这透明色大雨带来的苦恼转眼就烟消云散。

青春逐绮梦，墨韵谱年华。岁月如画，光彩夺目；淡笔勾勒，细细描绘。八月底，我和孩子们都即将迎来开学，虽然要和德建社区儿童服务站的孩子们说再见了，但我相信这只是暂时的分别，未来的相见亦可期待。文字的力量是单薄的，心中的信念是永恒的。我仍要离乡千里继续求学，孩子们也要系好红领巾，朝气蓬勃地续写校园生活，我们奔跑在不同的赛道上，希望我、你、大家，都能够不负时代，奋楫争先！

作者简介

李霏：宁夏大学文学院汉语言文学专业学生。曾获宁夏大学"助学·筑梦·铸人"征文比赛一等奖，宁夏大学文学院"学党史，筑信仰，庆百年"征文比赛一等奖等奖项。

母亲，请放心，我已经成了您的样子（节选）

李能雪

> 您说："不仅要陪伴着我长大，还要嘱托我做一个有孝心、有爱心、有善心和有责任心的人。这样的话，无论我出门到哪，您说才能够放放心心的。"那么，亲爱的母亲，这么多年过去了，在今天，我想写文章来告诉您一声：请您放心女儿吧，她正值青春，年少有为，她真的做到了。"
>
> ——题记

母亲，我记住了您的样子

"女儿，来，快过来给妈妈搭把手，把这几盆花搬到外婆的窗前吧，兴许能给外婆带来好心情。"听着母亲气喘吁吁的说话声，我放下捏在手中的荷包玩偶。从木板凳上小心滑溜下去，跑到母亲的身边，看到母亲额头上的小汗珠子，便用衣服袖子擦干。年幼的我，没有多大的力气，就帮母亲用手托着花枝，以免在抬放中不小心折断。记得在童年时，外婆的身体就不大好，总是生病住院，而母亲为了方便照顾，一边照顾外婆，一边还要陪伴我。

外婆一生经历的苦难很多，单说女人生儿育女这件事上，外婆就经历了十次痛，当时的医疗水平极其落后，在生最后一个孩子时，因为疼痛，就晕过去了，而孩子一出生就夭折了。母亲排行老五，在三姐妹中是排老二的位置。虽说母亲不是外婆最大的孩子，却是外婆最能靠得住的女儿。

外婆家离得很远，每次母亲回娘家都要骑着那辆破破烂烂的大梁自行车载我，但后座被母亲用棉布扎得厚厚实实的，坐上去体会不到一点儿垫屁股的感觉。在去外婆家的路上，大多听到母亲讲述关于外婆的点点滴滴过往，我还依稀记得点，那就是：你外婆啊，是一个特别爱养花的女人，可别小瞧她那一双可以用手丈量出尺寸的脚，走起路来，可麻溜了，这不，她在窗户下的位置专门钉了一个柳枝木架。还有，最让我这个做女儿佩服的是，你外婆好像能神算出每朵花的生命，留空做出来的距离刚好能够满足花朵生长季所需要的空间……总共有三层架子，上中下都摆满了各种各样的花，只可惜我不会用花色来识得花种，就一股脑儿地记住了有些花名，比如：芍药、康乃馨、风信子、野菊花、吊兰、月季、矮牵牛、薄荷花，等等，还有许多记不住名字且又长得奇形怪状的花儿。而我，却独爱一盆摆在中间位置的"满天星"，种植"满天星"的花盆也极独特，选用一种深蓝色的陶瓷盆，正面印刻着一位母亲牵着女儿手的印纹。我用手指鼓捣着花头，"妈妈，妈妈，您知道'满天星'的花语吗？我好想知道哟。能给我讲讲吗？"母亲朝我微笑了一下后，却把目光投向外婆的身上，示意我去问外婆。也许是我刚才喊母亲的声音大了点，听到从里屋传出外婆的呼唤声："小机灵鬼，进来，外婆给你讲'满天星'的故事。可别被吓着。"说罢，外婆把我搂在怀里。

外婆的"满天星"故事便娓娓道来："那天，我一个人在家，外头的太阳很烫热，可能过一会要下'大白雨'（老一辈人的叫法，指暴雨），可线绳上还挂着外公晾晒的被子和衣服。于是，我拄着拐杖就出屋门了，可没走几步，只觉得地面烫得脚底发疼，眼前一花就晕过去了。在医院醒来时，守在一旁的大儿子就告诉我，得亏了妹妹，不然还不知出个啥意外呢。原本只是普通来娘家转转的，却没想到会遇见我那吓人的一幕，躺在院子里浑身都发烫，衬衫也全部被湿透，脸上全是豆大的汗珠，汗水粘住了鬓角的白发，而我的女儿吓傻了，把自行车一把推开，直扑跪倒在我的身边，用后背替我遮挡住了晒在脸上的阳光，后来才知道你母亲的脖颈都晒伤出脓水了，还放在车篮子里的一盆'满天星'随着自行车倒下去的一瞬间就摔得七零八落了，而地上的花朵也随着离去的救护车枯萎了。女儿一直守候在我的病床前，几天几夜都不合眼，我懂女儿对我的感情，只是我一直拖累，心里真的很愧疚。趁着你母亲出去买饭的时候，我就拜托病房的小朋友去花市场里买了许多'满天星'的花种子。出院后，就和女儿一起种了一盆'满天星'种子，它长大了，也就是你刚才鼓捣的那盆花朵。"

　　感慨"满天星"血浓于水的母女情故事后，我深感报恩和尽孝要及时。母亲一生忠厚善良，在外婆生病的日子里，便撑起了外婆的一片天，医院与家，都留有母亲守护的背影。外婆想吃的饭，母亲便跑遍街道所有的饭店去买；外婆想喝的浆水面汤，母亲便去朋友家拿，因为只想给病床上的外婆喂一口味道鲜美的汤；外婆的胳膊肿胀得发痛，母亲便打来热水，一遍又一遍的给外婆擦洗身体……在夜深人静的时候，外婆会呼吸困难，容易导致昏迷，而母亲一夜连着一夜都坐在板凳上守护熟睡中的外婆，母亲用宠爱孩子的眼神来看睡着的外婆，那么慈爱。母亲做了许多，从不觉得自己做得很多，她用孝心、爱心、善心和责任心言传身教，用实际行动告诉我什么才是真正的"孝"。母亲不识字，没上过学，说出来的话和讲出来的道理，却总能让你明白现象背后的人生哲理。我佩服母亲，却也心疼母亲所承受的苦和难。我不要下辈子尽孝，这辈子，就让我来守护您吧。

母亲，我记住了您的样子，从头到脚，从里到外，从家到村，从外公到外婆。您的样子，是真的美！

作者简介

李能雪：宁夏大学新华学院文法外语系法学（3）班学生。

出　走（节选）

李旭升

　　我的家乡是宁夏平罗，一个不起眼的小镇，若不是翻看过县志，我还不知道它的古地名叫"平虏"，更不知道它已经有着两千余年的历史。我曾经疯狂地想离家出走，但现在的我，只想待在这里慢慢了解它。

　　今年的暑假，我在父亲的安排下去红崖子乡干活。当我问及"红崖子"在哪里时，父亲反问道："你学了十几年书不知道红崖子在哪？"我一愣，随即答道："不考"。父亲叹了口气，给我解释了一番地方在哪，我才知道那个地方离县城很远，旁边是沙漠。

　　沙漠？我不屑地撇了撇嘴，我还没见过沙漠么，它怎么能唬得住我？

　　翌日清晨六点钟，一轮旭日缓缓从天边升起，赤红的霞光穿透几缕淡云，似是戴上了一条红围巾，街边零星的几个结伴的行人走得飞快，明显是赶早起来健身的。我坐上那辆去往红崖子的皮卡车，怀着好奇而又激动的心情，期待着未知路途上的风景。

　　车辆很快离开县城，顺着平陶公路一路向东驶去，过了黄河大桥便是陶乐镇，红崖子乡也就不远了。刺眼的阳光照进车窗，打在我的身上，一股暖意驱散了清晨的冰凉，我下意识看向太阳升起的方向，刹那间，被眼前的一幕震撼到，那朝阳似乎是从不远处的小山"起床"一般，那么近，那么大，那么赤红。

眼前的这轮朝阳俨然是昨日从西边的贺兰山"下班"，然后在人们看不见的地方偷偷回家，次日再从那小山背后升起开始"上班"，周而复始。我怔怔地看着小山，随着朝阳的升起，它的阴影随之消失，显示出它真正的样子，我不相信地揉了揉眼，在确信没有看错后，眼角随之湿润，我哭了……

那哪里是一座小山？分明是一座巨大的沙山。那是毛乌素沙地，一个在课本中经常出现的地名，一个贴近我家乡的巨大沙漠。

车辆弯弯绕绕，拐出陶乐镇外，顺着红陶公路一直向北驶去，一座座沙山平行于公路东侧，不断绵延。我把身体微微侧向车门一侧，仔细地观察着这片沙漠，它们大致分成三个部分，由近及远依次是：五六百米内的淡白色荒芜滩地、八百米左右不断流动的新月状沙丘和一公里处几十米高的沙山，它们像排列有序的军队，整齐地站在公路的西侧，隐隐散发着恐怖的杀气，好似要直接冲锋一般：淡白色的滩地是军队最前列的盾牌兵，新月状沙丘是排列在其后的刀斧手，那沙山就是排在最后的箭手和攻城利器，零星的几处灌丛是旗手，随风滚动的复活草是传令兵，看得直让人发怵。

向空中看去，碧蓝的天穹之上云海翻涌，几朵白云在日光的照射下在沙山上留下几块阴影，在最高的沙山顶上聚集化成一顶雪白的绅士帽，它浩瀚而无声，缓慢地随着微风波澜起伏，然后腾起、凝滞，随后渐渐消散。直到沙砾随着车辆的疾驰，夹杂着西北风吹进车内，打在脸上生疼，我才回过神来。

与远处眺望看到的沙山感受不同，近处看到的沙山带给我更多的是一种恐惧。因为陶乐靠近黄河的缘故，那里的微风是湿润而凉爽的，但是我现在在车里感受的微风是干燥而炎热的。这里离陶乐的距离不出五公里，气温的差异却如此之大。再者便是沙山的高度，它看上去像是一股几米高的"巨浪"蔓延于宁夏平原的东北边界，一副要将城镇"淹没"的态势一般，让人胆寒。凛冽的风沙更是如一把锋利的长刀，在地上划出深浅不一的深谷，坐在车上还可以清楚地看到层层堆叠的土层，浅一点的地方只有半人高左右，但深的地方可达三米。

那不是一片沙漠，那分明是一只想吃掉这片富饶土地的滔天巨兽！

我噙着泪，痛恨着眼前这片侵袭家乡的沙漠，痛恨着自己的无知。年少时的"出走"是稚嫩的我与自己的一场赌气，自己明明深爱着这里，可依旧还认为外面的世界更加精彩。可精彩的不是外面的世界，往往是每个人的一生。人们用各自精彩的一生，拼凑起幸福的家庭，拼凑起乡村、城市，拼凑起中华民族，拼凑起现在富强的中国。那场名为"出走"的想法渐渐随之变成了"走出"，我想让家乡走出宁夏，我更想让它走出中国。

我不想在我年迈的时候才明白那个当初最想逃离的地方，也是我最想回去的地方。我不想当个游子，只想当个坚守在家乡建设的奉献者。

作者简介

李旭升：银川科技学院教师教育学院2020级汉语言文学专业学生。

渺 小（节选）

林睿瑶

有朋友跟我说过这么一句话：知足于，自己是个平凡人，没有太出众的经历，没有太耀眼的光芒，但是有温柔的家人和朋友，还有会感知美的能力，你看我们多幸福。

感谢渺小得刚刚好，也幸福得刚刚好的自己，希望我们都足够幸运。

傍晚下楼拿外卖。

一般情况下，我都早一点到等外卖员，毕竟他们老是看着很匆忙的样子。

今天，因为先去拿了快递所以迟了两分钟，远远就看到我的那个外卖员站在那儿，旁边还坐着一个外卖员。

顺利拿到外卖我并没多想，转头走了。

走了两步就听见有人喊："同学，同学！"

刚开始以为不是叫我，回头张望了一下，我就继续往宿舍走了。

那个声音说："同学你住几号楼啊？"

这次有百分之八十的确定是叫我了。于是转头："我吗？ 7号楼。"

"那你可以帮我去108看一下吗？等了半天没来。一个姓马的同学，点的药。"

本以为简简单单地去敲个门，让马同学出去拿个药，我的任务就完成了。

但在108门口敲了门，三次，没人应答。我抬头看看窗户，黑的，应该是没人。

这时候内心挣扎了一下，要再走出去告诉他吗？说不定那个同学已经出去了呢？但是肚子好饿，饭好香，我好想吃饭。

纠结了许久，某次看电视张曼玉说过要"日行一善"的声音不停在我耳边回响。叹了口气，我拎着饭又出去了。

"您好……哎，您好，我去108看了，没有人哦，你看要不要再打个电话呀？"

"啊啊，好，谢谢你啦……我已经打了四次电话，都没人接……太谢谢啦。"

他估计没想到我会回来，语气里都是惊讶。

"没事没事，那我就先走了。"

"真的谢谢你啦，同学。"

他脸上满是岁月的痕迹，笑容里是不易察觉的疲惫。

我回头看，他还靠着栅栏坐在那里，心莫名其妙地很酸。

也是为生活奔波的人啊。在等着那个同学接电话，在担心下一单能不能及时送达。

越长大就越发现人的渺小，偶尔，很累的时候会回想以前的雄心壮志，会觉得天真得好玩。

想当个作家，可以一直写自己的故事；想当个歌手，可以一直唱歌；想开一个小小的店，满是花香，有数不清的小说和吃不完的蛋糕。

但是岁月给我们带来数不清的痕迹，也会磨平一些曾经的不羁。

慢慢变得现实，慢慢开始焦虑，慢慢会为未来如何谋生担心。

会发现自己所谓的"文采"也不过如此，会发现唱歌只能是一个爱好，而不是特长，会发现开一个小店其实很难有足够的面包填饱自己的肚子。

很久很久以前，我们一起在操场的角落晃脚聊天。她说，其实不太喜欢追星，因为会感觉自己很渺小。

那时候的我说，他们更像一道光，让一些灰暗不那么可怕。

插着耳机放着歌的时间很多，但前段时间突然发现，我确实渺小。曾经站在台上唱歌的梦已经离我很远很远，永远有人在台上闪闪发光，但是我不可能成为其中一个。

心理学上有个词叫作"聚光灯效应"。某些时候，人就是会有种很奇怪的错觉：在这个错觉里，自己是世界的中心，自己闪闪发光，自己是所有人的关注点。这种错觉在某一刻会让你感到无比的满足，也会在某一刻让你感觉无比的渺小。

但谁说，闪闪发光就不渺小了。谁又说，渺小就不美好了。

我的梦仍是我的星星，我的星星们仍然是我的光，让我有可以喘息的空间，让我有可以崩溃的瞬间，让我有接着走下去的勇气。

我走在街上哼最近喜欢的歌，我看到了喜欢的书，我买到了一些稀奇古怪没什么用的东西，我和他们分享最近的开心和不开心，我坐在桌子前听键盘噼里啪啦，这种声音让我心安。

平凡的事，渺小的我，浅浅的幸福。有时候会觉得遗憾，但也再刚好不过。

今天的朝霞很美，今天的晚风很柔。

希望那个同学没有大碍，希望那个外卖员在我走后不久，就顺利联系上她把药给她了。

不太相信"一切都是最好的安排"，但是相信"车到山前必有路"。

渺小的我们，都会有刚刚好的幸福。

Everything will be fine. You will.

作者简介

    林睿瑶：宁夏大学外国语学院2020级英语（翻译）专业学生。

访问云梦里的谪仙人（节选）

刘嘉宝

> 美酒入豪肚，五分成就了月光，三分铸成了剑气，二分造就了诗歌，妙口一吐便是半个盛唐，灵步一迈可堪仙人腾飞。
>
> ——前记

我曾一度彷徨失措，经常独自一人走在空幽的小径上，就这样，我也一度坚持了好长时间，那段时间天知道我在想些什么？一回到家里，就摆出一个自认为觉得很惬意的动作，便开始了冥想。

于是，我把心思带入了一场穿越时空的旅行，在盛唐幻夜下寻觅他的身影。他是大唐的明星，是冠以"诗仙"称号的绝世天才，他就是——李白！

也许世人只知道他的风采，在诗作方面，他的诗如大鹏起兮十万里，奔放潇洒；在剑术方面，他的剑如青莲扬沙十步路，俊逸灵动；在个性方面，他更是如谪幻脱尘自称仙，傲骨无双。世人眼中的他，遗世独立而恣意独走，放浪形骸而致意庙堂。

他就是这样矛盾的人，一心想要追求自由，也一心想要入仕，在玄宗朝不得志。也许正是他太在意出仕，永王一案他站错了队，于是他很快便结束了自己的一生。

每每想起，我都为你感到惋惜。你为什么不能放下为人臣之极的梦想，为什么不能把你的舞台放在山川江泽里呀！想象那云幻的雾的美景，风华千园的百态。还有星河女虚为伴，鸟兽虫鱼为友。

我知道，你一点也不寂寞，因为你与月为友，和影为伴，这一点也不奇怪！

离开长安，你应该去拜访花间的美景，携带一蓑一笠、配一壶一竿、歌一曲一词、享一肴一酒、品一茶一音、属一文一书，就你一人在这里高歌，也就你一个过得如此自在。

黑夜如漆！

皓月如纱，玄烛之下的你举起醍醐，在这被霄晖浸染的酒爵里，你独自畅饮。天空中的清晖此刻也不耐烦，微弱如素影般的光芒好似悦动的精灵般，在你的酒杯之上留下一抹柔光。此刻你不孤独了，因为这皓彩带给你的不仅是品饮醇酎时的意境，还有那始终陪伴着的"兄弟"。在这样的夜晚，我不知道你在想什么？只知道你在咏诵着诗歌，也许你太孤独了，我便猜想你去访友人于玉洞，弈棋作兴；会骚客于竹林，墨文赋乐；与佳人于雅阁，抚琴行怀。并道友游古刹，通谈禅理；行于石亭，弄墨山水；止于小舟，鉴看述景，此行天地之乐也！

黎明将至！

此间风岚难存，你作别了这昨夜的夕霏，告别了这方山间的扶摇，离开了这方天地间的镜流。我寻寻觅觅，于是遍访山川，只为相伴于你，畅聊片刻。于是我拜明堂家室，会花之贵客；倘灵泽天池，见花之净客；访空幽玄境，睹花之幽客；悉园圃妙地，恋花之寿客；闻清熏雅香，服花之神客；探神韵傲骨，尊花之清客；念回肠思忆，触花之山客。此间此观，此思此想，皆是过往。

我驻步而眺望，只见桂魄已然渐淡。玉壶中的杜康你我也早已喝得通透。闲谈中有你，得志时有你，失意时亦有你。也许你有了自己的追求，也许正如你所言："使寰区大定，海县清一。奋其智能，愿为辅弼。"不可或缺的是你的狂劲，有言可道是："仰天大笑出门去，我辈岂是蓬蒿人。"又或是"我醉欲眠君且去，明朝有意抱琴来。"你如此，也难怪！但你的确是独一无二，别人也只知你的狂和傲，却无法理解你的愁。你向世人传达了"抽刀断水水更流，举杯消愁愁更愁。"可见，你也孤独，和月、影相谈，你的心境足以和外人道也。兼之你的深情，让我不得不为你留恋，为你赞歌。"桃花潭水深千尺，不及汪伦送我情。"你的想法可真让人难以捉摸，喜悲有你，狂傲有你，有血有肉亦有你。

我带着自己的思绪一直等到了天的大亮，它阴蒙蒙的，这也预示着我就要离去了，天知道下次我又该如何去找你。这样的场景不复存在了！我向你做了最后的道别，然后我选择了轻轻地离开，留下了属于你我之间的红笺小字。期待与你青鸟飞来，它将作为你我相知的凭证。

在这凝结成露珠的见证下，我自顾离去了，你也许不知道我的存在，又也许把这影子当成了我，这也只是我的一厢情愿罢了。一千多年了，我穿越时空，只为在此刻此时的场景去了解最深处的你。回首望，我似是在你身上找到了答案，也许是和你身上的青春之气有关，它是永恒且超越时空的。也许是因为和你一样被世事磨平了棱角，我却多了一样和你不一样的，那就是对未来的思考。我欲想要让灵魂来一场穿越时空的旅行，在诗词中来一次舒筋换血，能读到你是我的大幸。我行于路上，纳于辞海，书浴我之体，情浴我之身，大道浴我之魂！

作者简介

刘嘉宝：银川科技学院教师教育学院汉语言文学专业大三学生。

说　剑（节选）

卢国栋

　　古人对剑的信仰如同玉一般，《诗经》中有："君子如玉，如切如磋，如琢如磨"的话，用玉的切磋琢磨的制作过程来比喻君子在成才过程中所要经历的磨难，又有"君子如璧，君子如硅"的话，用洁白无瑕的璧玉来比喻君子高尚的道德节操。一把好剑的产生大致要经过铸造、锻造、打磨三道最基本的程序，而具体工序可达上百余道，铸剑之难是不亚于玉的，而剑身笔直，银光曜曜，其所蕴藏的刚正不阿，洁身自好的操守更有甚于玉，或许"君子如剑"更妙一些，既有玉中所蕴含的高尚情怀，又不乏少许锋芒，增了些刚硬之气。古人早有佩剑以明志的传统，武人佩剑，文人也佩剑。武人佩剑，勇猛之中泛着智慧与正义，文人佩剑，儒雅之中带着英武和大气，所以我们中国的武将大都精通兵法，作战讲究谋略，不乏运筹帷幄决胜千里之人；文人也大都英气逼人，浩荡潇洒，侠肝义胆。

　　唐代人爱剑更甚于其他朝代，唐代佩剑之风盛行，而且有许多人研习剑术并取得极高的造诣。李白二十五岁便"仗剑去国，辞亲远游"，宝剑是他一生的挚友，豪壮之际，失意之时，他都倚剑独语，天下之大，知己莫如他笔下的诗和手中的剑了。唐代的文人大都是剑胆琴心之士，他们有"在天愿作比翼鸟，在地愿为连理枝"的深情，也有"愿将腰下剑，直为斩楼兰"的雄壮，唐代是诗的时代，亦是剑的时代，大唐是诗剑的国度。宋人亦喜剑，只是较于唐人逊色了许多，辛弃疾有"醉里挑灯看剑，梦回吹角连营"的诗句，陆游也写道："逆胡未灭心未平，孤剑床头铿有声，"两宋以文治国，统治者大都重文轻武，其尚武之风远不如唐代，然文人墨客之中也不乏辛陆等英武豪杰，驰骋疆场之人。元明清三代虽都不同程度上禁止民间收藏兵刃，但剑依旧为人们所喜爱，而且各种剑术相继产生并发扬光大。

中国人自古爱剑，我们不仅爱它笔直、光亮的外表，更爱剑中所蕴藏的中华民族一脉相传的感情温度。这种感情温度不只是对剑观感上单纯的喜欢，它是繁复的，是绵软的。一提到剑，我们大都不会像提到刀那样想到血腥和杀戮，我们会想到干将和莫邪；会想到英俊潇洒的侠客；会想到"一箫一剑平生意，负尽狂名十五年"的快意人生。对于更加严肃一些的人，他们或许会因剑而追忆荆轲，接着会想到："风萧萧兮易水寒，壮士一去兮不复还。"之后倍感苍凉，但又觉得悲壮大气。那些意气风发，渴望建立功业的人会举剑而歌："十年磨一剑，霜刃未曾试。"他们会月下舞剑，竹林论剑，痛饮狂歌而后拥剑而眠。一把剑握在不同的人手上，人们会对它寄予不同的期望，有些人为的是尊崇；有些人为的是侠义；有些人为的是人格，有的人一生剑不离身，有的人却从未触碰过剑柄，但他们都对剑充满了信仰，都曾在梦中尝过剑指苍穹的滋味。时至今日，我国依旧有龙泉、棠溪等许多著名的宝剑铸地，剑成为被众人所欣赏的艺术品。现在，我们虽不像古人一样佩剑以明志，也没有许多人苦习剑术，但我们的心中都有一把隐形的剑，这剑不是用来杀人的，而是用来瞻仰的，我们时常会被其中的某些东西所感动，有时竟会泪流满面。

元稹在《说剑》一诗中写道："剑可剸犀兕，剑可切琼玖。剑决天外云，剑冲日中斗。剑瀺妖蛇腹，剑拂佞臣首。"剑在现实中是一把利器，它是用来厮杀的，它充满了力量和光芒。刘邦提三尺剑以取天下，朱元璋宝剑在手亦可杀尽江南百万雄兵。剑之于武人恰似笔之于文人一样，是一生相依的，他们提剑可以诛杀邪恶，可以安定社稷，他们始终站在正义的一方，向非正义的一方勇敢亮剑，在黑暗中挥动长剑以求光明。在现代武侠小说中，各路侠者手挺长剑护卫黎民，行侠仗义，更有"侠之大者，为国为民"的剑士，他们手中的宝剑杀气横生，但又让人无比景仰。剑自古便被称为"百刃之君，百兵之帅"，是坦荡光明又睿智勇敢的强者，它可以保护弱者，兼济天下。持剑之人，不分文武，宝剑在手，却都担起了国家民族的担子，人如宝剑，光明磊落，文雅不失锋芒，勇武不减高尚，这种人往往人剑合一，刚柔并济，文者不孱弱，武者不粗莽，堪当国家民族大任，是真正的人中君子。

作者简介

卢国栋：宁夏师范学院文学院汉语言文学专业学生。

人生万象　各有悲欢（节选）

马　静

　　人这一生，不可能占尽人世间所有的好处，永远都得偿所愿。杨绛先生曾经说过一句话："上苍不会让所有幸福集中到某个人身上，获得了爱情未必拥有幸福，拥有幸福未必获得健康，拥有健康未必一切都会如愿以偿。"我们每个人的生活各有各的难，也各有各的好，没有必要非和别人做对比，更没有必要站在自己的世界里去感叹别人的幸福。却没有想到他们被人羡慕的成功背后，经历了别人想象不到的苦和难。

　　我看过电视剧《请回答1988》，里面有这样一个片段。在一个下雨天，德善的父母，各自撑着一把伞，去一家面馆吃饭。此时，德善母亲看到邻桌一对夫妻，他们给对方夹着饭菜，有说有笑，看起来十分恩爱。再看自己的丈夫，正狼吞虎咽吃着面，甚至吃完后，还在她的面前用筷子剔牙缝。他不仅没有邻桌男子的体贴，还显得特别粗俗，这使她对丈夫露出了满脸嫌弃的表情。吃完后，她心想，丈夫跟别人换不了，至少伞可以和别人换。于是，她故意拿走了那对恩爱夫妻留在门口的伞。没想到当她走出面馆，撑开伞柄的那一刻，才发现这是一把破了的伞。这时她才意识到，自己的好伞换了一把别人丢弃的坏伞。所以这个片段告诉我们，不要经常去仰望别人表面的生活，而忽略了自己现在拥有的幸福。

戴上皇冠，必受其重；想要成功，你就要比别人承受更多。有一句话是"台下十年功，台上十分钟"，光鲜和亮丽的表面，总有不为人知的沧桑，当我们知晓了这荣耀背后的真相后，或许我们也就不会轻易羡慕他人获得的荣耀了。我们要知道人之所以不幸，是因为他不知道自己是幸福的，仅此而已。

不管是谁的人生，都会有一些不顺心的事情，很多时候，你丢弃的生活，恰恰有别人羡慕的东西。你所讨厌的生活，正是别人拼命想要得到的生活，我们每个人到达这个世上，都会经历着一些不如意，也会有许多的不公平；会有许多的失落，也会有许多的羡慕，你羡慕我家财万贯，我羡慕你家庭美满。我们总在互相羡慕着，总感觉别人比自己过得更好。我看完《承欢记》，里面有这么一段话让我记忆深刻："明月装饰了麦太太的窗子，辛太太装饰了麦太太的梦"，现实生活中不就有很多的像麦太太和辛太太这样互相羡慕的人吗？我的邻居阿姨，她是一位退休的居家老人，每天生活特别清闲，每天的生活就是养养花，出去转转街，给自己买几件漂亮衣服，相比我的母亲，每天负责三个孩子的饮食起居，看起来忙忙碌碌，但是她乐在其中，邻居阿姨经常来我们家，她说很羡慕我们家这样欢声笑语的生活，不像她们家冷冷清清的。我想说我们不必去羡慕别人，有时候自己的生活正是别人所羡慕的。

人生万象，各有悲欢。我们每年长一岁，领悟到的东西也会有所变化，三观也会有所不同，想要的东西也会随之发生改变。6岁的时候期待的洋娃娃没有得到，到了20岁，再去买的时候已经毫无意义了，人生没有来日方长，要活在当下，毕竟短短的这一生，我们谁都无法预料未来是怎样的，我们所珍惜的只有当下所拥有的。去踏实地走好每一段路就是我们对待人生最好的方式了，所以我们不要站在桥上去看风景，因为这始终不是我们所处的角度能看到的，这样的风景只会让我们迷失自我。在这个世上，每个人拿到的人生剧本都不一样，不必去参考他人的人生，也不必在他人的眼光里去欣赏自己，在这个世上，每个人各有各的活法，各有各的幸福。别人的鞋再好看，穿在自己脚上，未必舒适。别人的碗再精致，端在自己手上，未必适用。所以，不要去钻牛角尖，换个角度思考，你或许会发现，自己所拥有的正是别人没有的。与其在自己的剧本里，去仰望他人的人生，不如打好手里的牌，演好自己的角色，发现属于自己的幸福。正所谓，"子非鱼，安知鱼之乐"。

作者简介

马静：宁夏师范学院文学院2020级学生。

塞丽麦（节选）

马青霞

22岁，她被起名为塞丽麦，而生我的那一年，她24岁。

聂家堡，一个从未听说过的地名，应该说是她土生土长的地方，四面环绕着蜡黄的山，看似寸草不生，却没那么死气沉沉。她家中一共有五个孩子，四女一男，她排行第三，是姐姐，也是妹妹。

昏暗的老房子显得破败不堪，烛光透过她的脸庞，一声声刺耳的哭喊声伴着蝉鸣，1978年，她出生了。没有户口，没有身份，但父亲给他们每个人起了个名字，那时候她叫"姐子"。那时家里困难，但一家人其乐融融，有姐姐，也有弟弟妹妹陪伴，过得很快乐。

时间过得飞快，一转眼就过了十几年，十几岁的她出嫁了，嫁给了父母入眼的人。而后，她在婆家养育了三个孩子，老大是女孩子，老二老三是一对双胞胎，同样是女孩子。她说她有过一个儿子，只是后来死了（这是我近段时间才知道的事情，因为她从未讲过），在双胞胎女儿六岁的时候她离开了（原因是她丈夫长期以来的家暴让她失去了对生活的期望，有很多比较残忍的事情我无法描述），她明白作为一个母亲离开孩子是什么感受，但她无能为力。

离开之后，她遇到了另一个人，就是她现在的丈夫。她想安安稳稳生活，却遭到了父母的极力反对，原因是民族问题：她是土族，而他是回族，在那个年代不同民族、不同信仰的人是不可能结婚的。可她不顾父母反对，带着期望来到了另一个地方，而这里也并不好过。

22岁，在男方亲戚和阿訇的主持下，她被正式起名——塞丽麦，这也意味着她真正成为这个家的一分子。夫妻两人靠着打零工勉勉强强生活，租了一间便宜的小房子，附近的邻居相处起来很和善，处处帮扶着他们。那段日子虽然过得艰苦，但也说得过去。

23岁，她怀孕了，脾气变得越来越暴躁，夫妻争吵也是从不间断。

24岁，女婴呱呱坠地，他们有了第一个孩子，之后，没有钱租房子，丈夫带着她回到了公婆身边，但是她不太受欢迎，只因为她是土族。我没有尝试过那种滋味，她只是告诉我刚来到这里的时候并不好过，婆媳关系、妯娌关系压得她喘不过气来。遭受的是冷眼，也是挤兑，很难想象她是怎么熬过来的。

两年后，她有了第二个孩子，是个男孩，她很疼惜。

塞丽麦成了两个孩子的母亲，儿女双全，我不知道什么时候起，和她开始了数不清的争吵，她打过我、骂过我，比起弟弟，我受过的辱骂、挨过的打是最多的，我不可能不认为这是重男轻女。或许没人理解我的感受，但所有事情在我身上是真真切切发生过的，让我放不下的是种种偏心的经历。

她让我觉得好的一点可能就是全力支持我们上学吧，我和她的对立并不是一天两天，而是好几年了。我认为她重男轻女不想让我好过，她认为我脾气暴躁不理解她的处境。我和她并不是冷漠的人，因为她身体情况很糟糕，所以每年会住几次医院，药物也从不间断。当她觉得自己撑不下去时，会把我叫到面前，然后红着眼睛告诉我：如果我死了，一定要好好上学，就算你身边的人不支持，你也要坚持下去……当她说到一半，我便控制不住自己的眼泪，只是一个劲地点头说：你不会死的。

她给我讲过的以及我亲眼所见的所有痛心疾首的经历是给我的忠告，同样是她成为塞丽麦之后无法忘怀的事情。我好像希望自己是她，但我又不希望成为她：希望是因为她什么都会做，无论是做饭洗衣、下地干活、针线刺绣，还是她能生活到现在的勇气，都值得我成为像她一样的人；不希望是因为她有着封建落后的思想，有曾经遗留下来的、不符合现在发展的偏见。虽然没有上过学，没有文化，但是该教的她都教给了我。她是一个好母亲，至少在我看来。

现在，快奔50岁的她身体大不如前，皱纹爬满了她的脸，一双长满茧的双手见证了这一路的不容易，瘦小的身躯可能再也扛不住病痛地打击了。我们之间没有了争吵，她开始变得小心翼翼，而我在害怕。

塞丽麦：健康的、平安的。我希望她能像这个名字一样平安健康，她经不起折腾了……

作者简介

马青霞：北方民族大学文学与新闻传播学院2021级汉语言文学专业学生。

母 亲（节选）

铁晓燕

母亲是一个地地道道的农村妇女，生活与自然的馈赠比起岁月的风霜留在她脸上的痕迹还要深刻，她年轻的时候留着一头乌黑秀丽的长发，经过时间的洗礼，现在连她自己都数不清头上到底有多少白头发，而我只能看到她发白的鬓角在灯光下格外显眼。常年奔走在田间地头的母亲似乎看起来比实际年龄还要苍老，眼角深深的皱纹堆砌着她对生活的向往，那双小巧的手掌似乎是被刀割出了深深的纹路，帮助她用力掌握向前的航途。关于母亲的故事，比那繁星还要夺目。

母亲生长在重男轻女的大西北，小时候因为疏于照料不小心掉进了火坑，她的双脚被无情地烧成了残疾。母亲在这残酷的环境下野蛮生长，出落得越发勤快能干。本来应该在十几岁结婚的她因为双脚被烧伤，所以二十多岁的时候嫁给了父亲，即使他们的结合只是父母之命、媒妁之言，见面的次数也屈指可数，命运却将两人捆绑在了一起。

我刚上学的时候，母亲担心年幼的我走不动路，于是穿着棉衣背我上学。足足下了一整晚的大雪将整个山村变了样，路上的积雪被行人踩得像镜子一样光滑，一不小心就会摔跤。母亲的肩膀并没有想象中宽厚，却比被窝还要温暖，我歪着小脑袋紧紧靠在母亲的背上，心却揪成了一团。我被母亲包裹成一只小包子，衣服穿得鼓鼓囊囊，母亲怕我感冒就把自己的棉衣裹在我身上。母亲每走一步我都害怕得抓紧母亲的衣服，母亲笑着说道："不怕，有妈妈在，不会摔倒的。"虽然母亲的步伐很平稳，但我还是很担心，说道："妈妈，走慢点，我不会迟到的。路这么滑，小心别摔倒了。"正说着，只听"咚"的一声，母亲摔倒在雪地上，我的眼前一阵天旋地转，便栽倒在了地上，因为穿了很多衣服，所以我并没感觉到痛，而母亲的腿却结结实实摔在了雪地上。母亲皱着眉头强忍着疼痛，惊慌失措地问我："没事儿吧？疼不疼？都怪妈妈，让你摔倒了。"我一想到摔倒时的巨响就着急地跟母亲说道："我不痛，妈妈你怎么样了，疼不疼啊？"母亲看着我着急的模样，心疼地摸了摸我的头，说道："傻孩子，我没啥事，主要是你。"说着，我们就互相搀扶着爬了起来，我却明显感觉到母亲本就烧伤的脚在经过刚才的摔倒后瘸了起来。我的眼泪控制不住地掉了下来，像一串串掉了线的珠子扑簌簌往下掉，眼泪流淌在我被摔得火辣辣的脸上，汇成了七扭八歪的小河，在这个寒冷的雪天冰冷刺骨，而我的心也被揪成了一团。我赶紧抹干眼泪，对母亲说道："妈妈，我自己能走路的，你不要背我了。"母亲慈爱地摸着我的头说道："小傻瓜，妈妈不痛呀，你要记住妈妈可是无所不能的。"母亲温暖的手掌抚摸着我的脸庞，一颗颗晶莹剔透的小珍珠扑向妈妈温暖的手掌，让我很有安全感，便紧紧地抱住了母亲，肆意地把自己毛茸茸的小脑袋埋在妈妈的怀里。

在我高三的时候，偷偷和同班同学谈恋爱，原以为母亲并不知情，没想到一切都逃不过母亲的眼睛。当母亲问起我的时候，我眼前一黑，心里一团乱麻，我害怕被母亲训斥，于是低着头嘟囔着否认，结果母亲却笑着说："你是我的女儿，我还不了解你吗？傻孩子，什么都瞒不过我的。"听母亲这样说，我赶紧解释道："妈妈你别生气，我回去立马解决好这件事，你别生气，我再也不敢了。"母亲笑着摸了摸我的头说道："分开干什么呀？遇到你喜欢的人是多不容易的一件事呀。"我怀疑自己听错了，一脸疑惑地抬头看着母亲。母亲继续说道："我没有嫁给自己喜欢的人，什么都是父母做主。但我希望我的女儿能够寻找自己喜欢的人，我不反对你谈恋爱，但你不能只顾着谈恋爱，学习不能耽误，两个人要一起努力学习。最重要的一点就是，你要保护好自己。"听完母亲的话，我如释重负，并且答应母亲不会耽误学习。有了母亲的鼓励，我和自己心仪的男孩子在努力学习下也双双进入了大学继续学习，如果没有母亲，我很难想象后面会发生什么事，如果自己不听母亲的话，没有很好地摆正位置，可能两个人都没办法取得一个好成绩，更别提以后在一起了。

关于母亲的事，每一件都让人心生佩服，她在用自己的方式诠释着不一样的人生。即使她只是一个没有受过教育的农村妇女，却比大多数人更懂得生活的真谛。岁月逝去，此时的她在岁月的变迁下慢慢老去，但依然挡不住她眉眼间的真诚与善良。我十分感恩自己能有这样一个母亲，她用行动诠释了生活的真谛，用真挚的情感书写了对未来的向往。

我的母亲，是不同于别人而存在于我心间指引我前行的一盏明灯。

作者简介

铁晓燕：北方民族大学2020级文学与新闻传播学院学生，曾获第十七届全国文学作品大赛三等奖。

没有难过的夏天（节选）

王　彦

　　大学一年级的时候，给我们讲授现当代文学的老师就曾告诫我们："趁早计划好自己的未来，并为之好好努力，不然毕业的时候就是你们哭的时候！"在大三的暑假，我深深地认同了这句话，并在每一个刷着短视频的深夜里持续地焦虑。六个人的大学宿舍微信群聊里，没有人说话，她们好像每一天都有自己的事情忙！在这个假期，无所事事的好像只有我一个。

　　这个夏天太热了，尤其是城市里的夏天，一股股热浪好似要与人们手里撑着的遮阳伞较个高低。傍晚，太阳终于落了下去，城市的上空也开始吹来一小股、一小股的凉风，城市里喧嚣的各种声音虽然没有停止，但在微微夏风的陪伴下，也没有白天那么惹人烦躁了。爸爸决定趁着傍晚的凉意，开车带我们回老家。农村的夏天总归是要凉爽一点儿。

　　在回到村子以后，我爸爸变成了我们家最快乐的那个人。每天早上，他随便咬两口馍馍，把泡着浓茶的水杯一拿，优哉游哉地从村头转到村尾。他早上去养蜂的人家问问今年蜜蜂产蜜的情况，下午到晒麦子的人家问问粮食的产量……即使在这里生活了大半辈子，爸爸还是对这块土地和这块土地上生活着的人有着说不出的热情，这种热情只会随着他年岁的增长，变得更加浓厚。

　　爸爸见不得我每天在家无所事事的样子，所以，他把我赶到了村上小学的暑假读书班里，让我免费去给村里的小孩子们辅导功课。小孩子们好动、淘气、不听话……爸爸以为我干不了半天时间，结果，我坚持了下来。实际上，只有我自己知道，这个繁重的工作可以将我短暂地从无尽的焦虑与自我怀疑中挣脱出来，尽管这是一种无意义的逃避。

日子就这样简单地过着。

上海一所高校的大学生们来到了我们的暑假读书班，他们的暑期实践活动是给这里的小孩子授课。我看着这些青春洋溢的大学生们，羡慕又自惭形秽。这或许就是青春该有的样子吧！只是在我的感慨还没有结束的时候，就听到他们一脸认真地问小孩子们："请问在你们的记忆中，最难过的事情是什么？"这个问题提出后，教室里叽叽喳喳的声音减弱了大半。每一个小孩子都在思考着自己最难过的事情。

在很小的时候，我们好像就要学会"自寻烦恼"，剪不断、理还乱。

实际上，我实在是想代替孩子们，坐在这些年龄相仿的大学生面前，和他们一起交流一下我的困苦与纠结。但是，我并不是他们所关注的对象，他们似乎也不想为萍水相逢的我浪费他们的时间。我在等待着我的故人。

在村子里所有的麦子都被装进袋子的时候，我的故人也回到了我们的家乡。我们一起在这里度过最美好的童年。二十多年的时间与不断变换着的空间都没有稀释掉我们的情感。这种情感是与生俱来的，是从我们出生起就被确定的，这种情感在我们父辈的身上也同样存在着。

她比我大一岁，今年大学毕业后就考上了事业编，这次回老家是为了政审。在我们村子里的人们心中，她一直都是最好、最优秀的孩子。她勤劳，学习好、待人热情、孝顺父母……在她爸爸与妈妈两人接连生病的这四五年时间里，她没有过一句抱怨，勤勤恳恳地帮着家里操持着一切。

在村大队办公室外面等待政审结果的时候，她拉着我的手，脸上带着浅浅的笑容，和每一位等待着帮助她的村里人都温和地说着话。她的手心出汗了，却并不粘腻。我们站在一起，她就像是我的妹妹。在送走政审小组后，她终于悄悄地叹了一口气。

夜深了，我们两个并肩躺在她的床上。这个夜晚真安静！

"真好！你的工作稳定了，你爸爸笑得都比以前多了。"

"嗯，总算有个地方去了。我爸出院后，我也才缓过来一口气。现在主要就是我妈，我现在就一直期盼着她的病不再复发了。……大四毕业收拾行李准备回家的时候，我就想把所有东西都扔了，然后自己一个人随便跑到一个城市，躲起来过一辈子。我真的不想回来，天天陪着我爸和我妈往医院跑。但是没有办法。"

我轻轻地拍着她的脊背，在漆黑的夜里，我知道她的疲惫。

那个夜晚真安静。她终于睡着了，我听着我们两个人的心脏在黑夜里跳动着的声音直到天亮。

作者简介

王彦：宁夏师范学院文学院2019级汉语言文学专业学生。

小杨，你好！（节选）

王雨溪

今天天气晴，后院儿阳光正好，小杨在照料她的花花草草。小杨是个很勤劳的人，无论是工作，还是家务，小杨面面俱到。我特别佩服小杨，小杨身上似乎总是有股劲儿，一股不服输、不会被打败的劲儿。坚韧这个词用来形容小杨刚刚好。

小杨拼劲儿很大，可是小杨有时候会忘了照顾自己，每当那些时候我就特别心疼小杨。这不，小杨刚刚还给我发消息说要寄点酱牛肉，被我果断拒绝。我不想让小杨那么麻烦。

前一段时间，小杨脚崴伤了居家休息，做了核磁共振。情况不太好，脚一着地就生疼。可是尽管如此，小杨还是缓了没多久就又开始劳动。小杨不是闲不住，而是小杨不得不去干那些琐碎的活儿。

小杨从前是个落落大方的女孩儿，后来因为家里贫困没法继续念书，小杨被安排去学了裁缝。小杨人聪慧，学习能力很强，学成之后小杨就嫁了人，然后进了一个小工厂。小杨和一群年纪相仿的女人一起在缝纫机前工作，忙忙碌碌一年又一年。小杨技术虽不算拔尖儿，但是床单被罩的缝制也都不在话下。过了几年，小杨进了一个相对大一点的工厂，机械化生产的车间，她给人家做羊毛衫的打理工作。小杨勤勤恳恳在车间又度过了几番春夏。

这二十年来，小杨除了缝纫工作，还做过许多其他工作，我就不替小杨讲了。那些披星戴月的日日夜夜，小杨的委屈不知曾与谁讲。小杨的开心事儿总是分享给家人，那些新鲜的见闻，小杨的家人听了好不热闹。

小杨为我付出了很多，对我的期望自然也很高。我第一次坐车坐过站在那儿哇哇大哭的时候，小杨是什么神情我早已记不清，我只知道小杨爱我，也许是我根本想不到的着急。虽然小杨很喜欢对我进行说教，每次聊天也并不都是愉快，可是大多数时候，我都真心感谢小杨。小杨看不到我在学校的状态，仅凭每周那几通视频电话也无法了解全貌，所以小杨才注重结果。再往前十年，视频电话都没有完全普及，仅凭电话两端的交流，小杨就那样想念着我。那么再往前追溯呢，我第一次住校的时候小杨一周才能见我一次，小杨那时候如何想念我呢？小杨想念我的时候都会做些什么呢？我不得而知。

可是那些早起上学前已经备好的热腾腾的早饭，那些无微不至的关怀，那些一回家就备好的甚至有些凉了的"盛宴"，那些及时出现的我想要的东西，那些一次又一次的目送，无不都是小杨对我满满的爱，沉甸甸的爱。

小杨吃过很多苦，那些在深夜里的眼泪，那些哪怕在我面前也忍不住掉下的大颗大颗泪珠。我是见不得小杨哭的，小杨一哭，我觉得心攥着攥着疼，于是，我陪小杨一起落泪。从前在老家暖黄的灯光下，两个人在不那么深的夜晚大颗大颗落泪，好不伤心。

小杨还没退休，她说仍然要努力工作，即便退休后也不拖累孩子，她靠自己的退休金度过退休生活，闲了还要帮忙带孙子孙女。我听了这话心里五味杂陈，不知该说些什么。我的心好像被重重一击。

没错，小杨是我的妈妈。

小杨小杨，生命长河各有不同。在各自的长河里会有不同的石子溅起或大或小的水花，石子可能从上游被河流冲至下游，石子也有可能下游才坠入这条长河，这是石子自己的选择吗？谁也说不清，谁也说不准。生命长河是无法丈量的，可我很开心我在上游就遇见了你。从遇见你的那一刻起，我便不再是一颗渺小的石子了，我幻化为一条小溪。这条小溪因为汇入了你的长河而被赋予了更大更宽更广的意义。

我因你而存在。

我永远爱你。

小杨，你要长命百岁，这是我的愿望。小杨，你要健健康康少生病，这也是我的愿望。

小杨，小杨，小杨，你好！

作者简介

王雨溪：宁夏大学新闻传播学院2020级新闻学专业网络与新媒体班学生。

入围奖

爷　爷（节选）

武晨晨

　　爷爷去世已一年有余，我总以为他还活着，也许我下一次回老家，他还坐在窑洞门口的木凳上晒太阳，在夕阳的金黄色光晕中，叙说着他为什么还不能去见已故的奶奶。爷爷想体面地活着，他认为的体面，就是能够下地劳作。

　　爷爷的一生很坎坷，于我们这一代看来，是一种无法理解，无法感同身受的坎坷。爷爷的那一辈有五个弟兄，其中一个最小的弟弟因为家中抚养不起而过继给了别人。爷爷的母亲，也就是我的老祖，大约在三十多岁就得了一种奇怪的病撒手西行，留下几个男人自己照料自己，爷爷说那个年代家里没有女人会被村子里的人瞧不起。爷爷很小就学会了各种农活家务，到了该结婚的年纪迟迟找不到对象。没有人愿意到这个破败得已经不能被称为家的家里来，爷爷排行老二，此时的老大也依然没有结婚。

　　在愁眉不展之际，爷爷却意外收获了一桩婚姻。起因是他到邻村去做管家，邻村的一个姑娘相中了利索的爷爷。管家是陕北农村在办红白喜事的总管，那个年代，当管家需要有出色的管理能力才能保证物尽其用，既要替主家省钱，还得让宾客满意而归。爷爷将一切都指挥得井井有条，借来的中山装分外挺阔，让他看起来更精神。不知道爷爷实际家庭情况的小姑娘，很容易为之倾倒。媒人很快说成，爷爷忐忑地带姑娘看了家，并且极力粉饰了家庭条件，以最快的速度结了婚，成为村里的传奇。

然而这个传奇并没有持续太久就被另一个不幸掩埋了。姑娘过门还不到一年便得了怪病，起初还能下炕做饭，后来竟然起身都困难，爷爷精心照顾了一个月，姑娘还是撒手归西了。此后有关爷爷家的魔幻传言便不绝于耳，甚至蔓延到了其他村庄。传言爷爷家里的男人克女人，女人嫁过去都要短命。爷爷的婚事似乎成了一种不可能，痛失妻子的伤痛很快被饥饿替代，爷爷扛起锄头投入了劳作，下定了打光棍的决心，将心思都放在了山上的几亩地上。

几年后，同样不幸的奶奶经人介绍和爷爷相识。奶奶的丈夫据说是个能识文断字的秀才，家境还不错。秀才意外身亡，奶奶的公婆肝肠寸断。考虑到秀才的两个孩子，公婆决定招一个"倒插门"女婿。表面上是招女婿，实则是招一个能干活的壮劳力，但那个年代，"倒插门"很少有人愿意，找遍了十里八乡，最终找到了爷爷。家境贫寒的爷爷去"倒插门"虽然在脸面上过不去，但是能解决婚姻大事，又能去个不错的家庭吃饱饭，爷爷也乐意。起初的几天爷爷如愿以偿，用自己的勤快换来了几顿饱饭。但好景不长，看到逐渐亲昵的爷爷和奶奶，奶奶的公婆将对亡人的思念都化为了对爷爷的恨，爷爷能够吃到的食物越来越少，以至于后来连喝口水都成了奢侈。为了活命，爷爷带着奶奶连夜逃跑，回到了爷爷出生的村里。

很难想象，爷爷和奶奶在那样一个缺少现代化工具，吃不饱饭的年代挖出一孔窑洞，仅凭双手和一把铁锹。爷爷和奶奶在村里有了"家"，扎下根来。爷爷当过生产队队长，谁家有红白喜事都会请爷爷来"管家"，别的管家都会带一两个家属去蹭些吃的，爷爷则从来不带。勤劳的爷爷相继按照那个年代的彩礼标准给三个儿子都娶了媳妇儿，一孔窑洞变成了四孔，爷爷又一次成了村里的传奇。

2011年，刚参加工作不久的我萌生了带爷爷去北京看看的念头。爷爷一辈子都在农村务农，从未出过村里。他最想去的地方就是北京天安门。爷爷拄着拐，第一次坐上了飞机，看了北京天安门，看了升国旗。爷爷感慨日子越来越好，都是因为党。回村后，爷爷逢人就说天安门广场很宽敞，北京人很多。爷爷是走出大山湾去看天安门的第一个老人，他再一次成了村里的传奇。

爷爷定格在我脑中的画面，总是他戴着草帽，弯腰锄地的情景，那是我童年的全部记忆。我想死亡也许是肉体一种形式上的消失，爷爷在另一个世界一定还在眷恋着他的土地。

作者简介

武晨晨：北方民族大学2021级文学与新闻传播学院文艺学专业研究生。在《宁夏法制报》发表评论《走进柳青的精神世界》；在《丽江日报》发表评论《给儿童的世界插上翅膀》；作品《社交化传播中的地域影视创作—以小说〈白鹿原〉的影视改编为例》入选第八届中国民族影视高层论坛。

回　家（节选）

夏　雪

这是我第三次独自离家一人在外了。

在此之前，我总是想，父母的爱对于我来说似乎是一种羁绊，束缚着我跑向更远的地方。这种远方不是一种目标，而是我认定的自由而已。我极度盼望着逃离有约束的家，渴望能够随心所欲地去自己想去的任何地方。

后来，我还是离开了家。

第一次离开时，爸妈陪着我，叮咛一路。似乎要将往后半年里的关心全部塞给我。我三心二意地敷衍着，心里满是新生活即将开启的欣喜，没能看到妈妈眼底的不舍。

最开始时，面对没有父母在身边的生活，我满脑子的兴奋，我迫不及待地飞出去，我甚至都没有回头看一眼。

现在细细回想起来，我是最不会和亲人传达情意的。我和爸爸的默契似乎也只是在每月固定的日子，收到固定的生活费；就连和妈妈，也只是每隔几天一次固定的视频通话时才会寒暄几句。以至于我没有想到我拖着大箱子走进校门的那一刻妈妈红了眼眶，爸爸背过手看着我的背影没有说话。

人们说，孩子总要长大的，总要学会离别。可真到了必须自己独当一面的时候，又觉得小时候如此殷切盼望的长大竟是这样不顺心。还是习惯每天中午放学回家吃妈妈做的面条，下午和爸爸一起出门，他去上班，我去上学；还是喜欢每周和他们出去一起吃我最喜欢的火锅和大盘鸡，即使爸爸并不喜欢吃。那个时候，我们似乎都没有想到分开这个词，仿佛这样子的生活就是一辈子了。可这些画面终究停在回忆里面了，爸爸工作调动，一周只能回家一两次；我在外地上学了，寒暑假才会回去。妈妈一人在家，连一日三餐都吃不到顿数上。我开始格外期待回家，像我当初期待自由一样。

后来，我必须要独自上路了。我没有理由说服自己让工作繁忙的爸爸抽出一天时间专门送我去学校。我希望的是爸妈能够送我到车站，临上车前再远远看他们一眼，直至车辆驶出车站，直至看不见他们的身影的时候，我才更加真切地感受到离乡的思绪，就像是一根羽毛般轻轻浮在心头，让我红了眼眶。

万物讲究一个"根"字，树有根，花有根，人亦有根。我看到过很多先生的"根"，在故乡、在家里，他们都是在外，想念记忆里的一切。懵懂孩童之时，弥留在记忆里的情景逐渐模糊，可又那般真切，所有的回忆都在刹那间涌出来，一时又不知究竟是什么，难以言喻的感情开始在心头蔓延。我想，这大概就是我的"根"吧。

似乎是生活的故事才开始，未知的结局便在终点悄然等待着。

我还是在照常生活着，只是突然有一天我发现自己二十岁了，不真切地想到了自己的以后，想到了自己以后会走怎样的路？我不断拨开前方的迷雾，想要一探外面广阔天空的究竟。

走了那么久，我愈发觉得自己就像是一只鸟，关在笼子里的时候极度渴望自由，真切感到自由的时候，又想着能有一块可以栖息的土地。是了，人是最容易产生厌倦的，一切厌倦的背后都是来自各种理由的约束。厌倦过后，我会回到最初的生活，不久之后又会感到不耐烦。就像是见到许久未见的父母时，刚开始的喜悦还是会被日复一日的唠叨消磨掉，之后又开始向往独立的生活。

可能生活本就如此吧，在一个反反复复的循环中，我们都在扮演一个或者多个角色。人是矛盾的，一直在不满足里反复横跳，像是迁徙的候鸟，在路途中反复波折。

阳光透过指缝，零碎的温暖辉映在心头。恍惚间，看见咿呀学语的自己蹒跚着奔向父母；看见小时候在硕大的院子里等爸爸下班回家的我；看见早上给我做早餐的妈妈；看见围在电脑前查询高考成绩的我们仨。

像是一场电影，过往的生活一帧帧闪过，拼凑起细碎的曾经，我突然发觉这也许就是大多数普通人的生活吧。我一路走，一路回头。前方弥漫着未来的曙光，一回头便有专属于我的温暖烛光。

现在，我想回到我长大的地方去，回到爸爸妈妈的身边去，回到那个可以包容我一切的地方去，回到那包裹着我的温暖的烛光里去。

作者简介

夏雪：宁夏大学商学院2021级会计学专业（财务）学生。

一涉粉饰，便伤至味（节选）

张　冉

　　他们站起来大笑着敬酒，满场转儿，递着一笼又一笼精致的糕点，不断加茶、撒盘、叫服务员，不时吐出的唾沫星子落到面前的圆桌上。一顿正宗有名气的扬州早茶，唯独我安生地坐着，在"尝尝这个"的嚷嚷中吃到微撑。

　　大厅柔和的灯光透过晶莹的玻璃吊灯，软软地包住了整个餐厅。"妈，我不想吃。"我轻轻捅了捅身边笑意盈盈的妈妈，灯光照着她身上精致的衣着，我恍惚间竟感到有些认不出她。

　　"你这孩子，陪人吃饭，少说这话！"妈妈皱眉，低声撂下这句话，又转头与那几个衣冠楚楚的"大人物"谈笑起来。

　　上菜了。正中心的盘子上耸立着一个造型夸张的用生冬瓜和胡萝卜精雕细琢的东西——这当然只是一个装饰品，不能吃。那象征富贵的造型此刻却好像化身妖魔，张牙舞爪着要将我吞噬，我不禁低下了头。一碟碟菜都端上来了，菜心泥软软地化在舌尖、千层糕层层地爆着嚼劲、灌汤包油汪汪的汤溅在嘴角……他们没什么空吃到，也无心吃到。满桌上仿佛有无数妖冶的舞姬在翩翩起舞，那么婀娜多姿，我心头却烦躁不安，食之而不知味。

　　不想吃。

　　这不是一顿饭该有的样子。

我踌躇地拈起筷子，目光呆滞地望向面前色香俱全的佳肴，思绪却飞回了外婆的家。回忆生根发芽，无数花瓣轻轻摇晃，承载着我的思念。满目繁华不会使记忆风化，如今却开出了花。

这是我记忆中的味道。橘黄的灯池下，外婆粗糙的大手从土灶上的锅中盛出满满的一盘菜，或小鸡炖蘑菇，或清炒干丝，每天变着花样儿。加上两碗白米饭，一盆汤，一小碟她亲手腌的咸菜，便是一顿饱饭。祖孙二人坐在小桌前，外婆围着围裙，带着刚从厨房走出来的烟火气息。没有铺张的陈设，没有精致华美的外表，简简单单，干干净净，却令人心安。外婆看向我的眼角尽堆着风霜，却掩盖不住眼中的光。

又或者，以前爸妈在家里做的面。妈妈滚烫的面上总挂着一层朦胧雾，清汤素面，少有的点缀就是几片青菜，之后滴上几滴醋，故味道清淡而不单调。让我们想起了妈妈的曾经——在杭州生活过，口味十分清淡，基本不沾酸辣，加醋正好符合了我们的口味。汤虽清但不素，她总喜欢在汤里放一块肉，为汤头融入滋味。少有人能品出这样的味道，除了互相陪伴了十几年的家人。

爸爸在上海居住过一段时间，他习惯吃上海人惯吃的细面。汤头必是荤汤重头，有时放一块切得很整齐的大排骨，有时对半切开卤蛋卧于面上。在他这里，面和汤都是碗里的主角。爸爸的面里有上海的影子，他的面里也装满了人间至味。

两人的面香慢慢融合，改变，趋同的同时又保留着特色。最终结成了一个又一个心照不宣的秘密，纽扣住一个家的小小幸福……

"囡囡，来，尝尝这个。"刚刚那位大人物的喊话把我的思绪拽回。我抬头看了看还在吃饭的他们，不，与其说是吃"饭"，不如说是在吃"空气"，吃这奢侈的空气。食间，妈妈悄悄地瞥一眼我，见我好好地坐着吃着，笑意都栖在了眼角。桌上的舞姬们还在跳动着，却已不再吸引那群口若悬河的大人们了，他们身上隐隐作亮——那是大人们的唾沫星子。

我知道的，他们一会便会起身，从桌前离开，去"晒衣服""班上有点事""出去走两圈"，甚至是"不喜欢吃这个"……

想起一句话，袁枚的。"然求色不可用糖炒，求香不可用香料。一涉粉饰，便伤至味。"

我终于放下了筷子。

作者简介

张冉：宁夏大学文学院2021级汉语言文学专业（师范）学生。

欢欣在左，孤独在右（节选）

朱江龙

橘　猫

当我再一次听到有关它的消息时，那已经很久了，而且那时候它已经死去了。这是一件令人难过而意外的事情……

季节变换的脚步，从生灵的眉眼中轻轻滑过。从黯然萧瑟的秋季到寒风凛冽的冬日，这一切就如同时间的齿轮，显得严丝合缝。在这里度过的每一天，都充满着一种安静与平淡的滋味，仿佛在生活中并没有遇到过假想中的大起大落，人生起伏，但我知道这仅仅是属于我自己的生活状态。至于外界，无论是风云突变，抑或是平静如水，对我自己的冲击力貌似并没有多少改变。

路旁的绿柳，早已变得干枯，只有那一排松树依旧坚贞地挺立在凛凛寒风之中。此时的万物生灵有一大半都处于冬眠状态，即使暖阳依旧会按照轨迹东升西落，但依然让万物充满了慵懒之态。

那天又是一个狂风大作的天气，我和同事们瑟瑟地依次进入餐厅。用过餐后，我端着没有喝完的菜汤碗走出餐厅，准备倒进泔水桶里。这时候，我发现在桶的旁边卧着一只橘猫。在我初次与它邂逅的时候，它卧在桶的旁边，懒洋洋地晒着柔和的阳光，仿佛十分惬意。并且对于我们来来往往的人群并不十分恐惧，反而时不时地冲着我们有气无力地叫一两声。

学校的老师们并没有人去追赶它，而是一致认为让这只橘猫享用我们的残羹剩饭，所以当时，我便觉得这是属于人性之中最可贵的善良。或许，对于一只流浪猫来说，这已然是莫大的运气。只是，这只猫非常害怕学生们。至于原因，我想那可能是因为孩子们太多，总是喜欢追着想要逮住它而造成的，所以才导致这只橘猫对孩子们产生了恐惧感。

以后的日子里，每当我们吃午饭的时候，都会看见这只橘猫静静地卧在桶的旁边。虽然是一只流浪猫，但它的体型显得极胖，和我想象中的流浪猫大相径庭。当它卧下的时候，两只前爪就像孩子们立定时候的双脚一般，紧紧合并。从整体来看，就像一只圆圆的黄皮球。但意外的是，它的眼睛并没有我们想象中得那样圆，或者说是炯炯有神。它的眼睛非常小，这让人看了多少觉得有些滑稽。而在它的身上，最能让人赏心悦目的应该就是那一身金黄色的绒毛，在阳光的照耀下，显得光彩夺目，就如同冬橘的皮一般，金光油亮。

过了一段日子，我与它之间有了很多"交流"。我逐渐开始慢慢地接近它，用手去抚摸它那一身柔软的绒毛，还有它那一对十分灵敏的耳朵，就像两个小三角形一样竖立着。当我用手摸它的耳朵时，它的耳朵总会一闪一闪的，使我并不能用手指抓住它的耳朵。当我吃完饭出去的时候，它都是在原定的位置打呼噜。仿佛这是属于它的一席之地，谁也不能去侵犯。十一月的天气格外干燥，而且总是伴随着寒风。当我们被风吹得瑟瑟发抖时，它总是在那个早已属于它的位置纹丝不动，就如同一位隐居者，超然物外。如果仔细观察，在它的眼睛里闪现出来的永远都是一种不为所动的悠然感。这样的安静，曾经让我在某一瞬间想起来那句"小隐隐于山，大隐隐于市"的名言。即使我明白人和动物之间在对于世界的看法还是存在着无法相比的差异时，但这份安静的状态，是它给我最真实的感觉。

后来，我和这只橘猫的关系越来越好，以至于我只要在去餐厅的路上叫它一声，它就会用最快的步伐跑过来迎接我。然后用它有点儿脏的脸蛋蹭我的腿和脚，这真是一种心灵之间的默契。当我在餐厅吃完饭之后，它依旧会卧在门口守候。只是后来，我能看得出来它的眼神中散发出期盼的光芒，这种莫名的感觉，可能是因为它在等我，也可能是在等我留给它的食物。如果是前者，那说明它对我有了感情；如果是后者，这也是属于动物的本能。但我心中所希望的，就是它能对我产生感情，因为我从它的眼神中看到了一种不一样的感觉。

天气越来越冷，每当到了夜晚的时候，我都会想起它的栖息之地。曾经一度时间，我想过要把它接到我的屋子里，好好给它洗个澡，好让它有家可归。这样的话，我想我们会成为更好的朋友。只是，因为我的宿舍在二楼，这对于一只猫来说，或者对于我来说，都是极为不便的。因为我怕会影响到卫生，影响到同事的休息，或者说，我不想做一个名副其实的铲屎官。所以，我最终还是没有放弃了领养它的决定。

冬日的寒气与寒风，肆虐在这片土地上，每日的黄昏铺满了这片大地。因为这个地方是一处平原，山脉横亘的景象极为少见。如果遇上刮风的天气，真的算是"所向披靡"。所以我会想到那只橘猫有没有在夜晚找到避风港，然而，这种假想永远都没有让我看见过它过夜的真实境况。

作者简介

朱江龙：宁夏师范学院2021级学科语文专业硕士研究生。固原市作家协会会员。长篇小说《雪里的麦子》获得"2021年宁夏大学生原创文学大赛一等奖"。文章见于《六盘山》《永宁文艺》《彭阳文学》《夏风》《搜狐文学》《当代诗刊》等。

山里有只白山羊（节选）

周雪娇

2018年的冬天，我在灶火与大山的环抱中度过了17年来独一份的春节。不同于北方冬天干冷的空气，贵州群山环绕，终年滋润的水汽在左围右挡之间沉淀下来，抬眼看去，湿意与碧色浑然一体、连绵不绝。

贵州是母亲的故乡，来此之前，她总是把贵州这片小山村挂在嘴边。凭脑子的想象，我始终描摹不出山水连绵、溪流潺潺的画面，这次总算逮到机会一睹贵州山水。于是，我终日流连于梯田、木楼之间。后来偶然中，我在一片碧绿里发现一抹白色。那是只毛发光滑、通体洁白的山羊，犄角上系着红绳，被拴在干涸的梯田上，铜铃般的眼睛又直又凶地瞪着人。衬着远处的群山，我竟感觉到它有些不同凡响。

青年时期的人总会有些叛逆在身上，越是面对一个稀奇的东西，就越是想贴上去。于是，我上前一步朝它挥挥手："嘿，山羊！"山羊听不懂，但它的目光随着我移动，我就知道它也对我有些好奇。

但我对它更好奇一些。我是北方平原长大的，虽然从小长在村子里，但是见过最多的、与大自然最贴切的东西，左不过就是小麦和玉米。因此，妈妈常常点着我鼻子说："你就是个不出大门的小孩子！"这时候我总无所谓地觉得，这样挺好。

我看着眼前这位相遇不易的"朋友"，希望它能"咩"两声做个回应，然而希望还是落空了。那天走之前，我掏出手机拍照留念，镜头里用 V 形手势比住了山羊的脸，显得它脸颊更狭长。

夜晚降临时，新年的灶火舔着焦黑的锅底，空地上的桌子、椅子散花似的被摆放在各处。人声鼎沸，热汤在锅里咕噜冒泡，香气伴着水汽四处弥漫。

塘流是贵州万千个小村落里最不起眼的一个，家家户户依山而活，像被山拥抱着，也像被山裹挟着。但这里是母亲的故乡，有她的亲人和我的舅舅、舅妈们，他们都是热情似火的，逮住人就要张罗着吃饭、喝酒。

这天饭吃到一半，大家酒足饭饱后便打开了话匣子，坐在我对面的一位中年妇女指着我问："这是你家小妹哇？"一口糯白的牙齿，乡音浓重，清亮的眼睛里满是好奇。

"是咧，一转眼已经这么大了，已经是高中生了！"妈妈闻言接过话茬，经过平原生活涤荡的山村口音，此时显得并不十分纯正，但在众人关切的目光里，也显得十分温柔。两个人的话题从我展开，又在山村绕过，逐渐偏向人生大事，一席话未完，已经是涕泪交加、掩面啜泣。我看到母亲的眼睛，在热气里变得醒目，因流泪而产生的红血丝像墨水一样在她的眼眶里晕开。

看到这幅场景，我不禁有些怅然。古人常道，生死离别，翻越一座山不亚于登天，所以人一走，走远了，很可能就回不去了。这种浓烈的情感在手机和网络盛行的时代不太常见，因此在我的潜意识里，路再远，也总还能见面。

第二天，塘流起了雾，乳白色的丝带缠绕着，人被罩在雾里，什么都看不真切。我顺着原路去看羊，又来到那片水田，却只看见羊角上的那根红绳被扔在原地，羊反而不见了踪影。"可能是主家把它拴在圈里了。"我不甚在意，返回时拍到水面的浮萍，忽而聚散，感到别有妙趣。

灶火在这一天里照常升起，雾气打湿草叶，几滴露水将落未落。直到羊肉汤底被端上桌时我才幡然醒悟：原来那只角上系了红绳的羊，是宰杀后用来迎新年的。

回想一下第一次见面的新奇、惊喜以及之前的侥幸心理，我不禁有些怅然。再看身边形色各异的人，他们、她们也许都把对方当做"系了红绸的羊"。

山村里重峦叠嶂，多少人一辈子翻不出重重天险，多少人走出去就被挡在了外面。母亲生于群山，后远嫁到河北，习惯了山岭怀抱的她，每每午夜梦回，惦念的也不过是儿时印象里年迈的母亲，和贫寒所致的辘辘饥肠。为了准备这次回家，她置办了预算范围内最贵的衣裳，烫了时髦的卷发。

往常埋头在柴米油盐里的母亲，此时却像朵绽放在大山里的花儿，常年劳作的双手终于又沉浸到山泉间，如一条灵活的鱼。

我想我见到了她念着的山，她不要做那只白山羊。

作者简介

周雪娇：宁夏大学新闻传播学院2020级学生。

永不失联的爱（节选）

张愿鑫

　　或许是上天命中注定！一个人的命运从他一出生就已经被抉择，该走怎样的路，该怎样地活着。就像祖父经常说的："命是注定的，但路是由人自己走出来的。"一个人的平庸与否取决于他的努力程度，甘心平凡的人无论做什么都不会打扰他心中的那份宁静，反而越是追求不平凡的人生，则越容易激起他内心的那份波澜。有的人在追寻生命的安静与祥和，而有的人在追求刺激与挑战。这就是命中注定后对于路的选择。当你在自己的人生之路上行走的时候，会有坎坷，曲折，搁脚的石子……当然在你向前的过程中也会有爱的相伴。

　　农历九月的天格外地冰冷，尤其是清晨白花花的霜凝聚在路边的小草上，打湿了鞋子，湿冷的寒气瞬间从脚尖传遍全身，忍不住就会冻得抖动一下身子。天刚蒙蒙亮，爷爷已经牵着毛驴，拉着架子车，奔向种满洋芋的地头。架子车在干涸的小水坑中前行，发出"咯吱咯吱"的响声，毛驴嘴里呼出的白气凝结成小水珠粘在胡须上。当爬上一个陡坡之后，在一块洋芋地前停了下来。目的地的到达，同时也伴随着爷爷奶奶忙碌的开始。他们手脚很麻利，很快便挖出了一大堆洋芋，如同一座小山。我掀开棉袄从车厢里爬了下来，坐在粘有些许泥土的洋芋堆前，挑选出属于自己的"玩具"。渐渐地，太阳光映红了半边山头，一天中最冷的时刻也随之而来。我穿的棉布鞋早已经被霜打湿，寒气直窜脚底，脚趾冻得麻木。最终自己没能坚持下去，哭喊着跑到爷爷的怀里。劳作使得他早已汗流浃背，额头上不断渗出汗珠，整个人都在冒着汗气，与冰冷的环境显得格格不入。爷爷脱掉我的鞋将脚伸进自己的衣服里，用体温给我取暖，冰冷的脚刚接触到他的皮肤，整个人都在颤抖，用牙咬着下嘴唇，面部的神经紧绷，爷爷在坚持，但并没有把我的脚从肌肤上移开，肚子上的皮肤冷了，将脚移到自己的肋骨上用双臂夹住取暖。直到整个脚都变得暖和，才缓缓地从衣服里将脚抽出，用棉袄重新裹好，转身继续去劳作。

日子紧巴巴地过着，虽然有很多磕绊，但都挺了过来。

刚入冬的黄土高原气候慢慢变得冰冷，大片的雪花随风舞动，稀稀散散地落在房台上。房间里的火炉将屋子里的温度提得很高，炉子上的水壶盖在跳动不停，冒着白气，爷爷奶奶并排坐在炕沿上低着头一言不发，只有姑父在咆哮，大声地数落着，姑姑偶尔也插一两嘴。躲在屋外的我透过窗户观察着屋内的动静，事情的原委也已经知道。我偷拿姑父一百元钱的事情被发现，他们是来找爷爷奶奶兴师问罪的。

天渐渐暗了下来，当他们将自己对于我们家所有的不满倾泻一空之后，起身回了家，临走还不忘稀稀落落地数落几句。慢慢地，整个天都变得昏暗起来，奶奶掀起厚重的门帘，眼角充满泪水，苍老的脸颊上流过的泪痕清晰可见。用布满哭腔的声音轻轻说道："进屋来吧，外面冷。"我起身低着头钻进屋子。黄色的灯光下，爷爷坐在炕头，背靠在土坯墙上。泪水顺着鼻子两侧流了下来，这是我第一次看到爷爷哭，是那样的悲痛。伤感的气氛弥漫在整个房间，许久，爷爷哽咽着说道："我不想自己培养出来的孙子变成一个贼，我想要他成长，成才，你一定可以改掉这个坏习惯，对吧？"我微微抬头看向爷爷，他的眼神中充满着坚定，仿佛在告诉我："你一定要成为有用的人。"顿时眼泪止不住地从眼眶中涌了出来，扑过去抱着爷爷奶奶，相拥而泣，把所有的悲痛通过眼泪表达了出来。那晚我们聊了很久，爷爷告诉我："不要记恨你的姑姑、姑父，是他们发现了你存在的问题，并说了出来，没有让你放纵，要心怀感激，永远念着他们的好。"这让我印象深刻，并一直影响着我。别人在指正你错误的时候，或许言语很难听，但人家却是为了你能够改正错误，是为你好。这就是爷爷告诉我的道理。

转眼间，我已经上了大学，爷爷也年近八十。看着他的背慢慢变得佝偻，心中酸楚不已，他对我的爱超越了所有，是我心中的英雄，用自己的双手，靠着面朝黄土背朝天的活计抚养了整整两代人。爷爷给予的人生哲理足使我受用一生，给予我的爱永不失联。

作者简介

张愿鑫：宁夏大学新华学院2020级文法外语系法学学生。

小
说

南堡的月亮

李沐蓉

我是在大山的襁褓中长大的孩子。

如今，我生得比眼前这院墙还要高，站在田埂上注视群山时，仍觉得自己是啼哭的婴儿，哭这多年未见不知何时被荒草侵袭的院落，还有恰似墙外枯树的老人。西北风将沟壑都刻印在我脸上，好叫我时刻记得，自己是在西北群山的臂膀中长大的。我的童年是在好心又陌生的苏子老人家度过的。

我从不恋旧，生来就是奔波劳碌的命，哪有依恋旧物的幸运。无父无母，无牵无挂，我过起了如风一般轻快自由的日子。即便是路过坟茔，也不觉得悲伤，孤寂又热闹的山坡永远不会埋葬我的亲人。只因我是个弃儿。

娶妻生子后，我将遗忘视作人生的重要本领。可记忆总会在人的身体留下印记，好比听到雨水拍打窗户的声音，脑海中就浮现出一双黑胶雨靴陷在山洪中的泥坑，一位老人的小腿肚被木板划破，血水和泥水混杂的画面。我愿给予安详熟睡中的妻儿好的生活，愿孩子长成之时不像我这样，平静安逸后总觉得内心有所亏欠。我仇视自己的懦弱，始终不敢让众人知道，我在山中的贫苦村落中长大，却近十年没有回家看看。我总想着，应该再多赚一些钱，再不济也应该谋到一份略有身份的职位，还要添置一辆性能不错的汽车。只有这样，才能体面地讲出，我被南堡村庄一位善良老人养育的故事。

一位作家朋友告诉我，曾经贫瘠的群山村落中，万物都是有灵性的。不同于城市和平原地区山水滋养的富裕村庄，这里人们的心灵是用金子打造的，孤独的群山不会厌弃任何一个归乡的忤逆之子。在我读到清水中的刀子、沙沟月色，耳畔响起女孩用轻盈的声音唱起秦腔时，我在想，苏子爷爷的坟墓是否也在月光之下映出纯洁明净的光亮？

"可不是谁都有你这样的美妙经历的。"作家朋友递给我一支烟。他拍拍手中的书本说，"看到了吗？你可是在书里的地方走过一遭的人呢。"

"别总是悬着报恩的念想，那里的人心里纯净，做事不会想着能落下些什么的。"他拍拍我的肩膀间，"那么小的年龄，你是怎么到那儿去的？"

我捻灭烟蒂，细细回想起来。"那时……"

我童年的记忆是从老支书在破旧的工人宿舍里牵起右手时开始的。那个穿着油亮中山服的老头儿把我的食指拿起，在几张纸上按下红手印后，就把我驮起撂在自行车的后座。老书记蹬了好久，一直到弦月初升的傍晚，我们才进了村子。

"瞧瞧这娃，小牛犊一样壮的，你好好给他养大喽，将来我把这书记让给他，你不就白捡一个官儿子！"老书记朝我头上拍了一把，把袖筒上的土全扬在我脸上。"你没爹没妈的，以后这就是你家。"说罢，只把我往老人怀里搡。

老人苍白的脸笑得皱了起来，招呼我随他进屋子。屋子墙面斑驳，流露出一股令人忧伤的草煳味儿。这比起工人宿舍十几名成年男子午睡后的腥臭，反倒让人觉得有股辛辣的清香。老人摩挲着我的头，直把我往他流汗的怀里拉。他的胸口湿乎乎的，我赶忙挣脱。他一定想和我说什么。可一整晚，除了把一件破旧毡衣剪成碎片，再笨拙地用针线拼成一床短短的刚没过我脚掌的被子，这位面善的老人什么也没有说。

就这样，我变成了大山的孩子，变成了南堡村庄的孩子。还有，苏子老人的孙儿。大山中的村落沉默地教育着我。我学会了打草、拾粪、赶羊；学会了不借助梯子从院门翻进去，打开锁芯生锈的门锁；学会了擦亮火柴将几根搭成宝塔的玉米芯引燃，架起鼓风机把炉子烧得旺旺的……秋天，苏子老人捏着按有我红手印的纸片儿领我去南堡小学报了名。树荫底下乘凉的娘娘们都说，我是老人的宝贝，从未见过他把这么一个碎孩子可命地疼。我和老人下地一块儿干活，拔干净玉米秧子旁的杂草，或者在田埂上种些葱蒜之类的。起初，老人喊我"那个碎娃娃"，他说，"给我把铲子递一下"，我就把捉住的蜻蜓揣进兜里，跑进玉米地把铲子捡起送了去。看到老人用双手刨起院子里种菜的土坑，我也蹲下和他一起刨起来。

一天放学后，我躲在门柱子后头向里看着，老人正修理水井生锈的轮轴。我学着学校的孩子们对老人喊了一声："爷爷！"突然，脸上热辣辣的。我羞得正要跑开，后背却被一双苍老的手掌捉住了。"好小子。往哪儿跑！"老人将我横着提起，架在腰间，原地转了几圈。爷爷的大手捉得人痒痒的，四脚离地的我咯咯直笑。"爷爷——！"爷爷在我的屁股上拧了一把，脸上笑得皱成一团。

苏子爷爷去集市卖羊羔，天黑了才回来，回来也总是一声不吭乏乏地倒头就睡。大山是那么辽远而广阔。趁爷爷不在的时候，我跑出家门，翻上一个个土丘，再从更陡的山坡连滚带爬地滑落。迎着风跑上几步，就吃一嘴沙土，呛得不行。我像是初到人世的婴儿那样鲜活。只要我跑得足够快，整个山峦都被撇在了我的身后，谁也挡不住我。

已经不用爷爷向我发号施令，让我去给羊打一筐草，或是把炕洞烧得红红旺旺的了。我自信地主宰着家里的一切，瞪大眼睛向我臣服的羊羔，还有邻居寄养的母牛都得听我的话。我神气地从村子小学门口的叔叔那里讨来瓜皮和残羹，拎到牛圈。牛的舌头又红又长，只要看到食物，便在空中乱舔一通。生怕牛那厚墩墩的舌头一梭子打在头上，我只好猫着腰潜进圈里，趁它还没反应过来，把一整桶的食料张在牛槽，撒腿就跑。夕阳将院子灌得金灿灿的，那头发干枯如柴草的少年正威风凛凛地站在牛棚的矮墙后，学着牛的模样，在空中卷着舌头，心中升起王一般的自豪。

"稀罕这牛，夜里就和这家伙一搭过。"爷爷朝拴牛的木桩蹬了一脚，牛吓得退了几步。确认这桩还结实后，爷爷心满意足地进了屋。我才不要和这牛一起睡呢，何况这圈就脚步大的一块地方，牛躺展后，人挤也挤不进去。但我真想去山上睡一晚！吹着山风，躺在一片净净软软的黄土上面，闭上眼后，那星星会从我的眼皮穿进来，眼前会像电视机里的礼花一样灿烂。

在山上，我误闯进了一块林立着石碑的空地，摘了一把长在肥沃土壤的花朵。爷爷面容慈祥却不爱说话，只会叫我"小峰，吃饭""去把这锄头和锹给那姨送去"，他总是嘱咐我用功念书，别因为同学们的只言片语生出是非。那天，爷爷用笤帚把儿狠狠地打了我一顿。他还把我从石碑四周采集的野花折碎，丢进正淌水的渠里。我忍着疼痛，注视着残败的花蕊被水流冲走。我期待那花瓣变成一摊烂泥，随水流深入土壤，敷在玉米秧子臭烘烘的根茎上。

晚上，爷爷坐在院里，把我朝怀里一揽，身子晃啊晃。他整一整我的衣服，又恨不得将我浑身上下挨打的地方都摸一遍。"唉。这山，养了人，又害了人。"爷爷说。我长得足够高了，侧身被抱在怀里脚抵在地面挈着尘土，可爷爷像抱婴儿一样，还拍着我的肩背。爷爷一边问我疼不疼，一边给我讲起了过去生活在大山深处的故事。"不知几辈子才能走出这山里，我这辈子算是走出来一半。往后，就看你的造化啦。"爷爷讲着，那一年，家里的土窑洞被一股邪风和雨水冲塌了，他把全家人的尸体装在毛驴车上，赶着翻了好几座山，埋在了东边没有名姓的土山上……我在爷爷的臂弯里沉沉地睡了。醒来后，仍在爷爷怀里。

爷爷歪着头，把挂在嘴角的酣水"呼"的一下又吸了回去。我一动，爷爷身子就抽搐一下，惊醒后，赶忙挥着手掌在我的脊背拍了起来。我碰到了爷爷小腿上凹陷的疤痕，是那年冒雨上山，在山洪中留下的。爷爷又倚着院墙合上了眼睛。我想挣脱，却掰不动爷爷铜铁一般的手臂和胸怀。

村子里的老人戏谑着说，我是大山养大的娃娃。我自豪无比，因为，一个下午，我就能把村庄后面的山头翻个遍，拾满满几兜地软子。爷爷经常叫我把羊赶在山上放一放。清晨，我带上一块干馍馍，自豪地将羊群带到最远的、草料最肥美的山坡，让羊儿美美吃一气嫩草，吃撑了才赶着晃悠悠地下山。我时常觉得，自己是一只头羊。看到羊羔子叼着母羊的乳头热情地吮着，我饥渴地直咽唾沫，倘若身后来了人，一下子又臊红了脸。

天渐渐凉了。爷爷给新做的油布裤子扎上红腰带，赶在天黑之前，给老书记端了一碗热乎乎的长面。爷爷捏捏我的肩膀，把红油汤里精瘦的牛肉挑出来放在我碗里。爷爷七十岁了，农历的生辰和年关撞在一起。本该大操大办，却没人张罗。家里卖了三只羊，只留下哺乳的一双羊母子，钱有太多的用处，用爷爷的话说，钱花在他一个老头子身上不值当。那一年我十二岁，生日和他一搭过，爷爷说，过个生日冲一冲霉运，稳当当地去镇上继续念中学去。从集市上下来，爷爷先买了新铺盖，去镇上的中学替我把住宿的手续办下来，又缴清了书本费用，还为晚上的长面割了肉。

呼噜噜一碗热面条下肚，浑身都暖了起来。月亮挂在天上，南堡的村庄沉沉地睡了，空气中弥漫着院落流酣的香甜。爷爷问隔壁婶子借了针线，眯着眼艰难地借月亮的光线寻找针眼儿。不知他从哪儿弄来一只紫红色的旧书包，书包带也是断的。爷爷说："这书包可是个好东西，明儿去镇上上学，可不能再拿个布抽子让人笑话。"爷爷绞下来一节皮裤带，接在书包带子上。我从没见过爷爷像女人一样穿针引线。他用食指在嘴唇蘸了些唾沫，抹在线头上，像打靶一样连戳几下，没有一次是正好戳在针眼儿里面的。继而，又用针眼儿去寻找线头，姿态更加别扭。看爷爷笨拙的样子，我越发觉得好笑。起风了，我懒得去伙伴家串门，趴在爷爷的腿上嗅闻他身体中清新的炭火香气。我听着草丛里蛐蛐儿的叫声，看母牛反刍，嘴巴里嚼着院里落下的长枣，心里甜丝丝的。中学，是什么样子？

南堡的孩子大都在镇上读中学，家境殷实的有些甚至去了县里。和我同一个小学毕业的国平、国福兄弟俩就转学去了县里的初中，只有农忙时才回南堡住段日子。有段时间，我也想去县里上中学，小学班主任老师对爷爷说，有条件的话，给孩子换个好点的学习环境，我照这样的劲头发展下去，是很有前途的。爷爷弓着背，明明脸上露出的是笑容，却畏畏缩缩像个做错事的孩子。可家里没有去县里的条件。却不禁思考，前途是什么？

我和爷爷要把地里的玉米操心好。黄河水下来，把地面浇得透透的，照一段时间太阳，玉米便噌噌地向高处攀缘。地里的活忙得差不多了，再抓些鸡、羊，把田埂上的草打回来，拌着饲料把牲畜喂得壮壮的。秋天，赚一把钞票，来年，把一张一张的钱换成肥料、饲料，还有种子，再一茬一茬地种，一茬一茬地收。这大概就是我和爷爷共同的前途吧。

爷爷常说，苦要下到地下，苦下结实了，苗长得就高，就正。我不过是像爷爷种庄稼那样读书。总想着要把苦下得实在一点，过于轻松心里就不得安宁。即便我的大脑反应慢，题目多做上几遍，一直到能默写下来不出错误，也就记下了。考试又爱出原题，成绩自然差不到哪里去。老师说："娃娃的教育耽误不得。娃娃也像这种庄稼，得有好的水土，好的农民。这山里的地方，庄稼都保不齐能养活，怎么能养活娃娃们念书的事。"

我觉得自己走不出大山温暖的臂弯，毕竟，山是南堡爷爷的家乡，也就是我的家了。我早就把一个又一个幻梦埋在了大山的黄土里——爷爷需要一身笔挺的中山装，他说将来好做寿衣；牛羊卖上一些钱后，把玉米打掉，家里的房子还需要找泥瓦工过来修整修整；隔壁婶子家的母牛又怀孕了，最好我们也能买上一只刚下的牛犊，喂养动物我是很有自信的。况且，牛肉的价格不断上涨，村子里的富农很多都搞起了略有规模的养殖。而这些幻梦，岂不也是大山的恩赐？山养活了我的身子，也养活了我热爱生活的心。——我是大山养大的娃娃！

是夜里出发的。从村子到镇上的水泥小路没有路灯。月光清冷，像冬天爷爷放在热炕上捂着的冰凉的手。爷爷不识字，将我托付给去镇上开会的老支书。我的情况特殊，办理入学要给学校交很多资料。我蜷缩在三轮车车厢的角落，挨着我的是满满一袋洋芋和样貌不错的梨瓜。虽免了学杂费，但杂七杂八安置下来还是要费一些钱。爷爷托老支书将这两袋子东西带给镇上"霞光饭店"的老板，价钱看着给就行。自家种的比不上摊贩卖的样子漂亮，爷爷再三嘱咐老支书别还价，卖多少是多少。老书记让我将书包抱在怀里，挡在胸口避风。

车子很慢，爷爷手扶着车身快步走着。山路崎岖，路被山峦挡得严严实实，夜里更是不敢快。一会儿，爷爷跑了起来。老书记蹬车时"呵嗤"的粗喘声消失后，爷爷就几乎抓不住车身了。三轮车轻快地奔跑起来，链条"吱呦呦"地唱起了歌儿。远远望去，爷爷端端地立在月亮下面，像小小的一只剪影。我们在小路中穿梭，一个急转弯，爷爷就忽的一下消失了。驶出小树林后，爷爷又重现在月光之中。老书记回头用乡音冲我大喊："娃娃，抓稳啦——"车子便顺着水泥路面直冲而下。爷爷彻底消失不见了。

老支书将我的头推到马主任手中。他把玩着将我干枯的头发捋得倒向一边，又把我带到七年级（1）班的教室。"咱的娃娃，虽说生活上困难些，干活是很麻利的。去！把那黑板擦一遍。"说罢，露出银白色的钢牙赔着笑。老书记重重地拍着我的肩膀。他沉沉的手表重重打在我锁骨上，我又想起爷爷粗粝地抚摸了。教室里不是红色砖地，铺着米黄色的小块瓷砖，黑板是墨绿颜色的。窗台上摆放着三角尺、教学挂图和一些教具。我却提不起兴致。我多么怀念刚下的小羊饮过奶水后，用湿漉漉的舌头舔舐我的手掌啊，也惦记着屋檐下的小燕有没有学会飞翔？爷爷放羊，能不能弄得住那只黑脸的"大个子"？万一它跑出了羊群，爷爷追赶时绊倒在山上，无法起身可怎么办。想着想着，我的眼睛一酸。看着老支书兴高采烈地将新课本朝紫红色书包里塞，我又把眼泪咽进去。

别了，没有生养却哺育我的大山。爷爷会在周五的傍晚等我回家的。

我永远都记得爷爷对我说："苦要下到地下。要想苗长得旺，苦就要下结实。"老支书临走前嘱咐我，山里的娃娃比不得旁人，要自己和自己比。只开学一月，我就深感自己愚笨。明明下了双倍的功夫，一元二次方程还是解不对，英语课堂更是吃力。尤其是朗读英语课文，我痛恨自己怎么都扮不过来的牙关和舌头。弄不懂题目的时候，我格外想家，恨不得从铁栏杆翻出去连夜走回南堡。有时我想，干脆不念了，回到山里把牛羊养得壮壮的，也能赚钱。爷爷也不用再为我受累。好在，我在语文课中找到了一丝宽慰。

讲授语文的是一位城里来的戴着粗框眼镜的男教师，姓侯，只因身材瘦高，被同学们戏谑地称呼为"猴老师"。侯老师善文，却郁郁不得志。总看他在午休时埋头苦写，却发不出什么像样的文章，稿纸攒了一抽屉。此人不屑于讲授书本课文，号称自己研修"大语文"，爱叫学生们自己写。倘若收上来是一篇流水账，也不恼，仍别出心裁地到处挑好处。学生们便不怕他，在作文中"为非作歹"，说了不少反对校规的浑话。侯老师是个单身汉，支出半个月的工资自发组织了一回"作文比赛"。评委只他一人，奖项奖品也由他说了算。

很多细节我已记不清了。只依稀记得，自己写了一篇名为《月光中的老人》

的小文，讲的是苏子爷爷送我出村子，到镇上念书的故事。侯老师当众朗读了我的习作，还用工整的小楷誊抄一遍，裱在学校的宣传栏里。一篇小文为我赢得了一只藏蓝色的帆布书包，还有一百元钱。雨连下几日，周末便不打算回家。如果雨还不停，遭遇山洪，就难返回学校了。可我真想把那小文念给爷爷听，在爷爷从地里回来歇息的时候，坐在院子里给他念。一百元钱我分文未动，盘算着从对门奶奶家中买几只鸡仔，养大了卖掉，秋凉的时候给爷爷添件棉毛衫。

镇上到村子没有班车，运气好的时候，能碰上从集市上下来的村民的顺风车。放学后，我便先往前走着，盼着能遇到同村的长辈捎我一程。天还下着雨，集市早早撤掉了，偶遇行人也是匆匆向相反方向朝家跑的。我湿透了，离南堡村的路口还有远远一截。新书包也湿透了，我只好将它抱在怀里，迈开步子奔跑，否则，那薄薄一张纸上小文的字迹也迟早会被雨水洇了。碎成一团，爷爷就什么都看不见了。

我在雨中不停奔跑，泥水的腥味充斥口鼻，塌陷的路上一片黄滩。车辆驶过，泥水溅起半人高，眼里像进了泥沙一样挣挣地疼，我只顾得上朝前方看，泥水防不住，也躲不过。心始终闲不下来。前几日风雨交加的夜晚，爷爷是怎么度过的？家里的土坯房屋能否挨得住彻夜的风雨？看着镇上钢筋水泥搭建的阁楼，看着汽车驾驶室里坐着的挨不到半点雨淋的人，我实在觉得，南堡的村落太遥远了。我对大山，心中暗生间隙。可那是爷爷的家，是把我养大的地方。不知不觉，我远远看到了村口最近的院落。天色渐渐暗了下去。

那天晚上，月亮被云层遮住了，头顶昏昏沉沉的。帆布鞋的塑料底被泥水紧紧抱着，稍不留神就有可能滑个人仰马翻。我一边祈祷山洪不要来临，一边把书包护住，双脚交错从泥水中拔着身子，向家的方向奔跑。

我从未见过如此静默的院落，羊也乏乏地蜷在圈里。世界只有雨声，大山呜咽，倾诉着怨气。那股归家的欣喜瞬间散去，心中落满了沙土一般的荒凉。才九点不到，爷爷就睡下了。炕洞旁的椅子背上烤着爷爷湿乎乎的褂子。只有从炕洞中扑出的火星，隐隐闪动微光，发出"噼啪"的声音。我想摇醒爷爷，将小文念给他。或许是天寒的缘故，爷爷抱着膀子，裹着棉袄沉沉地打鼾。听到屋里有动静，爷爷侧身看了我一眼，说："锅里还有些饭，自己热上吃吧。"爷爷身子朝炕里边一滚，炕当中就留下一个皱巴巴的人形。爷爷用手揣了揣温度，从身上扯下棉袄捂在炕上，招呼我赶快休息。

躺在炕上，我睁大眼睛看玻璃窗反射着雨水的光。每到雨天，爷爷总是静默着哀愁。爷爷很少露出愁容，脸上的沟壑也排列出一副微笑的模样。可我懂得爷爷的悲伤，山坡后面的坟冢，埋葬着爷爷在雨天离世的亲人。西北的大山没有被雨水滋养的福气。我又艳羡起骄阳之下，饮着风沙在山坡上奔跑的日子了。这黄土和人心一样，都是无比坚固的，苦难是打不垮的，贫瘠更是压不倒人的。可一旦受到多日上天的溺爱，给上些下不完的雨，却站不起来了。黄土的山衣也被泥水冲到沟渠，化作山洪腐败地淌去了远方。我想，人大概也是过不得安逸日子的。

侯老师又举办的几次作文比赛让我在学校小有名气。微薄的奖金让日常生活不再窘迫，至少我不再被镇上的孩子另眼相看。紫红色书包的书包带又断掉了，爷爷用针线修补好。见我不用，只好自己用它来背饲料。

我很好地融入了镇上的住宿生活，周末总是用净水和肥皂将校服洗了又洗，匀些零用钱在周五下午的集市上买些零嘴带回去给爷爷尝。语文课堂上得到的自信，让学习成绩也慢慢好了起来。好一些的高中都在市里，最次的也在县里，光是县里的学校，车程就近两个小时。但我已定下了去市里上最好的中学的目标，可我从未和爷爷说起过。

爷爷买了几只羊羔，把院子的羊圈填得满满当当的。待羊羔长大，这群牲畜就挤得挪不开身了。牛犊是不敢买的，村子里几户人家的牛犊还未长大就病死了，巡诊的兽医也说不出是什么缘故，白白浪费了钱和半年的辛苦。羊羔们长大在山上疯跑的时候，爷爷老了，追不动了，弄丢了一只，还跌了一跤。我将爷爷背下山，羊交给了没有考上高中赋闲在家的国平、国福兄弟俩。老支书爷爷是个好人，蹬着三轮车将爷爷送到了镇上的卫生院。爷爷尾椎疼痛，虽没有骨折或骨裂，却无法长时间弯腰站立。他从没喊过痛，却经常买回来臭烘烘的膏药在夜里偷偷贴在腰间。从此，我周末不带课业回家，总是抓紧时间多做家务事，恨不得用两天的时间帮爷爷摆平新一周五天的日子。

分数下来了，离市里最好的高中差了几分，榜上无名。在我心灰意冷的时候，侯老师将我叫过去让我拿着这些东西亲自去市里试一试。看到文件袋里按着手印的洁净纸张和红色封面的孤儿证后，我终于想起，我与苏子爷爷，流淌着的竟不是同样的血脉。

我在南堡与世无争的欢乐渐渐淡出了生活，那份隐藏的属于搏斗者的抗争精神在体内逐渐生长。只要付出全力，梦是不会在黄土中搁浅的。大山是困不住我的，我将以全新的姿态迎接未知的生活。

听说一位背靠黄土的善良老人养育了我。或许这就是苦难的恩赐，我被顺利招进了市里最好的中学。和城里的孩子一样，我免费住进了六人一间，有明亮的窗户和大阳台的寝室。我的床铺在靠窗的位置，月明之时，总沐浴月光，进入梦乡。我睡眠很轻。有时，月光刺眼，像明亮的火钩扼住喉咙，使我钉在床上一般无法翻身。每到这时，我总惦记起家里的牲畜、旱着的几亩薄田，还有月光下蹩脚地缝补被褥的老人。爷爷越发年迈，操心好牲畜，就无暇顾及田地了。到头来，辛苦半年的庄稼只好打成饲料，让畜生享了口福。

市区太远，课业压力大，我却已养成了不服输的性格，节日时才会回南堡看看爷爷。其余的周末，除去采买生活用品的时间，我都在教室温习功课。闲暇时，我总惦记起爷爷来。城里的孩子聪慧，我不多花工夫，是远远比不上的，连我最擅长的语文科目也逐渐学得艰难。

爷爷像所有孤独的老人一样，将种下的瓜果拉到集市上换一些钱，买上些好东西，坐在门槛上盯着挂历数啊数，盘算着我还有几天才能回来。新鲜的水果腐烂后，挑出腐败的自己吃光，其余的分毫不动地给我留着。我回去后，才舍得把放得皱巴巴的果子摆出来叫我一次吃个够。每次回到家中，我都要赶着羊羔去山上浪一趟。爷爷冲我的背影大喊："别跑远喽！赶中饭前回来。"说罢，笑呵呵地去厨房忙活起来。我实在回忆不起爷爷向我表达关切的特殊细节，他早已成了我无法区分的亲人，我贪婪地享受着大山和苏子爷爷给予我淳朴的幸福。

我考取了一所省内的大学。一来不用离家太远，二来可以省一些开销。那一年，爷爷将牲畜全部卖掉了，只留了一只哺乳的母羊和它下的一只羊羔子做伴儿。我说，该多留几只的，这阵子肉价不行。爷爷说，喂不动了。

依旧是夜里出发的。爷爷怎么都不肯让我坐老支书的三轮车到镇上乘车，固执地叫了一辆私家出租车。爷爷说："你路上坐得舒服些，我心里就安心些。"月光又成了求学之路上陪伴我的唯一的旅人。

夜色中，我无意中碰到爷爷枯树一样的手，我不敢抚摸，也不敢多说别离的话，一抹清泪流下。爷爷七十六岁了。这一别，再与爷爷相见，一面就是一面的样子了。

我是大山抚育的孩子。黄土和山峦中没有太多看似美好的事物，却赋予人坚毅的、向上的品格。我原以为自己能平顺地度过青年阶段，但爷爷有养活生命的坚韧，也有使一切都坠落山谷的能量。

能数得过来。大学一年级的寒假，我在南堡待了整整一个月，喂肥了羊羔，给村里做了一些整理资料的活儿。暑假，我在邻村找了一份摘枸杞的工作，工资日结，忙活了半个月，挣够了下一学期的生活费用。下一年假期，我没有回去，和好友去南方做工，顺便走走看看。

那一年，我刚拿到大学毕业证书，正值中秋，回南堡看了一趟。爷爷八十岁整，能勉强从屋子走到村口，再原路返回到家中。老人目光混浊，有时连邻居也认不清。本想陪伴一段时间，却恰巧工作申请通过。为了不使绝佳的工作机会浪费，我简要安顿好爷爷后，匆匆赶往工作地点报到。

爷爷在清凉的上午走了，恰逢中秋后月亮还浑圆的时候。走前，没有给人丝毫的拖累。丧事从简，埋葬在山的另一头，那里有爷爷真正的亲人的墓穴。再见爷爷时，他已化作一朵野菊，从墓碑旁的土壤中探出头来，迎着风向我摆手微笑。明明是个大晴天，跪在抚育我的土地上，背后却是一摊淋着月光的清冷。

我贱卖了牲畜，将几亩薄田承包出去，简要归整南堡的院落，匆忙离开。当院门合上，钥匙旋转发出"嘭"的一声后，我明白，自此一别，黄土与山峦就真的远去了。我无法因为眷恋坚守在南堡的院落。前方的路很远，仅凭苦力是不够的，人这一世，终归要舍弃一些十分重要却虚无的东西。那是南堡村落中无限的美好、惦念与牵挂。

信仰和林立的黄土一样，是不会坍塌的。

老人走后头三年，我用纸笔写下给爷爷的书信。信的开头是——"爷爷，你好。"我将信纸烧成灰烬随风抛撒，朝坟墓的方向。

爷爷在世界的另一方也不忘庇佑我。参加工作后，我跑遍了大半个中国，去过遥远的海滨，也深入了巴颜喀拉山的洞穴，罕见的山崩中，我也毫发未损。生命太过平常，再华美的风景也终归是要离散的地方。我和市里出身农家的小学教师结婚，指望人生有所归处。

而立之年后，直面生活，我越发不敢想象贫乏的苏子老人如何度过这一生，又是如何将我养大。

我不懂何为爱，也不知何为家。苏子老人离世后，我终于成了大山的弃儿。居住在城市，生活被电费、水费、通信费用以及各种数不尽的账单填满。孩子出生后，屋子里又多了哭泣、欢闹，和拾掇不完的儿童用品。妻子渴望换一套大些的房子，方便孩子将来上学，顺带着照顾她的父母。可她曾经不是追求这些的人。但是，我更想购置一台性能不错的汽车，闲暇时可以四处逛逛，过年的时候，也好回南堡的村庄看一看。

可苏子爷爷的确在南堡的村庄仅凭一双手，一把力气就这么养活了我。

吃过午饭，妻儿打着盹儿，我决定，独自前往南堡的村庄去看看。

乘坐长途汽车南下，从车窗望去，整个一车的人都被黄土山峦吞没了。我感受到一股从未有过的热切的激情。像是又回到读高中，星期五下午回家的时候，只盼着车辆快些，再快一些，爷爷带着整圈的羊羔等我呐！可我的背包中没有学习的书本，只有苏子爷爷泛黄的遗像。

车辆飞驰五小时后到市区。从长途汽车站下车，再转乘黄色公交车到镇上，又是两个小时。镇上到村子依旧没有通车。吃过便饭后，我决定步行进村。

这些年，通往村子的土路灌了水泥，又被来往的货车压出了缝隙，像大山中突然贯通了跳动的脉搏。路一通，生活就好了，山里的好东西只要能送出去，钱就会来到，只可惜爷爷没有赶上好时候。我却怀念起这条路上曾经泥水四溅的雨天，还有拖拉机驶过腾起的沙尘。

不少人家盖了新房，新房里住着他们的子孙。房子红顶白墙，墙壁贴了灰白色的瓷砖，院里是葡萄架，还有砖石垒起的羊圈。水井也架起来了。村子大不一样，只有极少难以修缮的角落还赤裸着地皮，生出一簇簇麻草，打量着我这个眼熟的远客。

爷爷的院子荒了。遍地野草中，我仍能认得出苏子老人坐在月光下，第一次手拿针线缝补紫红色书包的角落。

一时，我不知要以怎样的心境缅怀抚育过我的慈祥老人。只好抬头望向天际，让月亮在眉间映刻一道弯弯的、美丽的疤。

——是苏子爷爷墓碑的眼睛。

作者简介

李沐蓉：本名李子园，宁夏青铜峡人。作品发表于《中国校园文学（青年号）》《朔方》《呼和浩特文艺》等刊物，曾获宁夏大学生主题征文一等奖、《朔方》文学新人奖。

面 具

陈涛丽

在特殊的时空，我的眼睛会不正常起来，能看到在本来面目上掩饰的一张张面具。

"你听见叹息声了吗？"张乔头探过来低声问我，手顺势压在印着"环安水利"四个大字的报纸上。我闻见他嘴里喷出的韭菜饺子和着大蒜的臭味，不悦地皱了皱眉——这家伙中午肯定又在哪个老女人那儿。

"爷爷在叹气？"张乔又问。我把烧焦的火棍搁在墙沿，绕过张乔走出这间诡异的屋子。

松山的轮廓一层一层地埋没在天幕下，没有月亮的夜晚，我清晰地望见对面庄子亮起的夜灯。最亮的是王安家，往左是庆铃家，再往左就是我家。这个时候应该只有妹妹一个人在家，爷爷病危，全家人都来大伯家守着，或者说是等待着。寿衣一早给爷爷换上了，近亲前两天就通知好今儿过来，连北京的堂哥也请了几天假回来准备守灵。我看着忙碌的人群在想，爷爷今天不咽气该怎么收场？

唉——

我又听见了一声叹息，重重的，像是从天幕掉进了我的耳朵。张乔说错了，这不是爷爷的叹息，是脱落的最后一层面具的呻吟。

回到屋子，我看见母亲脸上长出了新的面具——紧皱的眉头、泪汪汪的眼珠、发颤的嘴唇，显示出疲劳与伤心过度的泛白的面颊，以及随着哀号一起一落的瘦削的下巴。婶婶在我从门帘里露出头来的那一刻起身小跑过来，"阿恒！你去哪儿了？你爷爷咽气了！"婶婶瞪大了眼睛，开始捶打起我的胸口，比起母亲，她的面具像是发育不良的小孩子，还没有适应这张发福的胖脸，怯生生地挂在上面。我感到一股冷气从婶婶的面具里钻出来直往我的脸上渗。我有点害怕，转头看向了烛火后面摇晃的妈妈。

面具会跟着爷爷一起被埋葬，这在我看来是最不幸的事情。我蹲在爷爷面前，想捧起他脚底堆积的颗粒却怎么也捧不起来。发白的颗粒会拼凑成一张张新的面具——那是爷爷的下一世。面具随着人，生死轮转。我感受到身后灼热的目光，回过头看见面具底下的妈妈用狠毒的眼神盯着我，仿佛在看一个从水沟里刚捞上来的怪物。婶婶对于我推开她以至于破坏她表演的行为十分记恨，在门口也恶狠狠地盯着我。还有跪在灵堂前颤颤巍巍烧纸的叔叔，面具已经掩盖不住他眼里的精光，他贪婪地望着这一切，这片土地、这几间屋子、这些留下来的钱都会进入他的口袋，喂养他的身体和他的面具，他在兴奋着，面具也在兴奋着，一兴奋就容易漏了神，站在他身后的大伯已经看出了叔叔的打算，像一条蛰伏的蛇，随时准备出击咬死叔叔。我的父亲，这场争夺战的另一个战士，他安静地坐在我刚刚坐着的位置，面色平和，看不出悲恸，也看不出欣喜，时至今日，我都没有确定父亲是否具有和我一样能看到人的本脸的能力。他时常会露出悲悯的神色，在他的面具上和本脸上都会出现。一屋子的人各怀鬼胎，大人忙着谋钱财、图虚名，小孩忙着偷灵堂后剩下的瓜果糕点，再从父母的手里骗来一点手机的使用权。索然无味时，我就出门，继续望着寂寥的松山。

　　第三天葬礼那天，晴美被她妈妈带着过来了。想起晴美出生不久后，我还和母亲去看过她，那时候我才5岁，看到的面具下的本脸也是混沌的，五官尚不清楚，更不要说表情。晴美是婶婶的第一个女儿，也是我遇到的第一个没有面具的人。我因此格外喜欢她，一直到晴美5岁生日那天发生了那件事以后。

　　我从小就有赖床的毛病，因为晚上老爱做梦，睡不踏实，早上就得多补一点。父亲不爱管事，母亲骂过几次也懒得管了。晴美生日那天，我一直睡到早上9点才起床，迷迷糊糊地端起脸盆去院子里接水。晴美就站在院子里，手里捧着一只亮晶晶的玻璃兔。"阿恒哥哥，看小兔子！"那兔子大概有我的拳头那么大，耳朵是透明的玻璃，长长的，眼睛是红色的小玻璃球，嘴巴用黑色的马克笔画了三小撇，像两根小胡子，尾巴小小的粘在后面。我看到这样新奇的玩具也不免多瞧两眼。晴美看到我好奇的样子，更加得意，两个手指捏住兔耳朵就拎起来给我转圈炫耀着。我有点迷糊，却也看见那两只长耳朵正快速地从晴美的指缝里往下滑，没等我出声提醒她，兔子已经跌在水泥院子里碎成了几块，发出了清脆的响声。晴美的脸"唰"一下红了，不知所措地站在那儿。我知道她是被吓住了，我只比她大5岁，兔子摔地上时我也蒙住了，这会儿除了安慰她，也不能做什么。我了解婶婶的脾气，晴美回去免不了要挨一顿打。我看着晴美的脸，越来越模糊，突然我意识到一件可怕的事，等我喊出"晴美！"两个字时，我听见了一声空旷的回响。

　　没有用的——

　　在爷爷死之前，那是我唯一一次听见面具的声音——像是从辽远的极地传来的一声宣判。我眼睁睁看着这一幕发生：晴美脸上的毛孔里开始渗出像植物汁液一样的东西，白色的东西见着光迅速连绵成片，短短几秒钟融成了一张新鲜的面具———副委屈又愤愤不平的模样。我看着晴美面具下的恐惧，她没有意识到自己已经长出面具，她还在想着怎么应付回家后的那顿打，我含着泪凝视着晴美，像是审视着一个陌生的灵魂。

第二天午饭的时候，母亲不由分说在我脸上扇了一巴掌，好一阵火辣辣的疼，激得我眼泪涌了出来。"谁让你手长动晴美的玩具了？你知道那是你小叔叔从县里给晴美买的吗？你打碎了是要我们去县里买回来赔吗？啊？"我看着母亲毫不掩饰的狰狞，想起5岁的晴美长出来的面具，想起村里的每个人，一种比失望更沉重的东西狠狠地压着我，我感到自己再也直不起身来。

我没有解释这件事，任由父亲继续冷眼旁观，母亲继续辱骂着我。

晴美乖巧地向葬礼上的每一个人问好，唯独绕过了我。我审视着她面具下的恐惧，这么久过去了，她还怕我说出真相。"晴美！"我止住了她走向爷爷的脚步。"阿恒哥哥？"她回过身，试探着叫出了我的名字，并笑着向我走来。"晴美，你回来了？"我一边问晴美，一边看着她发慌的眼神。"是啊，和我男朋友回来的。"我看见她飞快地瞥了一眼大门外面穿着绿色夹克衫的男人。我不明白她为什么要刻意提到她的男朋友，直到席间吃饭的时候，婶婶的一句话，我恍然大悟。

"没有没有，晴美她男朋友家里还好啦，就开了个小公司，这刚开起来，没多长时间，也没挣上啥钱。"我看着晴美，她面露羞涩地低了下头，面具下是可怖的笑脸。那个穿绿夹克的男人坐在她旁边，一边笑着对席间亲戚说着没有没有，都是阿姨瞎说的，一边面具下放肆地大笑着。婶婶面上打趣着身穿绿夹克的女婿，暗地里精明地估算着女儿的价钱。有了一层面具，本脸更加放肆，喜、怒、惊、惧、怨、憎都不再套上礼义廉耻的枷锁，我心慌得厉害，寻了由头离席去守着松山。

我坐在大伯家狗窝旁边，望着松山，努力回想着一些人还没有面具时的样子。我想不起来同龄人小时候没有面具时的样子了，连比我小的孩子，我也记不清了。留给我的，是一种感觉化的记忆——一种本脸可爱、和善、真诚的感觉，为什么本脸现在会变成这样呢？我迎着松山吹过来的风一直想，直到钻到我衣兜里的风冷得我发颤的时候我想明白了：长出的新面具是人身体的一部分，在成长的过程中会吸取身体的养分，根据我的观察，面具所需要的养分就是本脸上的真诚、善良与美丽。当真诚被面具汲取变成示人的手段以后，原本的本脸留下的只有怨、憎、惧、怒这些不能被面具表达的情绪。"咚"的一声，一道闪电劈向了松山，我听见自己的心跳得比惊雷还厉害，如果我推测的都是真的，那这些人的本脸……

我飞快地跑回屋子，在掀开门帘的那一刻我感觉到我的眼睛钝痛了一下。我的呼吸也在那一刻停止了。所有的面具都齐刷刷地看向我，每张面具都是不一样的神情：笑嘻嘻模样的妈妈、慈祥和蔼的大伯、微笑着叫我过来的叔叔、温柔的婶婶，还有天真的晴美……他们有的坐着，有的站着，就像一幅画立在那里，我感觉到所有人都在向我展现他们的善意，更可怕的是，我看不见他们的本脸了，所有人都只有一张面具，不对，现在我也分不清本脸和面具了。

"阿恒回来啦！"最先说话的是婶婶，我眯着眼睛瞧她，试图从那张脸上找出她从前的跛脚，可我找不到，我很慌，她眯着眼睛笑着，像是在等待我做出反应。"阿恒，吃过饭了吗？"叔叔见我不说话，接过了婶婶的话茬，我看见婶婶温柔地望了一眼叔叔。我皱紧了眉头，我已经无法判断了。"外面风大，阿恒，到妈妈这里来。"母亲一边说着，一边招手向我示意。不知怎的，我鼻头一酸，眼泪就出来了。我感觉到自己已经有些迷失了，这是那些不曾睡得安稳的夜里我做的所有的梦，所有的梦都是这一个家。我好想哭，我好想向母亲走过去躲一躲身后呼呼的冷风，正当我准备抬脚时，我发现还有一个人没有在这里：父亲！混沌的脑袋突然清明，父亲为什么不在？我感觉到脊背的冷汗已经被门外的冷风吹干了，我抬起灌了铅的腿转过身去，看见了院子里站着的父亲。他像一个塔一样地立在那里，父亲一直是冷漠的，但在此刻他的冷漠却是我最安心之处。

"阿恒，先别过去。他们的本脸已经被面具吞噬了。"我没有再犹豫，二十几岁的我哭着走向了父亲。"爸爸！"我抱住了父亲，我感到我打战的双腿磕到了父亲的膝盖。"爸，你能看见本脸吗？"我终于鼓起勇气问父亲。"看不见的。"父亲慢慢地推开了我。"但我知道每个人都有本脸，我看到你的反应，就猜到他们已经被本脸吞噬了。"父亲平静地回答道。"爸，你看不见怎么知道每个人都有本脸的？"我追问着。父亲转过身往大门口走去，门外是松山，我跟着出去也安心些。

"你爷爷那时候也看得见，他是亲眼见证了许多人被面具吞噬的样子，特别是你的奶奶，最后已经疯掉了。""那为什么爷爷也有面具呢？所以是因为爷爷你才变得这样……冷漠了吗？"我小声地继续追问着，在月光下，我看见父亲的眼睛里闪着泪光。"你也有面具，只不过你自己看不见。你爷爷把他能看见本脸的事情告诉了我和你的叔叔。"原来叔叔一直都知道本脸的事情。"但是为什么叔叔还是……世俗的样子？而您变成了这样？"

"志海刚知道了你爷爷能看见本脸的事情时并不相信，他也不相信人会长出面具，毕竟他什么也看不见。随着他干的事一件一件被你爷爷发现后，他逐渐接受了这个现实。后来他为了躲开你爷爷就搬出去另住了，我也害怕，那时候也跟着搬出去了。你大伯不知道这件事，你爷爷看到志海的防备，再也没有把这件事告诉别人。将自己内心袒露出来，谁能不害怕呢？阿恒，我看不见面具，但我见过你奶奶的死，知道面具有多可怕！"我看着父亲，这一刻好像重新认识了这个冷漠寡言的男人。

"有多可怕呢？人失去本脸会变成什么样？"我想到屋子里有我的母亲，我不想母亲离开我。"面具会吞噬灵魂。一个人没有了灵魂，就像一个傀儡。"

"灵魂！"我惊叫出声。父亲望着松山的烛火，没有言语。我努力让自己平复下来，颤着声问："爸爸，为什么是我？"我问出了这么多年最困扰我的问题。如果我看不见本脸，会不会就会拥有一个幸福的家庭，也会像晴美一样拥有许多的朋友。或者，看不见黑暗，是不是就生在光明？父亲转过头盯着我，脸上露出一种我从未见过的复杂情绪。"阿恒，最纯真的心才能看到人最深处的秘密，你以为你看到的是面具下的本脸，其实你看见的，是真正的人心。"

那一夜是我第一次听见父亲说这样多的话，他是那样真诚，但我没有把我看到父亲的本脸告诉他，因为我看见的，是人心。

作者简介

陈涛丽：宁夏大学文学院2020级汉语言文学（教师教育）专业学生。爱好阅读与摄影，有作品发表于《宁夏法治报》《银川日报》等。

年 味

海 洋

　　得福老汉又靠着大门墩子抽着老旱烟，晒太阳了。他万万没有想到老了老了能享受到这样的清福，往年的火炕不知道那害人的煤烟子打死了多少人，年年冬天起得大早，披星戴月抢着挖柴的日子而今都成了老汉哄孙子的古今了。这几年党的政策好，家里的火炕也不是传统的火炕了，都是预制板下盘着暖气，轻薄、干净、方便，还安全，圣金他娘又从来都是个麻利爱干净的，家里永远都收拾得窗明几净，炕上的被子叠得有棱有角，就连地上的炉子抽屉也很少见到灰。

　　眼瞧着剩下一个月又到年关了，天气一天比一天寒冷，圣金他妈翻箱倒柜地找棉衣，"娃他爹，这怕交了九了，天气咋这么冷，我在房子里穿着薄棉衣，还是冷得很。"说着，理了理鬓角的银发，自从几个孩子工作以后，按理说日子清闲了不少，可是不知道为啥两个人的日子却没能挽留住青春的尾巴，皱纹还是一天一天地浮出来。从白天到夜晚，圣金妈就在房里踱来踱去，除了每天一日三餐：腌的咸菜就着米饭抑或是洋芋面，就只两个字：对付。圣金爹也不咋挑食，娃他妈做啥也就吃啥。早年得福老汉还在文化大院看门，一天虽然工资少，但单位给交着五险一金，生活也不愁，前年退休了，在家领着养老金，日子也能过。早些年得福是乡里扭秧歌扭得顶好的，虽说人老了，但到底功底深，乡上大事小事，公家的或是个人的，但凡扭秧歌都会叫得福老汉，偶尔小学生"小三手"比赛什么的，也会叫得福老汉去教秧歌，既打发了时间，也赚了一些外快。剩下的日子里，就只是和乡里的那几个老汉打打牌，拉个家常。那是大年初五，早上还是分外地冷，得福老汉大清早就裹着那个穿了一个冬天的大黑棉袄，蹬着一双旧窝窝串门子去了。村口往往是空巢老人的集合点，谁家的孩子回家了，谁家的孩子做什么工作，谁今年又荣升了爷爷……这里是留住时光的地方。"你家那三个娃回来了吗？"吴大爷问得福老汉，吴大爷的儿子在市政府做秘书，日子过得最舒适。"没有。"得福老汉显得有些失望，"那几个崽子一年回来了两次，上次还是三月十八，正是刮春风的日子，也就来了两天，在家就待了一晚上，现在这娃娃……忙啊……"说完深深地叹了一口气。"唉，现在这世道变了，娃老陪着你，日子咋办呢？人家也有个锅碗瓢盆呢么。这你先坐着，那我走，我大孙子一年最爱吃他奶奶腌的腊八蒜了，那东西得腌早点，咱就不赶那时节了，早点腌，入味好吃，孙子能多吃点……"说着就乐呵呵地走了，得福老汉伙着其他几个晒太阳的老汉后面嚷着："满嘴本来就没有几颗牙，你听人家孙子回来呢，牙都快笑跌了。"墙根的太阳已经晒得老高了，得福老汉倚着墙站了起来，棉袄上蹭了厚厚的一层土，得福老汉装模作样地拍了拍衣服，打了打裤腿，管他净不净，就径直扬长而去了，在北方的寒风里，在太阳光照射下的雪花飞舞里，在人家院子扫起的灰尘里，一个佝偻孤独的背影愈走愈远了。

"你咋才回来，饭都做好一阵子了。"圣金他妈已经把大衣柜、写字台，还有衣服架都擦得油光锃亮了，正在往大衣柜里叠衣服呢，都是些陈年布料，里面还有圣财穿旧的衣服呢，那大概都是十几年的老古董了，每回说着要扔，留着占地方，可每次圣金他妈都说着"留下了，是个念想，人总是一代一代地长大，一代一代地死，一代一代都走了，留不住的，只有这衣服，啥时候总还是不会变的。"说着手摩挲着那已经很久很久、发着淡淡霉味的棉衣，每年圣金他妈照例都要晒一晒的，今年也是如此。得福老汉大口大口地吸溜着饭，就着那吃起来没什么味道的香喷喷的老咸菜。"人家老吴的儿子一家三口今天都回来了，那老东西日头都不稀罕了，我看拿着一捆鞭炮，还有一些菜蔬什么的小跑着回家了。嘴咧得像里面横着一双筷子。""你刚顾着说人家，赶紧吃你的饭，现在真的是越来越没有年味儿了，早些年，村里头到这个时节都开始噼里啪啦地响炮了，你看现在静得狼嚎呢，若不是烟囱里冒着烟，人家还当是咱村子没人了呢。"得福老汉今天老早就出去，啥都没吃，肚子饿得咕咕叫，这会儿也不管圣金他妈说啥了，就只顾着往嘴里送饭，吃完了，端起蓝色的铁缸子，揭开上面的蓝色铁盖子，盖子顶顶由于长时间的抓握，已经蹭掉了漆，白得发黑，得福老汉喜欢喝酽酽的茶，杯子的内壁也积着一层厚厚的茶垢，不过，似乎只有这样凸显着年份与时光的旧茶杯才能品出那一份早茶的浓香，喝完，往地上吐了一口茶叶末子，用布鞋踩了踩，才慢悠悠地，似乎有所满足地说："对着呢，现在娃娃都在外面打工，上班，人家都忙光阴着呢，剩下咱这不中用的，这就混吃等死了。人家娃娃都回来了，咋这几个娃娃也不打个电话，不知道啥时候回来呢？""你再不打了，娃肯定都忙着呢么！"说是这么说，圣金妈听到打电话，还是放慢了脚步，靠着大衣柜，一个手撑着衣柜，一个手顺势掉了下来，如一根没有生命、没有营养的枯树枝倒垂着，眼睛里的光却似乎比先前亮了许多，望着得福老汉，嘴角有点微微地上扬。得福老汉拿起去年小儿子圣财买的智能手机，早先人家老李头儿说是个 vivo，管他啥牌子，反正能打视频，能见着儿子和孙子，这对于得福老汉已经足够了。得福老汉笑得眼睛都眯到了一起，嘴角蠕动着，似乎贮存满了话，都快要憋不住了。铃声一直在响，圣财微信头像是圣财儿子的照片，得福老汉看得笑得不行，圣金他妈疑惑地走到跟前，心想，视频又没通，这老家伙笑啥呢？凑到跟前，也觉得心里面暖暖的，那是一张李思远（圣财儿子）幼儿园时的照片，黄色的毛衣，绿色的裤子，棕色的皮鞋，粉扑扑的脸蛋儿里嵌着两颗黑玛瑙似的眼睛，圣金他妈推了推得福老汉，趁着没有接通，赶紧截张屏保存下。"这小东西长这么大了，咱见的时候还没有这么高呀。"得福老汉有点惊讶又有点激动。"哎，看起来娃还忙着呢！你说咋就这么忙，一个视频都没法接吗？"刚才打电话前老汉那十二分的热情已然减了三分，他开始有点紧张，也不知道为什么，握着手机的手似乎用的劲也大了不少，院子里的寒风吹进房里，背子凉飕飕的。"老婆子，你去把门关住吧，冷得慌。""娃咋不接，你赶紧给老大打。"圣金娘退了几步，眼睛还盯着得福老汉的手机，左手摸索着够到门框上，用力关紧了门，得福老汉仔细搜寻着通讯录，虽然只有几个儿女的名字，但对于初用智能机的老人还是有一些陌生。终于，拨通了圣银的电话，电话还是没人接。老两口呆滞了，这怎么办，儿子那么多，而今打电话就像买彩票，不知道谁的电话会通，就跟买彩票的感觉一样，人家赌的是运气，而得福老汉老两口赌的却是时光，一声一声的嘟嘟声似乎是生命的倒计时，李得福的眼泪漫到了眼眶，即将决堤了，圣金他妈只一味地用手推着得福老汉，"赶紧给老大打，老大一定会通的。""滴……"每一声震动都牵着老两口的心跳，圣金妈的嘴感觉变得很干，"您好，您……"得福老汉想把手机砸了，可是……怎么办？他不敢给老二打了，他害怕，要是再不通，咋办呢？得福老汉的鼻子酸酸的，眼泪流了下来，老夫老妻的，此时也顾不得丢人，老两口都哭了，穿过泪光，得福老汉发现老伴儿的脸颊没有血色，泪水漫过了坑坑洼洼，刻满皱纹的干瘪的脸，两鬓的白发似乎在一刹那变得更浓，更密，更明显。"打吧，实在不行，要是……都忙，要是……"圣金娘还想说什么，却不知道说什么，"那就明天再打么。"话是这么说，可老两口心里都知道，今天想要听到儿子声音的心情是多么强烈，俗话说，老小孩，老人和小孩是一样一样的，愿望总是很简单，但都要我们认真对待，因为我们都终将走同一遭路。要是不能马上实现，总会觉得万分失落。

"滴"——每一声滴都像一双无形的手揪扯着老两口的心,每一秒都似乎在剥夺着得福老汉和圣金他妈的生命的权利。"喂,爸。"电话那边终于传来了圣银浑厚的声音。"你还知道接电话呢?"得福老汉想要凶,可此时泪水淹没了胸膛,喉咙只觉得哽咽,"我给你大哥和你弟弟打电话,都不接,我还没死呢么!就这么不受待见吗?""爸,我……他俩可能忙呢,你莫要生气,你给我说,我听着。爸,你这几天和妈身体还好吗?临近年关,单位上要各种表,各种达标,还要应付领导……可能就没接上。""你有时间应付领导,就没时间给我俩打个电话,你老板给得了你生活,给不了你生命,你明白吗?好了,我都知道,我就想问你们几时回来,马上过年了。""爸,我……我怕要到老历二十六了,公司又不像事业单位,放得迟么。我大哥人家当教师,放得怕早一点。老三跑车着呢,前几天我听说去西双版纳了,那估计等到回来都快三十了。""哦,你们都有个消息,我和你妈在家什么都不知道,天天刚见人家娃娃回来,你们一点儿消息都没有,我和你妈活得没有盼头的。""爹,我们马上回来。"电话那边也哽咽了。"那挂了,你忙去。"老两口笑了,李得福挂掉了电话,擦干了眼泪,美美地喝了一口茶,中午吃了饭,转眼已经四点了,本来日子就短的冬季,日头已经偏西了。

转眼腊八了,如果老大二十五回来,那么还有……十七天,那也不多了,得福老汉心里想着,不知不觉背着手已经来到了村口。"圣财他爹,今年扭秧歌吗?"一个戴着鸭舌帽,抽着老旱烟,穿着糙旧的蓝中山装,麻裤子,棉鞋的老汉——村里的韩老四喊着,"咱村好久没有热闹了,我娃今年也回来。"麦色的脸显得干瘪,像一个失了水分的苦瓜,在那被岁月的浊流侵蚀下坑坑洼洼了还留着西北四季常刮的黄土。"你娃干啥呢?"老吴问韩老四呢,"那还不是给人跑车呢!日子不富,也不穷,凑合能过,这只要娃平安健康就行,主要是娃对我好,我儿媳妇人也好,上个月还给我做了一身新棉袄,我没舍得穿,赶明儿我穿出来给你看，黑缎子的，好看呢""你呢，官老爷的爹，总好着呢吧。""唉，官老爷再好，与他爹有个什么关系，到现在连个电话都给我没打，白眼狼。你看今儿老李，人家儿子马上回来呢，在那儿眯着眼睛晒太阳，美着呢！""喂，你一个人嘚瑟啥呢，给老哥儿几个透露一点儿！""你们说这过年要准备啥东西呢？我大儿子要回来了，我儿子今年都回来呢！"听说老李家今年儿子都回来，附近几个晒太阳的老头儿都围了过来，都来听李得福讲关于他三个儿子的事，得福老汉笑了，韩老四笑了，围观的老头儿脸上都挂着笑容，只不过有的似乎没那么明显。韩老四提议道："今年看起来娃娃都回来，要不咱们在操练一场秧歌儿，很多年没耍了，咱也没多少活头了，红火红火。""中，红火红火。"几个加起来超过三百岁的老汉都嚷嚷地附和。

村子里的操场上，篮球架底下打篮球的青少年倒一个都没有，多了一些老头儿，老太太，系着一些大红色飘带，扭来扭去，早上到傍晚，在如血的清冷残阳下舞动生命的倒数的篇章。黑色的鞋子，黑色的棉帽，黑色的棉衣袖口由于经常手抓着，光溜溜的，油色锃亮，纽扣上也是半旧半新。"娃他妈给你也不洗洗？"老吴戏谑道。"洗啥呢，自个儿都活不机灵呢，一天也就能做一碗饭，腰疼腿疼的。""那娃如今都干啥营生着呢？"老吴面子上认真，心底里也想比较比较，挤兑挤兑。"我娃虽然都不像你儿子当大官，生活也都好着呢。老大给人家教书着呢，哄娃娃的么，那也值得很。老二打工着呢，人家现在有奖金，五险一金都有呢，在城里也买了个窝，算是安顿着呢。这个小儿子光阴稍微紧了些，跑车着呢，也辛苦，不过年龄小，人家也有奔头呢，都能过活。主要是娃几个孝顺，我和他妈也一天不缺吃不缺穿，啥都有。你看，这是我大儿子给我买的智能手机，能打视频，能接电话，还能买东西呢。"说着，从兜兜里掏出智能手机来，伸手给老吴及其他几个老汉看，手捏得紧，生怕有人抢他的手机。村东头的武老头儿，住着还是二三十年前的土坯房，一个儿子在外面打工，没上过学，天天给人背水泥，永远就那么一身行头，泥头泥脸泥鞋脚。从上脏到下，从里脏到外。爷儿俩也几乎不走人情，住的还是好多年前盖的两间土坯房，顶子用薄膜苫着，就不漏雨而已。清汤寡水地就那么过活。前几年小武说了个寡妇，这就算武老头儿还有一口热乎饭吃了，可那个寡妇偏偏又跛，一张脸像瘪核桃，只有一双眼仁一转，还能认定那是个活物。听着人家谈儿论女，无声无息地默默地提着板凳走了，"哎哟——哪儿来的妖风，嘶……冻死了。"老头儿们都嚷嚷着，手缩进了袖筒，头和脖子又腻到了一起。虽然棉袄、棉帽穿着，得福老汉也难耐这数九寒天的冷，尤其又没有儿女在身边，得福老汉望了望天，黑沉沉的，雪，愈发的大了，冷。往紧里裹了裹棉袄，棉鞋此时都不太管用了，得福一边尽量地缩着衣服，一边跺着脚挪回了家。

吱呀，北屋的门被李得福用胳膊怼开了。李得福看见圣金他妈正趴在地炉子上夹炭呢，随着炉膛里"咣咣咣"几声，圣金妈透了透炉灰，火苗蹿了起来，得福老汉似乎觉得寒意立马消退了不少，这毕竟是家呀，只是……仿佛……好像少了一点儿人气。对着嘞，娃一个都没在，李得福拿起手机，望着屏幕，又想打电话了。"这合适吗？这怕人娃都忙呢！说好了回来呢。我再催，怕……"想到这儿，得福老汉犹豫了。"老婆子，你说给娃再打电话吗？这么大的雪么，也不知道路上耽误吗？不晓得这几个孙子拿厚衣服着吗？咱这乡下冷。""哎呀，你操的闲心还多，娃娃肯定注意安全着呢，谁像你个老糊涂。"圣金妈一边收拾着炉子，一边说着。"你坐着，我去厢房里，把炕提前烧热，不然娃回来没法睡。""你把灶房里的炕也烧上，人多呢！"李得福望着走出去的圣金妈说。李得福望了望空荡荡的房间，才想起是到了买年货的时间了。人在乡下，本来就不方便，如今回来这么多人，更要好好地置办置办一些年货了。办点什么年货呢？李得福拿出手机，点进天猫，寻思着看了看，又想着天猫送货慢得很，害怕娃娃们回来，货还到不了，于是上了京东，不图啥，就图快，图方便，图娃娃回来就能吃上穿上。坐在炕上，得福老汉盘算着，回想着前几天大儿子、还有二儿子发来的全家福，大致算了一下几个孙子的尺码，给思睿、思智、思远一人买了一套羽绒服，孙子肤色白，给买了几身颜色浅的。还买了一些干果水果，都是论筐子和袋子的，人多嘛。最主要的是，要多称一点肉，一来家里人多，孙子又在长身体；二来仿佛没有了肉，菜的种类，做法，香味都减少了很多。过年最重要的程序当然是放鞭炮了，李得福寂寞惯了，从前只有别人家远远近近的鞭炮声是为他传达新年信息的唯一信使，而今家里又要多上几口人，往年别人家的欢乐今年自己家里也是少不了的，况且几个孙子都在，孩子的笑声和鞭炮噼里啪啦的声音是最和谐的。鞭炮要亲自买，这东西买就要买好的，哑了，就浪费了。他开上三轮摩托去集市上采购，凛冽的寒风呼呼地刺着耳朵，像万千针扎，树上的冰凌把树枝包裹得严严实实，路上堆积着还未消融的雪，有的路已经被来往的汽车压成了冰溜子，骑在上面明显地感到轮子不听使唤，李得福心里一紧：这么滑的路，这可得叮嘱老大老二他们，车上绑好防滑链，又害怕自己忘记叮咛，立马停在了路边，结果，车刹得太猛，侧滑到路边的排水沟了，震得路边树上的雪纷纷落了下来，此时李老汉仿佛陡然增加了好多年程，坐在树下，一动不动，像座雪雕，一时李老汉碰蒙了，在树下呆呆地坐了半个时辰，路上的行人稀稀疏疏，来来往往。李得福此时唯一想到的，是赶紧起来，接近下午了，买东西的时间不多了，可毕竟上了年纪，又受了惊吓，心里怯懦了很多，看看那刺眼的阳光，听到耳边的风声呼呼，有那么一瞬间，他多么希望自己的儿子能赶过来扶自己一把，或者遇上老吴，老孙这几个老伙计也行啊，没有，路上空空荡荡。他挣扎起来，拍了拍雪，费了九牛二虎之力将车子从坑里拉了出来，刚刚还觉得冷，此时已不觉得，他突然想起了自己那三个许久未见的孙子，他知道孙子还要放鞭炮呢，他也想热闹热闹，那个院子里已经荒芜得可以长草了。想到这儿，李得福的脸上露出来笑容，"对，孙子是要回来的。"

李得福不禁高兴地自言自语。看了看远方，行道树夹杂下的远方笼罩在了大雪里，一片朦胧，而那就是要李老汉最终要到的地方。

　　"老板，新年如意，这炮咋卖？""都不一样，这娃娃耍的一板子三十，这些五十，那一捆窜天猴一百五，还有……"李老汉主要是给孙子买炮的，但过年还是要有过年的样子，买两箱子烟花，贵是贵，过年过得个热闹，一番精挑细选以后，买了八百多块钱的烟花爆竹，这算是这几年春节中买爆竹最多的一年了，往年买爆竹纯粹是为了添个年味儿，今年不一样了，今年几个孙子都回来，爆竹为孙子们取乐，孙子的到来为李得福添福。他掏出手机，准备扫二维码付钱，结果拾掇了半天，还是丈二和尚摸不着头脑，最终只能很腼腆地问卖爆竹的："小伙子，这个，我看人家都用手机付钱呢，你帮我付一下。"李老汉舔了舔干裂的嘴唇，拇指和食指一搓，露出了害羞的脸色。把手机递给了卖爆竹的，只看人家很熟练的就扫了码，付了钱，生怕多付，眼睛绷得很大，顺便也看会了支付流程。一大箱爆竹说重也重，关键是箱子大，李得福一个人是放不到车兜兜里的，又招呼卖鞭炮的小伙子帮着一起将爆竹抬上了三轮车。集市上的人摩肩接踵，衣袖如云，年前最后一个集了，偌大的市场上撑着五颜六色的帐篷，叫卖声不绝于耳。过年的购物和往常是不一样的，照例往后这一个月是不出门过年煨冬的，当然新时代的人们，年味儿到底冲淡了，除了大年三十的晚上和大年初一可能没有几家店铺开着，一到初二，基本上又都正常营业了。可是，过年囤货的习惯却在日新月异的时代变化中留存了下来，每个人手中的袋子都换成了筐子，购物是一筐一筐装，所以市场上的车也多，冬天原本是个寂静的季节，可是在市场里，汽车刺耳的鸣笛声此起彼伏，讨价还价的声音嗡嗡嚷嚷，搅得李得福心烦。"喂，这牛肉怎么卖？""啥？""牛肉。"李得福指了指挂在铁杆上的肉，"三十一斤。"李得福给商贩伸了五根手指头，"您拿好。"李得福眼睛一瞥，看见二维码粘在电子秤上，就点开"扫一扫"，对准了二维码，把二维码整整齐齐地镶在了扫描框里，只听"叮"的一声，微信跳出了支付界面，李老汉输了150元，只听肉贩的衣服兜里传出了"微信到账150元。"李老汉笑了，肉贩也笑了。得福老汉素来喜欢吃排骨和里脊，老伴儿做的排骨不敢说远近闻名，至少在那个小堡子里几十户人家之中说起来还是能够称得上一个大拇指的。而且做法也比较简单，首先把排骨冷水下锅，煮开后捞出排骨，用凉水过一遍，晾干，然后将小段的葱，小片的姜准备好，再把冰糖放入锅里烧好的油里，小火融化，倒入排骨翻炒两分钟后，让排骨挂上糖色，再把葱、姜和排骨翻炒均匀，再倒入生抽、料酒、老抽和米醋翻炒至排骨上色，再倒入热水，放入八角，用大火煮开以后再用小火炖煮，炖煮五十分钟到一个小时，调入适量的盐和鸡精，再用大火收汁撒上芝麻，一道糖醋排骨就做好了。李老汉想起来老伴儿的糖醋排骨，出了神，不禁砸吧砸吧几下嘴，毕竟平常只有两个人在家，也没有机会吃到，想想这回过年，可以托儿女的福，吃上难得的排骨，李得福心里乐开了花。转身看看车厢里，能想到的，能买到的，应该买的，应有尽有，只是李得福总觉得少了一样东西，少了什么呢？李得福摸了摸脸上硬硬的胡须，不禁笑了，这几天尽操心过年的事了，忘了刮刮胡子，李得福摇摇头，自言自语："人这一辈子，年少为了家庭，年老为了儿女，咋就把个自己忘得干干净净！"一转头，看见一群人围在一起，李得福也不紧不慢地凑了上去，只见一个穿着唐装，头上数着三七分，打着摩丝的中年男子写着对联，这几年写对联的可不多了，大多数都是网上打的鎏金字，李老汉总觉得没有手写的好，缺一点年味儿，中国人的年，自然要有中国人的毛笔字，这才是传统，这才是文化嘛，就和孝老爱亲是一个理，不能丢的，丢了那是使不得的。李得福不慌不忙，看着后面挂着的写好的对联，首先字写得不是很差，谈不上欧体，柳体，至少写得规规矩矩，是个方块字，比那些"网红书法家"正规多了，只是内容却离不开那几样儿：日日财源顺意来，年年福禄随春到；福旺财旺运气旺，家兴人兴事业兴；李老汉看得烦，不是说李得福文化多高，实在是年年一样的对联，没意思，李得福下定决心今年一定要和往年有所区别，他在网上搜了半天，终于找到了一副自己以为上好的对联：日出江花红胜火，春来江水绿如蓝。后面批注着白居易。虽然李得福读书少，但经常坐在村口跟几个老汉闲谈，来回的小学生念叨过，他听下着呢，因为自己的孙子跟这些小学生一般大，有时候为了打发时光，有时候和过路的小学生也说笑，听到过小学生念叨，所以就让卖对联的给自己写了一副，字不太好，但内容自己喜欢，卖对联说自己写的要多十块钱，要二十呢，李老汉爽快地掏了钱，二十买个文化，装点门面，也不贵。又给新盖的房子专门买了一副对联，那新房是旧房改造，政府补贴下的，中国人自古以来就讲究着"吃水不忘打井人"的道理，写一副颂扬党的恩情的，也理所应当，就让用楷书端端正正地写了一副：国运昌隆民做主，人心欢愉党指程。这下齐了，吃的、穿的、用的、贴的都齐了，太阳已近偏西，李得福载着一车的收获兴高采烈地回了家。

进了村口，看着柏油马路，两边的行道树，坦荡荡的荒地，还有远近随处可见的坍塌或者搬迁了没人住的房子和院落，李老汉不禁纳闷了：那时候那么紧的光阴，人们一天徒步十几里地去沟里洼里开荒种地，一个窑洞里住着人，还圈着牲口，人都没走，而今，路是柏油的，又有树木，一到夏天绿油油的，地这么平，雨水这么好，不管种点什么都长得旺，咋就留不住人呢？不一会儿，听到操场里锣鼓喧天，李得福还吓了一跳，戴好棉帽，骑着三轮车跑到了操场里，眼前熟悉的一幕出现了，韩老四和老吴正带着"老年支队"的扭秧歌呢，意气风发，似乎在北风的呼啸里，在冬日的暖阳中，过去那群人又活过来了。"你还等啥呢？就缺你了，老家伙！"吴大妈笑嘻嘻地喊着。"对，对对对，你们等着，我就来。"一脚油门，仿佛在那一刻李得福六十多岁的躯干里注入了二十岁的新鲜血液，从前总觉得大门窄，每每到了门口，李得福要下车，把车推进去，那天也不知怎的，一下子就开进去了，而且神奇的是，车子一点也没有磕着碰着。李得福匆匆卸下东西，头都不回地走了，吴大妈趴在窗子上，正好看到了这一幕，不禁大为惊讶："这老东西，今天是怎么了？向来不是这样的。"想出去问呢，结果再定睛一看，人早都不见了。"老伙计，我来了！"离着操场十米开外，李得福就喊着，嘴里大口大口地冒着热气，脸不只是热得通红，还是冷得通红，反正红红的。"哎呀。一听到扭秧歌，老李一下成了小伙子了，哈哈哈！"大家都在笑。"这都快三十了，你们儿子都回来了吗？我儿子，今天下午就回来了。"老吴的表情看起来特别神气，"你儿子开的什么车呀？"李得福故意抬高音量，看看老吴的笑话。老吴伸了三根手指头，李得福说："三万的车？"老吴乜了一眼圣金爹，"三十万呢！你看我买了那么东西，一会儿等着我儿子来一起拉着回家呢。"李得福顺着老吴指的方向，只见几筐水果，还有几个礼盒。结果不一会儿，路边一辆尼桑停了下来，车上下来一个穿着牛仔裤，踩着一双棕色皮鞋（看起来像是牛皮的），上身穿着长大衣，脖子上挂着一条棉质围巾，手腕上戴着一块表，黑色的皮带，白色的表盘。瓜子脸，皮肤黑黑的，看得出来，那是因为长期抽烟的缘故，右手的食指上带着一个金戒指。悠悠达达像是喝醉了酒一样，朝着老吴走来，老吴对着同行的李得福，还有其他几个老汉说："我儿子"，老吴脸上的每一层褶皱里似乎都写满了骄傲和幸福。"儿子，你回来了！""爸，新年好！"老吴的儿子将老吴拥抱了一下，老吴的眼睛笑得都眯到了一起，老吴给儿子说："你看，这是一部分年货，你有车呢，正好放车上。"只见老吴的儿子过去提起了两盒最轻的礼盒，和一桶油，老吴则把那袋五十斤的面扛在了肩上，乐呵呵地走了。老吴的儿子回来了，孙守望外面当老板的儿子也回来了，可圣金呢？圣银呢？李得福满面笑容的脸上多了一丝阴郁，"按理说，也该今天回来呀，娃娃都跟我说好了……"

　　不知不觉，得福老汉竟然就踱步到了村口，夕阳照着那祖祖辈辈放过牛、耕过田的山脉，而今在夕阳的辉照下，竟是那样的荒凉，那样的遥远，那样的寂静；看不见牛，看不见人，也看不见麦垛。那些曲曲绕绕的盘山公路是不曾有的，那些曾有的羊肠小道，那些撒着羊粪、驴粪的乡间小路都藏在了绵厚的雪下，随着又一个春天的到来，雪消融在了空气中，那些小路，那些羊粪、驴粪承载的时光都一并消融了，只有山头上的风力发电机的叶片随着刺骨的寒风在缓慢地转动，那是现代的标记，是又一个新时代的见证。"嘟……嘟……"一阵鸣笛声把得福老汉从遥远的回忆拉扯回了现实。抬头，儿子圣银的头从车窗里探了出来。"爸？！"得福老汉的眼里映出了一个背着手提包，穿着一身绿色尼龙上衣，蓝色裤子，踩着一双毛边儿布鞋的身影，风刮着漫天的黄土，枯黑的头发，红色的面庞，结着痂的嘴唇，十根手指的缝隙里还沉淀着洗不尽的黑色泥土，那是山里人的本色。"哎。"得福老汉笑着，嘴里冒着白气，只是声音战栗着，在大风中，在寸草不生的黄土高原上，在四处寂静里显得那样瘦削，那样孤独。如一棵被人们遗忘了的白杨树，在四处荒芜的村庄里独自支撑着一个庄严的故事。"爸，新年好，快上车吧，冻死了。"李老汉使劲拍了拍身上的土，其实只是早上新穿的，但李得福总感觉打得不干净，小心翼翼地先上去两只脚，然后再将身子慢慢地侧进车里，屁股似坐非坐地在车座上悬着，一只手把着车上的拉手。"爸，我妈呢？这几天过年，你和我妈都干啥呢？"李得福看着旁边坐着的孙子李思智，蓝色的鸭舌帽，黄色的毛衣，褐色的皮鞋，脸嫩得像剥了皮的鸡蛋，除了上车时喊了句："爷爷好！"外，一直低着头在摆弄着手里的变形金刚，车上放着张震岳的《再见》，明快的节奏在李得福看来就是噪声，只有儿子蓝色的牛仔裤，绿色的格子衬衣，以及腰上的皮带让李老汉欣慰，李老汉下意识地摸了摸自己系的布带子，"一浪比一浪高了。"李得福心里很是感慨。经过操场时，夜已经降临，但李老汉总觉得还能看得清，看见自己经常坐的那个角落还有几个老人，也看不清是谁。路上本来还想和儿子寒暄几句，可是儿子的电话屏幕一直亮着，微信中的消息不断，李得福也听不懂，只是村口到家门口三四里的路，电话里的声音换了三四个，李得福实在插不上嘴，只能靠着座椅，感受一下坐小汽车的舒服。

车子熄了灯，院子里，只有北屋的灯还亮着，母亲的身影在起起伏伏，像啄食的母鸡，可能是在扫屋吧，李圣银开启了后备箱，有五粮液，有上好的中华烟，有北方的冬天不容易吃上的一筐杨桃，还有给李得福老两口买的衣服。"妈，新年好，我回来了。""奶奶！"李思睿跑上前去，抱住了圣金妈，"哎。"随着答应，不知不觉两行清泪顺着圣金妈的脸颊就流了下来，圣金妈赶忙擦掉，李圣金从箱子里拿出给母亲买的新衣服，是一身红色的唐装，袖口是金边的，还有老年人的布料裤子。女子至死都是爱美的，圣金母亲拍了拍手上的土，又蹲在台阶上洗了手，迫不及待地穿上了新衣，在镜子面前伫立良久，欣赏着余晖式的美丽。"娃他爹，你看这身衣服，我穿得刚合适么，还是儿子最懂他妈的心思。"李得福笑了，随身附和着，眼睛里都堆着笑，但在那堆笑里，却藏着一丝丝看起来渺小、其实很喧腾的渴望，那是父亲对儿子的渴望，那还是一个人对尊重和被爱的渴望。多少次李得福想张口，却都话到嘴边又咽下去，只是不断地舔着干裂的嘴唇，手不断地在裤子上擦来擦去，李圣银看在眼里，不一会儿，只见李圣银从外面提进来两个手提袋，一个袋子里装着一条羊毛制成的围巾，一个袋子里装着一顶礼帽，加棉的。"爸，这条围巾是我托生意上的朋友从黑龙江带过来的，人家在中俄边境上贸易。这顶礼帽是我上上周出差，特意为您买的，我看大城市里的那些老人戴着礼帽，很帅气的，就给您买了一顶。"说着就把帽子戴在了李得福的头上，只是看起来帽子显然小了一些，李得福只要稍稍向后一仰，帽子就会掉落。然而这丝毫不影响得福骄傲的神情，戴着帽子在镜子前站了好一会儿，把围巾从上到下轻轻地理了一遍，醇厚的手感，厚重的分量，得福感慨自己一辈子也没有戴过这么好的围巾，镜子里那张饱经风霜的脸颊上写满了悲喜交加。"娃，你怕没吃，咱这儿离城里远。"说着，圣金妈就挽起袖子，准备为儿子下面，儿子从小爱吃的酸汤面，圣金妈心里盘算着氽一些肉丸子，家里还有入冬腌的老咸菜，地窖里还有萝卜，可以做一个萝卜凉菜，边想边向厨房走，忽然，儿子在后面叫住了她："妈，你不用忙活了，我和娃回来时吃过了。"突然圣金妈感觉一下失去了什么，她知道儿子孝顺她，但她确实清清楚楚地感受到了不曾有过的失落。"哦，那你少吃一点吧，啊？家里什么都有的。"在平淡无奇的话语里总能隐隐约约地听到一种哀求的情绪，虽然那种情绪很淡很淡……"我和思智真的已经吃过了。"李圣银走过去挽着母亲坐下，摸着母亲皲裂的手，李圣银笑了，笑里带着酸楚；母亲望着李圣银，笑了，笑里带着苦楚。"夜深了，都睡吧。"一边传来李得福咳嗽的声音和哈欠声。再看看旁边的思智，村里没有电脑，没有玩具，虽然时间尚早，李得福给思智削了一个牦牛（木质陀螺）玩儿，但孙子习惯了电脑、电视、手机等现代网络的东西，早已对这些过去的记忆失去了好奇，那时候的孩子还会仰望星空，从每一个稚嫩的孩子的眼里都会投射出对浩瀚星空的痴迷，嘴里都会提出对无边苍穹最原始、最质朴，也是最神圣、最深邃的问题，而现在，这些问题都成了科学家的专属，再也不会有一个儿童追问着生命的奥秘，探寻宇宙的博大。然而旅途的劳顿，羊粪灼烧的火炕却让李思智拥有了一个从未有过的梦乡，梦乡里，有蔚蓝的夜空、皓翰的明月、静谧的夜。不再有霓虹照亮的天空，不再有汽车的噪声，不再有人们的喧闹，李思智的梦第一次变得这么安详。梦里，爷爷院子里的那棵枣树那么茁壮，在枣树的顶端还夹着一个鸟窝，奶奶说过，那是麻雀的窝，在梦里，他第一次与黄土离得那么近，神话里造人的黄土，此时他感受到了它的气息，还有阳光的味道。在黄土里，他跌倒，爬起，任黄土沾满他的全身，哪怕脸都变成了土黄色，爸妈也会看着他们笑，因为他们也似乎看到了自己梦中的模样。

"滴……"一阵急促的声音传来，惊得外面的狗汪汪汪地直叫，李圣银正在往桌子上端饭，早上，母亲做的黄米饭，热的老咸菜，还有咸韭菜，油泼辣子，门外又星星点点地飘起了雪，听到喇叭声，圣银放下菜就往出走，却看到父亲得福老汉早已站在门口，从未注意过父亲的背，而今才发现父亲的背已经那样的佝偻，只是从正面看，似乎还是从前那个高大的父亲。门口，圣金和圣财一家子已经提着各种各样的礼品进来了，只见圣金穿着一身西装，和圣银平常见到的那些小包工头穿的是一样的，只是干净了很多，圣金的妻子和圣金是当年在乡下教书时认识的，平时也穿得很朴素，今天估计是回家，穿了一身皮草，胳膊上戴着一只玉镯，绿色的，看起来颜色很深。圣财光棍一个，也没有什么追求，一年四季给人家跑车挣钱，走东走西，虽然得福老两口催婚催得急，但对于圣财似乎也是拍大腿吓老虎，一点儿没用。过年回家，仍然穿着一件紧身的小棉袄，趿着一双球鞋，看起来是新的，然而却又脏兮兮的，头发看上去是回来前收拾了一下，短寸，倒也显得精神。"大哥大嫂好，圣财你们来了！"圣银帮大哥提着东西，一大家人进了堂屋，母亲听到儿子儿媳妇都回来了，下面的手也没洗，系着围裙就从厨房跑过来了。"妈，过年好。""好好好，只要你们来。"然而，圣金妈看着过来，看着过去，总觉得少了人。"圣银，你媳妇儿要是能回来，还是回来吧，家里就剩她了。""哎，妈，我打电话，问问。"堂上，正屋偏东的地方摆着一张圆桌，桌子早已被圣金妈擦得光可鉴人，屋子北墙的正中央挂着一张毛主席的全身像，用玻璃罩着，平常圣金妈就爱干净，过年的节气里更是抹得洁净，中堂的下边摆着一个木柜子，那还是李得福当时结婚买的呢，柜面上是可以打开的，早先里面就放着衣服，而今有了衣柜，里面就基本上闲置了，过年得福买的一些干果，为了好取，就搁置在了里面。

老年人的时光是按小时计算的，年轻人的时光是按秒进行的，一家人团聚的日子是按分钟流逝的。转眼间就到了年三十，大清早，李得福照例是要出去散步的，伙上老韩、老吴，同样是村头，同样是球场，同样都是一群土埋脖子的人，在冬日的暖阳下，谝着过去的日子。今天，老韩照例撵上门来，"老李，走，晒太阳走。"声音是嘶哑的，像是刚刚得了重感冒，干咳后的声音，"今天大年三十，娃都回来了，你出去干什么？"李得福穿着圣银买的运动衣，戴着新帽子，穿着圣财送的运动鞋，脸上洋溢着幸福。"老伙计，你这身行头穿得美得很，娃娃买的？""昂，你看美着吗？""你个老家伙，又年轻了么！""大过年，娃都在呢，你出去干啥，又不是娃没在，心慌得很。""哎，我……"说着，竟然倚着墙根哭了起来，"你这是咋的了？""没法说，我儿子离婚了，这家里车也卖了，日子愈发地难过了。""唉，现在这年轻人，不知道对于婚姻咋都那么随便，想离就离，想结就结，都说现在恋爱自由了，可为什么这日子就过不下去么。"韩老头儿擦了擦眼泪，"唉，让你见笑了，大过年的，你说可怎么办，我也是今天早上知道的。咱家是个穷家，聘一个媳妇儿真已经是汗干力竭，哪儿又去给人家再张罗着娶一个媳妇儿呢？""现在年轻人的婚姻确实让人愁困，那时候成家立业，现在你自己没有一个好的出路，怎么想着去成家？不过，而今，我们也没有办法了，娃都大了，不由人了，你也吃点力，咱俩看看武老头儿干啥呢，那一个人嘛，也可怜，大过年，也没个人搅扰。"

穿过狭长的走道，老武的房子在打谷场的一边，那是20世纪60年代农业队守粮食的人住下的，土坯房，屋顶都长了草，前几年，老韩买了些油布，让村里的小伙子给铺上，算是下雪下雨不漏了，屋里盘着一张巴掌大的炕，和一个土灶台，灶台上挂着一个脏兮兮的瓢，窗户上钉着不知从哪儿找来的烂塑料布，风一吹，哗哗哗地作响。屋子整个显得黑洞洞的，炕的周围还钉着一圈儿墙布，从靠门的墙纸上可以看得出来是黄色的，然而里面的墙围已经是黑色的了，油烟熏过的黑色泛着太阳的光芒，灰尘匀称地粘在上面，像爬满了无数蠕动的小虫子，四面墙壁有不断落下的灰尘，炕炉子的边上吧唧吧唧地淌着烟煤水，炕上铺着油毡，油毡上叠着一张薄薄的被子，从来没有洗过，经常盖着，脖子上的分泌物将被子涂得很脏，一个枕头，枕巾和枕头缝在了一起，红色的枕巾也早已褪了色。武老头儿身上裹着一个军大衣斜靠在炕边儿，头微微向右倾斜，胡子白花花地被穿堂风吹拂着，脸上蒙着一层土黄色，身体微微蜷缩，手摊在一边，老韩走过去，摸了摸脉搏，人凉了已经很久了，或许是昨天晚上走的，也或许是今天早上，没人知道。老武没有儿女，也没有听到过有什么亲人，除了经常晒太阳的几个村子里的哥们，也不曾见有谁找过他，也不曾听到他提及过谁。此时，外面的寒风吹得更急迫了。得福和韩老头儿将已经僵硬的老武抬上了炕，用大衣盖在了老武的身上。到了晌午了，韩老头儿和得福走在村里的羊肠小道上，袭人的寒风吹透了每个毛孔，村里的老杨树叶子都已经落光了，偶尔会有麻雀叫上两声。"走，回家，走的人走了，活的人还得活着。""儿子虽然不成器，毕竟还是家聚人全。"韩老头儿瞬时释然了，而得福老汉也愈加珍惜这一年一度来之不易的团圆。

噼里啪啦，噼里啪啦，路上鞭炮的声音已经此起彼伏，虽然上面说要禁放烟花爆竹，然而流淌在中国人血液中的传统又岂是说丢就丢的，"你听，这娃娃炮放得响的，咱村子里很久没有这么热闹了。"韩老头儿捋了捋自己的胡子，脸上洋溢着与往日不一样的笑容，今天的笑容里多了很多满意，知足和由衷的幸福。"爷爷。"思远从坡上冲了下来，手上拿着一个风车，脸冻得通红通红的，身上裹着一个厚厚的棉袄，棉袄的袖口黑乎乎的，鼻子上吊着鼻涕，只见思远用袖子使劲一抹，红红的鼻子差点都擦掉了，兜兜里揣着花生和糖。"你爸爸妈妈这会儿都在干啥呢？"李得福用手指逗了逗思远红红的脸蛋儿，"爷爷，我大伯，大伯母，小叔，还有我爸爸在一起打麻将，妈妈下午回来了，正帮奶奶做饭呢。""哦，走，我们回家。"李得福抱上思远，可这小子实在是比去年胖了，李得福气喘吁吁地从坡上抱了上去，一直到家。进了家门口，只听见堂屋里麻将声噼里啪啦，间杂着儿女们的吵闹声，李得福望着往日空旷的院子，笑了，家也许就应该这样，欢声笑语，浓浓的烟火气。走近堂屋，二儿子和三儿子抽着烟，烟味呛得刺鼻，地上满是花生壳，桌上摆着饮料，家里原本做餐桌的八仙桌这会儿实实在在地成了儿女们麻将的乐园，"快，到你了，'四条''二饼''清一色'……"几个人玩得不亦乐乎，圣财的嘴里不断地吞云吐雾，眼睛眯成了缝儿，圣银手上的金戒指明晃晃的，在烟雾中格外耀眼。李得福慢慢悠悠地背着手走上前去，细细地看着几个人打牌，"爹，你只许看，可不许说牌昂！"大儿媳边打边对得福老汉讲，"哈哈哈，不讲不讲。"本来还想着和圣财扯个家常，看到人家正打在兴头上，得福老汉又悄悄地走开了，坐在一旁的沙发上，李思睿和李思智两个孙子正盘着腿坐在沙发上，一人拿着一部手机打着游戏，屏幕上的人跑来跑去，李得福看得头晕，想问，又见孙子耍得起劲，话到嘴边又忍住了，李得福看着实在没处去，又荡到了厨房里，二儿媳穿着高跟鞋，黄色的大衣，烫着卷发，胳膊上戴着绿色的玉镯，嘴巴涂得很红，以至于得福老汉一度担心那张嘴到底还能不能吃饭，见到得福老汉，二媳妇也就只一句"爹，新年好。"就又转过头帮厨了，饭做得已经八九不离十了，案板上摆着各种各样的凉菜，最引人注目的还是那道糖醋排骨，一看就是圣金妈的手笔，金黄的颜色，外面滴着亮晶晶的汤汁，得福老汉不禁尝了一口，酸甜可口，是原来的味道，只是盐有点重了，不过家的味道不曾改变。

"亲爱的观众朋友……"电视里，春节联欢晚会已经开了，人人都说春晚没有意思了，可是，对于李老汉来说，这是年的代表，这是团圆的象征，虽然一边，儿女们打麻将打得不亦乐乎，根本没有时间和李得福坐下来说说话，可是，这在李得福看来，到底幸福多了，想想刚刚去世的武老头儿，毕竟自己还健康，毕竟自己还有儿孙。"吃饭咯！"圣银媳妇儿端着一碟子香菇炒肉进来了，"圣银，你帮着赶紧去端菜，圣金媳妇儿，你也去。"不一会儿，不大的圆桌上摆满了好吃的食物。老两口和三个孙子占着桌子的上头，三个儿子坐在得福的一侧，两个儿媳和圣金妈坐在一起。"爸，妈，新年好，祝您二老身体健康，长命百岁。"儿子、儿媳还有孙儿举着酒杯，杯子里盛着五粮液，李得福一饮而尽，涵泳许久，"嗯，高档酒就是好喝啊！""爸，这酒你要是好喝，下次我给你再买。"圣金媳妇儿使劲踢了下圣金，李圣金忙说："下次我买，哪能一直让老二买呢，下次我给爹买茅台。"说着，站起来也给李得福敬了酒，李得福笑了，"好好好，只要你们回来，啥酒都中。"李圣财也站起来说："爸，妈，哥，嫂，新年好。"也饮了一杯酒，"你就只知道跑车，怕也要考虑成家了！"圣金媳妇儿转了一下手中的金戒指，脸上带着笑。几杯酒下肚，再加上今天人口齐全，李得福已经稍稍有了醉意，也在一边应和："对着嘞，你大嫂说的是，你也老大不小了，你得赶快成家，这样我和你妈也卸下担子了。""婚姻自由，爸的思想还老土得很！""你这啥思想，你一日不结婚，我和你爸心就不得闲呀！"李圣财啥都没说，只是头仰起来，美美地喝了满满一盅酒。看见饭局出现了尴尬，圣金忙忙附和，"大过年的，一家人要高高兴兴的，大家都快吃饭，菜都凉了。今天妈特地做了糖醋排骨，这可是妈的拿手菜呢！""今年的春晚太无聊了，都是新人，演技不尴不尬，表情一惊一乍！"圣银媳妇儿看着春晚，评头论足地说。"老大，你今年书教得咋样？""唉，爸，就那样！淡得很，没啥说的。"得福老汉还想问，可又不知道问什么好，只能转头问问老二，"咱家大老板生意能成吗？"说着给圣银夹了一筷子糖醋排骨。"谢谢爸，有爸和妈的关心，生意还不错呢！没亏本，前几天，就是你打电话那天，我还谈了一笔三十万的订单呢！""哦，好好好！"圣银媳妇儿也在旁边连忙补充道："圣银今年生意可好呢，去了俄罗斯好几回呢！给您的帽子就是打俄罗斯带来的！"圣金媳妇儿一句话也没说，低头只顾着吃菜。"哥，嫂。吃好了吗，吃好了咱们开始打牌么，上一局二嫂赢了，我心里一直不服呢！"听到打牌，一直比较沉默的圣金感觉一下来了精神，"吃完了，吃完了，走走走！"说着就往牌桌子走，"菜还没拾呢！"圣金媳妇儿说，"一会儿拾么！"刚才吃饭都穿着大衣的圣银媳妇此时一下子就脱掉了大衣，那阵仗有一种将要上战场厮杀的感觉，瞬间刚刚满满当当的桌子上变得空空荡荡，一旁麻将的声音再次响起，而得福老汉还在餐桌上怔怔地坐着，鼻子里一股酸楚的感觉，得福老汉深深地叹了一口气"唉"，然而这句"唉"声音再重，也被麻将声厚厚地掩埋了，或者说是被儿女的冷漠掩埋了。本来得福老汉想着过年了，孩子们回到家，也能填补填补家中的空旷和落寞，然而此时得福老汉感觉一句话都说不出口，前几天过年的幸福和儿女的满足似乎少了很多，淡了很多。他有一种无法言喻的忽然而至的落寞，一边圣金妈默默地拾着碗筷，擦着桌子，一边妯娌俩的攀比声不绝于耳："嫂子，你看我这身阿玛尼的衣服好看吗？我前天为了回家过年，专门去专卖店买的，春节限量款！""哎哟，真不错的嘞！""我相中了一双鞋子，就是有点贵，四千多呢，我准备回去了买呢，女人就是要舍得为自己花钱呢！"哥儿俩也说着事业，可在那些闲言絮语里唯独少了两个重要的角色——得福老汉和圣金妈！

　　屋外的雪越来越厚，越来越大，天空变得越黑了。远处，武老头儿的那盏原本就微弱昏黄的灯火已经冷了很久很久，像被黑暗吞噬了，只能模模糊糊望见个房屋的大概，韩老头儿的窗子里隐隐约约地人头攒动，"韩老头儿的屋子里大概也很落寞吧，一个离了婚的儿子，两个黄土将近的老人，他们在说些什么话？"李得福想不来，李得福也不再想，毕竟身后，儿女这么多，离自己这么近，不照样大半夜地蹲门槛儿吗！"老头子，娃都忙呢，你过来，咱俩灶房里坐着，暖和！""哎！"圣金妈脱掉了那身圣银买的新衣服，依旧穿着往日的棉袄，睡眼昏沉，银色的发丝没有因为儿女的到来变黑，连日的操劳让疲惫更加沉重。"你给娃把炕烧热着吗？"李得福小声地问，"早都烧热了，从前我就晚上加一把柴，今天我中午又加了许多柴，热着呢！""哎，你说，好不容易盼着娃娃回来，可是回来了，你说我的心怎么还是空落落的！""你就是想得太多，家里人口这么多，孙子跑来跑去，你有啥空的？""怕是我多想了。"灶房里的灯熄灭了，北屋的麻将声和儿女的喧闹还在继续。"咚，咚，咚"房里的自鸣钟响了三下了，得福老汉摸黑下来上厕所，只看见北边屋子里的灯还在亮着，麻将声继续噼里啪啦，得福披了件棉袄，撑着惺忪的睡眼，"吱呀"推开了房门，"娃，你们咋还不睡？"圣银打着呵欠说："就睡就睡。"眼袋很明显，眯着的双眼像被刀片儿割开的一条缝儿，"爸，你赶紧睡去吧！"孙子们已经在炕上和衣而眠许久了，粉嫩的脸蛋儿惹得福老汉挨个儿亲了亲，然后说了句："那你们早点睡。"退出屋外，关上了门，里面依旧麻将声不断，只是人声已不再喧闹。

清晨，雪下得很厚，得福老汉和圣金妈起得很早，得福老汉拿着大扫帚在院子里扫着昨晚落的雪，还提着一桶热水，擦着圣银、圣金的车子，原本被雪遮得严严实实的车子，经过李得福细心地擦拭，在阳光的照耀下熠熠生辉，院子也扫得特别干净，厨房的烟囱里已经冒着浓烟，圣金妈为儿女们熬着八宝粥，案板上还搁着下午要做的菜，有一只鸡，半条鱼，还有一些菜蔬，鱼是煲汤用的。北屋里，几个儿女趴在麻将桌上，睡得迷迷糊糊，孙子们也因为炕太热，睡得横七竖八，被子也掉在了一边，得福老汉伸手又重新给思智、思远盖好。突然，一个尖锐的闹钟响了，那是圣金七点上班的闹钟，得福老汉想要伸手去关，这时圣金媳妇儿突然醒了，这让李得福多少有一点不知所措，"我没有吵到你吧？""没有没有。"圣金媳妇儿笑了，"每天都要上班，早上闹钟一响就起床，习惯了。""在家呢，不要太拘束，晚上没睡好，你炕上躺着吧。""不了，我醒了，爹。"说着晕晕乎乎、跌跌撞撞地撞进了厨房的门。"妈，我帮你做饭。""你赶紧去把脸洗了，吃饭，我已经做好了。"彼时，圣银两口子，圣金都醒了，洗手间里充满了拥挤和喧闹，弟兄仨在门外随便洗了把脸就坐到了饭桌前，喝着八宝粥，吃着馒头就咸菜。洗手间里，圣银媳妇儿给圣金媳妇儿递来化妆品，"嫂子，你用我的吧，我的是蓝鸢尾，一千七百多块钱呢！""我试试！"圣金媳妇儿在原本化好妆的脸上又抹上了圣银媳妇儿的蓝鸢尾，虽然说是感觉有一点儿不一样，但于圣金媳妇儿来说，仿佛脸上贴着一层金子，不断地用心感受着一千七百多的化妆品带来的舒适感。屋外，圣金妈喊着端菜，两个媳妇儿从卫生间走了出来，圣银媳妇儿手伸出去，又在半空停了半刻，而就在这顷刻间，圣金媳妇儿已经端上了那个菜盘，圣银媳妇儿就只拿着一把筷子，初一的早餐大抵都摆齐全了。桌上还有一瓶昨天没有喝完的二锅头。得福老汉这几天分外地高兴，自己没等菜上齐就已经喝了几杯，圣金看到父亲喝酒，自己就想起来要陪酒，然而这时电话突然响了，一接电话，是学校打来的："小李啊，新年好。""哦，校长啊！新年好。"李圣金的嘴咧开了，不知道那是不是笑，但听起来是那么一回事儿。"明天是你值班啊，你可千万别忘了。虽然说是新年，学校里没什么事情，但要给教育局报备的，所以程序还是不能少，这个节点怕找不上别人替你，你务必来！""好好好，没问题。校长再见。"打电话的工夫，桌子上人都坐齐了。大家吃着新年第一顿饺子，喝着小酒，听得福老汉讲过去的故事。"你们回来了好，你看临过年呢，咱村子里走的走，散的散，咱家还这么团圆，我也老了，只要你们在，比啥都好。"得福老汉的眼睛红了。圣银说："爸，大过年的，你看外面，要高高兴兴的。"说着，举起酒杯，准备和大家干杯，每个人都举起了酒杯，唯有圣金没有，得福很疑惑，"娃，你咋不喝？"圣金说："刚才校长打电话了，说非要回去值班，所以，所以我不能喝酒。"圣金虽然没有喝，但脸比喝了酒的人还要红。得福愣了愣，"娃，工作重要，你赶紧去！"说完，慢慢地，喝完了圣金敬他的第一杯酒，也是春节中的最后一杯。"娃，你总不会有什么事吧！"得福转头问圣银，声音里带着渴望，夹着悲哀。"爸，我不比哥，我没什么事情，我陪着你和妈。"圣金吃了几口菜，就带着一家子出发了，隔着车窗，圣金妈扒在窗子上问："你啥时候回来？我和你爸还和你没有拉拉家常，就走了。这是一些干果、零食，还有夜里的酱肘子，你也没怎么吃，你拿上。"说着把食物塞到了车上，"爸妈，那我们走，你二老吃好喝好，有什么事你给我打电话！""哎"，得福老汉的这声应答很短，然而圣金的车速更快，李得福觉得还没有招手，还没有看清儿子离去的方向，就只看见四周的大山此时陡然高大了许多，沉默了许多，仿佛将自己一个人永远困在这大山的怀抱里。

吃完早饭，二儿媳和婆婆在厨房里洗刷碗筷，儿媳和婆婆聊着她们当时都是如何被娶进这个家门的，圣金妈说："当时哪像现在，彩礼要这么多，要赔这赔那的，那时候他爹给了三袋子面，八百块钱，一个架子车就把我稀里糊涂娶进门了，这一进就是这么多年！""那时候爹也没见过你吗？在娶进门之前。""没有，那时候哪像现在，提前认识很久才谈婚论嫁，那时候只有揭过盖头，才知道你嫁的人长什么模样！命苦得很，幸亏你爹人好，心也善良。"厨房里，婆媳俩絮絮叨叨，客厅里，得福和两个儿子喝醉了酒，在一起谈天论地。傍晚，屋子里的灯开得暗，圣金妈带着圣银媳妇儿去吴大娘家串门子去了，得福还在给儿子、孙子讲过去的事，"娃呀，那时候你们还小，我经常带你们仨兄弟去赶集，记着圣财的话最多，事儿也最多，每次都要买一只糖葫芦，才能哄着跟上一天的集，坐着你胡大爷的手扶拖拉机，和你武伯伯一起赶集，买菜，推粮食。你武伯伯人好，爱说笑话，然而就是没有老伴儿，也没有儿女，一个人就这么孤苦伶仃地走完了一遭。""爹，我记着武伯伯最喜欢小孩子了，那时候老要我做他的干儿子！""是啊，那时候，我们谁也没想过我们的后代有一天也能走到城里去，工作生活，还能有小汽车。那时候家里没吃的，就去偷，现在说偷都觉得可耻，可那时候，多少人都靠偷公家的粮食度日，我身体好，一晚上看那个公社里守粮的瞌睡迷糊了，就进去和你吴伯伯、武伯伯每人扛上一大袋子，都是些燕麦、荞麦，偶尔有那么一小袋白米，那就像过年一样高兴。"爷儿仨望着外面渐渐深沉的黑色夜幕，不约而同地笑了，他们仿佛都看到了过去那个风尘仆仆的岁月。一阵晚风吹过，李得福的白苍苍的头发也仿佛是有人拽着，一个劲儿向一边偏。"爷爷，那时候你们的生活好刺激啊，我也想偷一回粮食！"一边玩着游戏的李思智说着，"哈哈哈哈。"爸爸的爸爸和爸爸都笑了。

团聚总是短暂的，分别总是常有的。恋人的分别，是一种相守；亲人的分别，是一种等候；老人和儿女的分别，是时间做出的最残忍的选择。大年初三，清晨，离别的序章在没有任何预备的情况下突然就展开了。圣银的手机早上响个不停，圣财自从初二的晚上接上了一个运煤的大单子，过年的心情更是一扫而空，犹如热锅上的蚂蚁，被烧得团团转，一大早上就和货运部的电话没有断过。终于那句话，那句圣财老汉不愿听到的话还是来了——"爸，我们必须要回家了。""难道，你们真的就那么忙吗？"原本不想说的话最终还是说出了口。

然而这句看似沉重的话当被投掷在空旷的山谷里，就变得那样的渺小，渺小得几乎可以被人忽略。人世间的相逢可能需要漫长的寻觅，煎熬的等待，可相别到底只是挥挥手，一条寂寞的路又重新展开了，对于得福老汉而言，那条土路上，最后一次飞扬而去的，不只是他的两个儿子，还有他晚年所有的安逸。

"老婆子，我出去转去了，老吴又叫呢！"

"你把儿子给你的皮帽子戴上，围巾也系上。外面冷死了，才大年初三！"

"你也穿暖和，你可不敢倒下！"

阳光下，村口瑟瑟发抖的老杨树下又重新聚攒起了戴着皮帽子的，穿着新棉袄的；还有筒着袖筒瑟瑟发抖，追着太阳的老年人，老吴仍然穿着原来的衣服，说着关于儿子的那些豪言壮语；老韩比起以前，身体更加蜷缩了，话也少了很多。"你儿子回来给你带来好多新鲜玩意儿吧！"李得福问老吴，"别提了，那兔崽子，唉……"远处，村里的犬又吠叫不止，太阳渐渐地变得刺眼。

"老吴，老韩，走，走我家，我儿子的酒还没喝完……"

"走，到底还是咱哥儿几个要照顾好自己，彼此联系着，死了也别像老武，唉，惨哪！"

走过颓圮的土墙，寒风使劲地刮着，春天离得仍然是那样的远……

"轰隆"一声巨响，把原本就冷得老哥儿几个吓得半死，急忙向后看去：只见武老头儿的那间破屋彻底地塌了，烟土飞扬。

作者简介

海洋：就读于宁夏师范学院文学院。曾获得2020年、2021年宁夏大学生原创文学大赛三等奖、入围奖。

花开并蒂

王思茹

　　"那时我外祖父刚刚去世，具体的情形我已记不太清晰，只依稀记得那天的天空格外灰暗，沉闷且压抑，让人喘不过来气……"一时风起，带走了一地落叶、雪花——迎春花开了。

　　"今天讲哪一篇啊？"文瑾遥遥地走来，手上还提着两份热乎的饭菜。

　　"讲杜甫的《茅屋为秋风所破歌》。"余遇脱下手套，转身接过饭菜。

　　"小鱼儿你知道的，我喜欢的是宋词。"文瑾把饭搁到桌子上，脸上挂满了不情愿。

　　"先过来坐吧"，余遇搬开椅子，示意文瑾坐下，翻开书，指着书中的内容"看这段'安得广厦千万间，大庇天下寒士俱欢颜，风雨不动安如山。呜呼！何时眼前突兀见此屋，吾庐独破受冻死亦足！'还记得今天是什么日子吗？"余遇抬眸望向文瑾。

　　"今天？"文瑾想了想，"没什么特别的啊，不过又到了高考的时候了，小鱼儿不会是在说这个吧？这和你我有什么关系，厂长又不会因为今天高考就给我们多发工钱，我只记得一个月后，七月五日？没记错的话，你来厂子要整整一年了！"

　　"对，是七月五日，原来不知不觉中已经过去一年了，时间过得真快啊！"

余遇不禁感叹道。

"还记得你刚来时的样子吗？"文瑾挪了挪书，"你说你来挣上大学的钱，我问你谁要上大学，你就是不说话，本来只是问问，你不回答我就更好奇了，这心里啊，就跟猫在挠似的，就想问出个结果来，你就是不回答，我想着反正以后的日子还长，我慢慢问，结果就把这茬给忘了。"

"别说我了，你那个便宜爹最近还有没有来烦你？之前把年纪那么小的人扔出来，不闻不问不管死活，你的日子刚刚好过一点又来找你，看来他那个宝贝儿子对他也不怎么样嘛。"说罢，余遇扒了口饭。

"唉，小鱼儿你又转移话题，我只想安稳过好我的日子，我没有亲人没有羁绊，无根的浮萍，不敢多奢求什么，你呢？我一早便知你会有离开的一天，想想也是，你不能和我一样在这里浑噩度日……"

"文瑾姐别说这些丧气话，你很好，我们都不是在浑噩度日，至于我，应该快了。"余遇顿了顿，"看这首，背会这首后再讲你喜欢的。"说完便闷头扒饭。文瑾应了一声后也跟着扒饭，中午休息时间有限，得抓紧了。余遇看着被应付过去的文瑾，抬头看了看眼前的日历，一时之间，思绪飘回四个月前……

高考将近，余遇愈发忙碌起来。按照国都医科大学往年的录取排名，她是可以稳当考进去的，余遇虽久居年级第一，但她深知高考前的最后冲刺阶段的重要性，不敢有丝毫的懈怠，每日温习功课，她本就不属于天赋型选手，只能多花费时间重复，稳定成绩。高考，噩耗传来，外祖父突发急性脑梗过世，这件事就像块巨石被投进了一汪平静的湖水里一般，巨响之后，涟漪久久未散。

余遇可以说是外祖父一手带大的，在她小学的时候父母意外离世，余家也算是书香门第，祖上往上数都是读书人，据说曾出过秀才，只是今时不同往日，余家的日子过得也清寒，不过对余遇这个唯一的闺女养得却是很精细，琴书俱佳，气质斐然。父母骤然离世，余遇举目无亲，是外祖父将她接回家教养着，一老一少如何生存？幸得小姨接济良久，才得以读完初高中，只是小姨家也是勉强糊口，而她的丈夫，多年前便已离世，留下她和一个儿子林笙，余遇和林笙同年高考，这是压在小姨身上的两座沉甸甸的大山！

收到消息后，小姨匆忙赶回来，脚步凌乱，急切地推开房门，看见了一身素麻的余遇，小姨颤抖着手拉住余遇的衣袖，强忍泪意问道："人呢？"余遇扶住小姨，满脸的泪痕和干裂的嘴唇都显示着余遇的疲惫，"大夫说阿爷年纪大了身上毛病本就多，发病的时候身边没人，错过了最佳抢救时间……"余遇几经哽咽，哑着嗓子说道，"我带你去看阿爷。"见到阿爷遗体的那一刻，小姨强忍许久的泪水夺眶而出，哭声难抑，余遇知道，外祖父是他们在世仅剩的血亲了，小姨的难过不比自己少，随后听到小姨扯着干涩的嗓子开口道："我既已回来了，剩下的事情交给我吧，你先去休息，夜已深。"说着抱住余遇，揉了揉她的头发，轻声安抚道："这两天辛苦了，你已经做得很好了，先去休息。"余遇闻言站起来，对着小姨扯了扯嘴角，转身离开。良久，唯余风声。

犹记得祖父上堂那日，天灰蒙蒙的——余遇看着简陋的灵堂，多年的贫苦已经熬走了大半的亲戚，稀稀疏疏来了不多的几个邻里的人，来去匆匆，余遇站在房门口，听见林姨和林笙在估分，眼底的落寞转瞬即逝，抬脚刚准备离开时，屋内传来争执声，"妈，这个合同是什么？！"余遇顿住，立在门旁边——

"等拆迁款下来你和姐姐就有钱去读大学了。"林姨的声音从屋内传出来。

"小鱼儿是不会同意的，我也不会，先不说阿爷走了小鱼儿本就难过，就这么搬走小鱼儿得多伤心，就算真同意了小鱼儿以后住哪儿？"林笙质问着自己的母亲。

"鱼鱼不会知道的，等你俩去了大学之后一切都会尘埃落定，拆迁的补偿款对我们有多重要你明白吗？你们俩的大学学费，你学画画的钱、我们的日常生活需要……"

"别说了！"林笙打断了母亲的话语，"哦，我想起来了，是不是你给我找的那个'后爸'又要钱了？我早就跟你说过，我最后再说一次，这个家有他没我，有我没他！"

"啪！""这是你跟妈妈说话该有的态度吗？这个家你还做不得主！"林姨带有怒气的声音把晃神的余遇惊醒，余遇冲进屋子里，林姨的手微微发抖，林笙脸上赫然印着一个巴掌印，慢慢肿胀起来，一道一道的，余遇恍惚间仿佛看见了阿爷在院子里种的胡萝卜，那是过往贫苦的日子里，院子里的那片土地给他们爷孙俩的接济，是土地沉甸甸的情谊。

林笙眼眶泛红，一言不发冲出屋子。"林姨，合同可以不签吗？"余遇哑着嗓子问道。

"鱼鱼，你别听林笙乱说，你们现在确实需要钱，况且我们这边城市规划建设政府要修建公路了，你外祖父这个房子，必须得拆，我们，必须得搬！"林姨的语气中透露着强硬，余遇知道这件事已成定局，微微颔首，"我明白了林姨，我去看看林笙。"

"饭来喽——"文瑾端着一荤一素从厨房走了出来，她是小鱼儿在厂里结识的前辈，余遇刚来时多有帮扶，加之小鱼儿读书多，余遇得空便会给文瑾讲讲诗词，你来我往之间，二人的关系便愈加亲密。文瑾的父亲重男轻女，在文瑾未读完高中时便强制其辍学，逼着她来厂里做所谓的"帮工"给他挣零用钱，文瑾来厂里也有十几年了，能吃苦又上进，前年被提拔为管事儿的，钱也攒了点，有自己的房子，麻雀虽小，五脏俱全。

就在一切向好之际，文瑾收到了母亲离世的消息，是癌症晚期，文瑾父亲不拿女子当人，母亲患病后无法像之前那样照顾他们爷俩，便对母亲拳打脚踢，将一切的不快都发泄在自己母亲身上，这是文瑾在回去给母亲办身后事的时候看不过眼的邻居跟文瑾讲的，还有很多很多，文瑾强撑着安葬完母亲，便一病不起，余遇一直陪着文瑾，做文瑾记忆中妈妈熬的面糊给她吃，硬是拉着她从那段不堪的回忆里面走了出来，"她是家里唯一一个对我好的人，她懦弱，我爸打我的时候她都不敢出声，但是在他不给我饭吃的时候也会给我拿干粮来，哪怕！哪怕自己在家里的日子并不比我好多少！他们说，我被扔出来之后她一直有偷跑出来看我，然后被我爸抓回去打，接着还是跑出来看我，他们说她前几年其实已经形如枯骨，瘦脱了人样，但是她放心不下我，她是看到我生活好转了才走的，小鱼儿，你说我为什么不早点接她过来呢？为什么？"余遇把文瑾抱进怀里，"会过去的，我陪着你，都会过去的。"

"她会怪我吗？"

"不会的，没有哪个母亲会怪自己的孩子，她只会心疼你。"

余遇起身接过饭菜放到桌子上，取了两双筷子，目之所及的菜色全是自己爱吃的，眼里流过几分暖意，鼻头发酸，文瑾坐到对面端起饭碗，"寿星别愣着了，快吃吧，晚上给你做长寿面，再给你卧个鸡蛋，怎么样？"

"文瑾姐，你好好啊，真是上得厅堂下得厨房，谁娶了你可真是上辈子修来的福气。"余遇打趣道。

"别贫嘴了"，文瑾笑道，"上次你说你过来这边打工的事情告诉了你那个表弟，之后呢？"文瑾问道。

之后啊——

"什么？你不读大学了！你不读那我也不读了，我跟你说余遇，你别搞那出舍己为人烂大街的戏码，我不稀得看！我妈说是为了我上大学同意搬迁，你别跟我说是为了让我上大学去给我挣钱，都是为了我好！你们到底有没有把我当作家人？"林笙言辞激烈。

"林笙！别再跟林姨赌气了，这件事情已经没有了转圜的余地，只是我真的没有办法做到眼睁睁看着这里消失，我在这里长大，实在想象不到它变得陌生，我想出去躲躲，林笙，我一直算不上是个勇敢的人。"余遇紧紧盯着林笙的双眼，林笙心一抽，最接受不了这件事情的人该是小鱼儿啊，她不该这样的，她应该哭着闹着，不该这么平静地被动接受这些事情。

"你什么时候走？"林笙轻声问道。

"明天，去哪里还不知道，别担心我会照顾好自己的，你暂时帮我瞒着林姨，知道了吗？"

"对不起，小鱼儿，我错了，不该对着你们发脾气，你还会联系我的，对吧？"林笙惴惴不安地问道。

"当然。"声音究竟还是消散在了炊烟中。

余遇走了，留了张纸条：

安土重迁，黎民之性；骨肉相附，人情所愿也。

——余遇留

余遇生日照常做着日常工作，文瑾就不如往常那般闲适了，最近她的父亲找上门来，扰得文瑾这段时间都不得清净，"到底怎么回事啊？文瑾姐，他是怎么知道你住在这里的啊？"余遇把水杯递过去，"这个目前我还不太清楚，但估计和厂长脱不了关系，我那个爹，要我和厂长儿子结婚，我甚至都没见过面，不知道厂子许了他什么好处，而且厂长竟然说，等我嫁过去了，这个厂子就是自己家的，我也是自己家人，我问他那工钱是不是得再涨涨，结果他急了，说都是给自家工作，分什么你的我的，这一听就是不打算给我工钱了，我上个季度厂子的利润分红他还没给我，结婚后岂不是都没了？真是打得一手好如意算盘！"文瑾嗤笑道，"这是拿我当傻子啊。"

余遇沉思片刻，缓缓开口道："文瑾姐，你有没有想过自己独立出去单干？"

"嗯？小鱼儿详细讲讲。"

"最近两年你对厂子运行和业务已经很熟悉了，这个季度利润分红加上上个季度的，还有那套房子的钱，这些年的存款，有小十万块了吧？关键是客户你熟悉啊，据我所知，引进和卖出这两条路这两年都是你在做对接和找客户吧？"

文瑾差不多明白了。"我会好好想想的，小鱼儿谢谢你。"文瑾笑着揉了揉余遇的脑袋，"哎哟，你个小丫头怎么整日能想这么多呢，别扛着太多，晓得不？"

"嗯，我会的！"

文瑾注视着余遇走远，沉思良久，开始翻找起来，最后找到一个厚皮黄页笔记本，打开，满眼看去，整页整页的纸上记满了联系人、联系方式甚至还有家庭住址，重要的还会标清楚联系人的偏好和忌讳，有的用黑色双实线描出，有的用红笔圈了起来。文瑾拿起笔开始标记起来，许久，暮色西沉，云卷云舒，文瑾揉了揉发胀的太阳穴，抬头向窗外看去，因长久用眼，视线有些许模糊，文瑾索性站了起来推开窗户，院子里零散地开着几枝格桑花，还有一小块空地，可以试着种种萝卜，文瑾想道。一晚上的时间，文瑾整理了部分和她有交集且能够帮到她的人员信息，要忙起来了——眼前是坚韧的格桑花，远处是山，山山漫漫结成关，关关难过关关过！

近期，文瑾肉眼可见地忙碌了起来。像往年一样，文瑾还是核对供货源和收货源，忙得脚不沾地，来去如风，上次余遇听她说话还是在大前天开工人总结会的时候匆匆的一句问候。

在文瑾刚喝了一口茶水又被喊走之后，有人忍不住出声：

"这上心程度不知道的还以为工厂是她家的呢"。

"这些年要不是有文瑾姐，我们厂子早就……咱们厂子除了厂子不是文瑾的，其他什么不是文瑾的？"工人调侃道，话音未落，他对面的伙伴开始疯狂给他眨巴眼睛，男生身体一僵，转过身去，厂长赫然站在他身后，想起刚才自己义愤填膺的发言，男生心里涌起一阵后悔，完了他肯定听到了，这要是被睚眦必报的厂长不多想还好，万一多想……哎呀，自己到底为什么要多嘴说这一句呢！工人无比懊恼。厂长奴了奴脸上的肌肉，挤出一个"和善"的笑容，装作宽厚温和地说道："文瑾的辛苦我是看在眼里！疼在心上啊！不过你们放心，我不会亏待她的，她马上就是我儿媳了！说厂子是她的也合情合理啊，合情合理"，说完把手背到身后，抬了抬头。见状，众人明了，纷纷开始道喜——"喜事儿啊，大喜事儿！恭喜厂子啊，恭喜！""恭喜厂长！""恭喜厂长！""恭喜厂长！文瑾真有福气能嫁到你们家。"厂长享受着一声声恭维，点了点头，心满意足地走了，他还有要紧事儿呢，可不能在这儿多耽误时间，说着便走向了文瑾的屋子，厂长以为文瑾在这儿，今天他儿子回来，他准备安排两人见个面，吃个饭，明天就去领证，也不算亏待了文瑾。厂长正美滋滋地想着如何把这个能干的女生变成自己免费的劳动力呢，一阵风吹了进来，他打了个寒战，厂长拍了拍衣袖上本就不存在的灰尘，走到窗前，正准备关窗，厂长的视线被桌子上的黄纸吸引了过去，明显是一个垫纸，他拿起这张纸，印在上面的竟是自己厂子主要合作商的一些信息，值得注意的是，还有他们的喜好、家庭以及妻女的所在地，厂长并不傻，怎么回事他一看就明白了，这是有求于对方啊，文瑾是有什么地方有求于他们？不对劲！厂长像是大街上感受到驱狗人的狗一般警觉起来，端详着这张纸。片刻后，厂子拿起手机打电话，接通，"喂，老王是我，哎，对对对，我们厂的文瑾前几天来找你了吧……"挂断，厂长又给两个主要供货商打了电话，什么都问不出来，反常！太反常了！有什么东西抓不住。"不知道的还以为工厂是她家的呢。"厂长脑子不知为何响起了工人们闲聊的这句话，猛地灵光一闪而过，原来她打的是这个主意啊！这时他的儿子也进来了，直接斜倚在了座椅上，还没来得及说什么呢。"你来得正好，联系一下文瑾的爸爸来，我们商量点事情。"厂长说道，带着一丝不易察觉的狠戾。

余遇这边安稳日子没过多久，文瑾进医院的消息整了个晴天霹雳。

"文瑾姐！文瑾姐你怎么样！怎么会这样啊？"余遇看到文瑾的这一刻才得以心定，"我没什么事，你慢点儿，别急。"文瑾握住余遇的手轻声安抚道，"我就脑袋破了点皮，剃了点头发，他更惨，现在还不能动呢。"

晚上，文瑾下班回家，开门进去之后发现房子被人翻得乱七八糟，顿觉不对劲，快速退出去报了警，迅速到厨房拿了根擀面杖，退出房子，在文瑾马上关上门的那一刻屋内的人见计划不成冲了出来，一把抓住文瑾的头发就往房子里拖，说时迟那时快，文瑾反手一擀面杖，打到了歹徒的麻筋儿上，之后一套"打狗棒法"，只听到一声接着一声的惨叫声，文瑾见其没有反抗能力转身就打算跑，谁知歹徒翻起来抓起桌子上的水杯，向文瑾砸去，文瑾应声倒地，警察刚好到，控制住歹徒，送文瑾来了医院。

"那个歹徒是厂长儿子，事实上，事情怎么回事已经很清楚了。"文瑾看向余遇。

余遇顿悟，难以置信，调整好情绪后说："文瑾姐之前我跟你提的事情你考虑得怎么样了？"

"我试探了一下，可我连个高中学历都没有，没几个人信我。"文瑾感到十分挫败。

"文瑾姐，为什么不去试试成人高考呢？快的话，三年就可以有一个学历，而且正好可以弥补你理论知识方面的短板，现在不能和厂长他们硬碰硬"，余遇想到了什么，俯身在文瑾耳边说了些什么，只见文瑾的眼睛慢慢亮了起来……

文瑾最后选择和解，没有走法律程序，去找了厂长不知道说了些什么，她那个爹也没有再来打扰文瑾，厂长也不再催着文瑾和他那个绣花枕头的儿子结婚，一切仿佛回到了原来的平静。

三个月后——

"真要走了吗？小鱼儿？不多留些时日了吗？"文瑾不舍地说道。

"要走了，躲了这么久了，我也该回去看看了，不过要先去一个地方，在此之前我想和你好好道个别，感谢你这一年多的照顾，出门在外，何其有幸遇到你这么一个处处照顾我的大姐姐。文瑾姐，我再去考一次大学，我会再来找你的，你一定别忘了我，等明年结果出来了，我回来找你，希望到时候你已经得偿所愿了。"

文瑾听得心酸，两人吃了暂别一餐，日升月潜，没有杯盘狼藉，只有人走茶凉，文瑾稍做打扫，迎着朝霞走上了自己的路。

　　　追风赶月莫停留，平芜尽处是春山。

　　　　　　　　　　　　　　　　　　——鱼鱼留

是夜，余遇结束了一天的舟车劳顿，换了好几种交通工具，最后坐上驴车，晃晃悠悠地到了目的地。余遇没有选择直接回家，她来到了她父亲的家乡——克石，一座小村庄。儿时的记忆已经模糊不清，踩着朦胧的月色，余遇敲开了一户人家的房子，一番交谈后得知余家只剩她一个子孙，这家人想让余遇今晚暂住自己家，但是余遇问清了自己家所在之后，吃了晚饭便起身告辞了。摸黑找到了地方，一间小土房，推开门，厚重的灰尘扑面而来，呛得余遇直咳嗽，缓过劲之后，走进去，屋内环境意外地整齐，为数不多的家用都摆放齐整，余遇粗略收拾了一下土炕，就歇下了，不知是一路找来筋疲力尽，还是回到了自己父亲的故土之故，这一觉睡得格外的香甜。

次日，余遇观察到，这边用水都是一个抽水泵从井底往上抽水用，她拽起水管接了一桶水回去，往地上洒水降尘，之后才开始打扫屋子，屋子不大，因为很多年不曾有人住过，所以有股发霉的味道，余遇便开窗通风，通了通烟囱。

邻里皆知是余家的丫头回来了，余遇问了问这边的情况，得知今年雨水太多，庄稼收成不好，估计明年的日子不好过，只能勉强糊口，连新的一年的粮食种子都不知道从哪里来，余遇静静地听着，没多久，余遇就已转完这个不大的村庄，余遇走着，看着，看着这些人，这些将一切压在一年收成上的农民，面朝黄土的人们，他们乐观、质朴，明明生活并非尽如人意，但是在漫天黄沙中磋磨出来的、坚韧的生命力，是那么不屈、令人震撼！

余遇转弯村子后回到了屋子里，刚烧了点热水，准备就着赶路时剩的干粮先将就一下，打算下午去镇上买点儿生活必需品，余遇正想着下一步的打算，听见门外有人喊自己，打开门看见是昨晚的王婶，手里还提着些东西。

"王婶！你怎么来了？快进来，正好有水喝。"余遇便带王婶进来，边倒了杯热水递给王婶，"吃过饭了吗，王婶？"

"唉，先不忙活了，鱼鱼先坐下，这些是咱们乡里乡亲看你回来家里什么也没有，给你凑的一些旧物件，都是用过的，你先将就用，这都入秋了家里什么都没有吧。"王婶边说边打量屋内的环境，"这么多年过去了，家里旧被褥都不能用了啊，走，跟我回去吃饭。"说着，便拉余遇站了起来，被余遇拦下，"嫌弃什么？我感激还来不及，我刚过来正有点无从下手，婶婶你们真是雪中送炭了！东西我先收着了，婶婶帮我谢谢咱们乡亲们，改天我亲自去告谢！"

"哎哟，还谢什么啊谢，这些年我们多亏了你们家那块地了，地肥，每年都能多收很多粮食，村里娃娃们上学的钱可都是靠那块地，我们啊，都记着你们老余家的情呢！现在老余不在了，你是他们的孩子，我们多照顾点是应该的！"王婶拉着余遇的手，用自己粗糙的双手包裹住余遇细腻的手，过去一年因为文瑾的照顾，余遇很少干体力活。

"王婶说这话就见外了，快回去吃饭吧，等我把屋子收拾出来再来婶婶家里好好吃一顿，希望婶婶别不要我才好。"余遇笑着说道。

"哎，好好好，婶婶等着你。"

送走王婶后，余遇开始整理那些乡亲们送来的东西，被褥、杯子，还有菜刀，能想到的大家都送来了，甚至还有馒头，这是余遇完全不曾想到的，乡亲们的日子过得并不富裕这是能看出来的，这种条件下还给自己凑出来这么多这么全的物什，还怕自己嫌弃，想起王婶脸上局促不安的表情，余遇心头发酸，承下了这份情。

余遇开始跟着各家各户收粮食蔬菜，今天帮这家割麦子，明天帮那家挖洋芋，后天收拾齐整去镇上找商家卖货，因为之前就有稳定的卖粮渠道，卖出去倒不难，只是这个收，真真不是件容易的事儿——几天不到，余遇的手就磨出了泡，现在都已结痂，这时余遇才知道，哪怕她之前日子过得多不容易，外祖父也从来不会让自己干累活，成日里就喂喂鸡，真是福分！

年底，大家坐在一起开始算这一年的成果，不出所料，亏了。

无言，沉默。书记算了下剩下的钱，村里供着几个大学生，如果给孩子们交了学费的话，那就会没钱买新一年的粮食种子，如果买了粮食种子，学生们就没有学费了，大家都沉默了，良久，有人出声了——

"买种子啊肯定，我都不知道你们在犹豫什么，读书能比吃饭重要？"

"老李头你就没怎么读过书在这儿瞎比画什么呢？依我看，还是得交学费，我们不能断了啊，明年他们都可以学成了，书记都说了，到时候他们都是专业人才！人才你懂吗？就是你老李头一亩地只能中一公斤粮食，但他们可以种两公斤，懂不懂啊你？"隔壁马叔嘲笑道。

"那我们怎么办？你说，我们明年怎么办？"

"都别吵了！我觉得还是得听我的，我们有两个大学生哩，交一个不就行了，另一个回来种地还能帮帮我们，剩下的钱买种子不就好了。"

"这更不行了！让哪个读哪个不读啊？谁该你的是吧？"王婶质问道。

"你什么意思？你说你为村子里做了什么贡献？没有贡献的人不配提意见。"黎叔气哼哼地说道。

"你再说一遍！"

"我就说了怎么了？我说实话怎么了？"

"别吵了别吵了！都少说两句，大家心平气和地商量行不！"村支书满脸急容，豆大的汗珠从额角滑下，重重地砸在了这片黄土地上。"我有办法，书记。"余遇开口，众人瞬间安静下来，对于这个家乡的祖辈教书先生家的后辈，大家本就有很强的包容性，要不是有他家肥沃的地，今年收成会更少。"说来听听。"书记用一种审视的目光看着余遇，带着不信任和一丝不易察觉的期盼，"我父母早逝，父亲这边早已没有血缘亲人，克石离得远，我时至今日才过来，算起来，我与各位父老乡亲们都是初次见面。我在这边已经两月有余了，大家有出于对我长辈给予各位的帮助对我好的、有因为看我孤身一人无法操持各种生活琐事而对我百般照顾的，说来惭愧，来了两个多月了，生活中处处仰仗各位乡亲的照顾，不知不觉中，我早已将克石当做自己的第二个故乡了。我外祖父养大了我，大家有所不知，去年我高考后我外祖父骤然离世，同时村上搞拆迁，我们家被规划成了公路的部分，得拆！当时年少接受不了又改变不了，就去了工厂，这次回来本来只想看看，但大家的真心我都有感受到，这份情我记着，外祖家拆迁我分到了部分拆迁款，加上我过去一年挣的，虽然不多，但帮助大家渡过这次难关足矣，咱们坚持到明年咱们的大学生回来报答克石的时候，一切都会好起来的！""余遇，你可想清楚了？"村支书神情不似先前那般无谓，严肃地说道。"想清楚了书记，这笔钱来自我第一个故乡，这里现在是我第二个故乡，外祖父知道也会很欣慰的。"余遇眼里有泪光闪过，想阿爷了。"好！"书记拍桌站起，"好好好！那就这么定了！具体情况我和余遇再商量商量，大家都先回去吃饭吧！"书记端起水杯抿了一口，压在心头的石头总算是落下了！

事后，余遇和书记对了账本，书记给余遇写了欠条。新春临近，余遇愈发想念亲人，她在克石村村民们身上感受到了长辈对晚辈的疼爱，像外祖父那般，聊以慰藉。余遇坐在村口的大石头上，裹了裹身上的棉衣，吸了吸鼻涕，抬头看月亮，耳边唯余呼呼叫嚣的寒风，林笙跟林姨住进搬迁的新房子了吧，也不知道文瑾考试怎么样了。过完今夜，明早就要离开了，真舍不得，这段时日真幸福。想外祖做的酸菜鱼了，除了外祖之外，就文瑾做得最好吃了，恍惚间，余遇仿佛看见了外祖招呼她吃饭，余遇躺下，任由洁白的月光洒在身上，杨柳岸繁星点点，悬壶月流辉幕幕。

次日一早，余遇收拾好行李，同乡亲们告别之后便启程回家，在回程的车上，余遇想到，仿佛在外祖父离开之后，自己便一直在分别、相遇、再分别、再相遇，不过会重逢的，一定会！余遇联系了林笙，林笙在车站等余遇，余遇出来后一眼就看见了他，裹着黑色的厚棉衣，一只手从另一只手宽大的袖筒里面伸进去，呼出白雾，显然林笙也看见了余遇，伸出双手拼命挥舞着，肉眼可见地兴奋了起来，三步并作两步冲到余遇身边，"小鱼儿你回来了！你总算是回来了！你好久没联系我了，还不让我这边联系你，今早收到你要回来的消息我以为眼花了。"林笙抱怨道，"快回去，我妈包了饺子。"边说边拎过余遇的行李。

"慢点林笙，下雪了，地上滑，别摔着了。"

"不会的，放心吧，跟上啊，小鱼儿！"男生声音清朗，已经长大了。余遇深呼吸了一下，"来了！"

"妈，我把小鱼儿接回来了！"林笙把行李放下，只见林姨从厨房里走出来，盯着余遇，"小姨，我回来了！"余遇笑了笑，"小鱼儿！你总算回来了！先不急，你们快去洗手准备吃饭，一切吃完再说啊！"说着便转身回到厨房，"这可是我们今年第一顿团圆饭啊！"

一切安顿好之后，林笙带余遇看了下这套房子，很亮堂。

"这次回来要再考的吧，小鱼儿，复读去吗？"林姨忐忑地问道，紧接着说："你还在怪小姨吗？"

"别多想小姨，我从来没怪过你，只是我做不到眼看着家没了，回来是要去复读的，还得麻烦小姨给我办一下入学手续，我要参加今年的高考。"余遇握住林姨的手，"辛苦了，小姨！"

手续很快办好，余遇回到了学校，像千千万万个学子一样投身书海中，昼夜不断，只是埋头苦读，其实在过去一年，余遇也没放下过书本，但是好久没有系统地梳理学习过，刚开始是吃力的，只能投入大量时间，三个月之后，知识点已经烂熟于心了，分数也随着一次一次的模拟考稳步上升，时间转眼即逝，高考很快便来临了，林笙专门请假回来陪考，两天日子很快就过去了，只等成绩了。这天，余遇跟林姨提出想回去看看，林笙想要陪她一起回去，余遇拒绝了，自己去就行了，去看看阿爷。

余遇轻车熟路地到了地方，到了外祖那边，余遇一时不知从哪里开始说起，"阿爷，你一生为人果断，最后离开的时候也没留下什么话，家里的房子拆了，我们搬家了，现在住在城里，小姨单位给她调了单位，现在也在城里上班，林笙已经上大学了，现在也是个可以独当一面的大人了，我去了趟克石，那里的乡亲们很友善，对我很好，我把拆迁款给他们留了部分应急，去工厂做了很久帮工，大家都说我很能干的。可是，阿爷，我还是离不开你，也不知道你想不想我，反正小鱼儿很想阿爷，很想很想。"余遇哽咽着，"我还是要去读大学，这可是我答应了你的，国都医学院中医系。阿爷你孤独吗？不会的，爸爸妈妈都在那边，你应该不会孤单的，可是小鱼儿有点孤单，不过就一点点，阿爷别担心……"

余遇坐了一天，絮絮叨叨说了不少，吹了一天风，晚上回去就开始发烧，林姨衣不解带地照顾了余遇一夜，天蒙蒙亮时，余遇烧退了，余遇养了两天病，决定回去看看文瑾，假期在那边挣点学费，说走就走，不过，林笙放假了，非要跟着，便一起离开了。

同一时间，文瑾这边就不是那么欢乐了，其实事情的发展是很顺利的，文瑾成功考上了成人高考，日子猛地忙碌起来，工作和学业两边忙碌，整得文瑾焦头烂额，余遇不在，也没什么人能帮得上自己，文瑾床头那本余遇送她的《宋词合集》已经好久不曾翻看了，这天接到余遇的电话，说要带弟弟一起来看她，连忙做完手中紧要的工作之后，给林笙腾出间客房，文瑾问清余遇到达的时间之后打算出去买点菜，迎面碰到厂长，"文瑾这是干吗去啊？""厂长？这么巧，这不是余遇回来找我玩嘛，我去买点菜招待一下。"文瑾脸上挂起微笑。

"这样啊，你的菜炒得确实不错，周末来家里做饭吧，正好你未来婆婆也在，给我们露一手。"说着还拍了拍文瑾的肩膀。

"有时间我会来的。"文瑾保持着礼貌。

"哎，你这什么态度！你有什么忙的，让你来你就来！作为儿媳给公公婆婆做顿饭怎么了？不乐意了？必须来！做个饭就推三阻四的，以后真进了门还不得骑我们头上啊！必须来！好了，就这样，我还有事。"说罢，便顶着那颗肥头大耳的脑袋神气地走了。

文瑾站在原地，嗤笑一声，接着去做自己的事情了。

晚上，余遇带着林笙一起到了文瑾家中，又是一桌子菜。上桌后，文瑾和林笙两个在余遇的介绍下很快熟了起来，聊了不多一会儿，发现二人性格意外合得来，等余遇反应过来时，林笙和文瑾已是至交好友。一番推杯换盏之后，林笙已经睡死过去，余遇和文瑾二人看着睡死过去的林笙，看了看一桌吃剩的残局，又看了看对方，不约而同地笑了出来，在一阵开怀大笑后，只感到一阵畅快，"吃饭时一直在说我们，你呢？进展怎么样了？"余遇开口问道，微微气喘。

"已经有点起色了，运营和现在的厂子大体上是一样的，不过我准备延长产业链，增强竞争力，总得做出点成绩啊，不然难以服众啊！"文瑾调整了下呼吸，起身扶起喝得烂醉如泥的林笙，林笙这小孩儿酒品还挺好，文瑾心想，"我的事情有点复杂，一时半会儿说不清楚"，文瑾一边扶着林笙去了给他整理出来的屋子，一边跟余遇说道，余遇见状缓缓从椅子上爬了起来，收拾餐桌，"你给他扔床上就成，他酒品好，醉了就睡，厂长后面没再为难你吧？"

"那没有，怎么会？家里出个大学生儿媳给他可长了脸了，宝贝我还来不及呢又怎么会为难我，放心吧！"

"可我觉得厂长那个人……"

"小鱼儿，你快来，看看我养的两条小金鱼，你离开之后第二天我就买了两条，没两周就死了，后面陆陆续续也买过不少，但都没活成，这是我今天去买菜时新买的几条，而且我今天去花鸟市场发现还有黑色条纹的金鱼，怪稀罕的，下次买两条回来养着，你说怎么样？"文瑾拉着余遇到了一个小罐子旁边，兴致勃勃地跟余遇说着，余遇会快就把注意力转移到了金鱼身上。

"是很漂亮呢，那等你有空我们一起去！"

"当然了，你文瑾姐需要，你不得随时陪着？好了，别收拾了，我们先睡觉，明天你先带着林笙到处转转，等我晚上回来我们细说。"

不久后，屋子里安静了下来，喧嚣沉寂，月亮将云拖过来遮挡自己的困倦。

"小鱼儿，文瑾姐什么时候回来啊？"难得林笙玩到兴头上还能记起来文瑾。

"晚上就回来了。"余遇回答道，一边鼓捣着一个简易版的增氧器，罐子那么小，鱼又那么多，当然会缺氧啊，怪不得文瑾姐总是养不活。

另一边，文瑾在厂长家做饭，一道道端上桌，看上去十分诱人，偌大的房子里面只有文瑾一个人忙碌着，其他人坐在客厅嗑瓜子，唠家常，等菜上齐时加上文瑾五个人，却只有四个凳子，文瑾早就料到会有这么一幕，解开围裙放回到厨房里，对着一桌子人说："饭做完了，你们吃好，我先走了。"

"等等！谁让你走了，你要嫁进来我们家之后不用伺候公公婆婆啊？我们都还没吃好你走什么走？"厂长夫人坐在椅子上，肥腻的脸庞上斑驳的水粉痕迹显得是那么面目可憎。

"过来，我要那个鸡翅。"厂长夫人指了指自己对面的一道菜，文瑾攥了攥拳头，调整了下呼吸，走上前去照做，"还有那道，"厂长夫人又指向离文瑾最远的一道菜，"有没有点眼色，想我当年做儿媳的时候，婆婆要吃哪个、吃多少我都是一清二楚的。"桌上其他人都挂着一副事不关己的表情，文瑾了然。

一顿饭下来，厂长夫人被伺候得极其舒坦，厂长见状开口道："去年你说要去参加成人高考，有份学历就能配得上我们富家了，现在考也考上了。这份学历已经是有了，依我看先结婚吧，别耽搁下去了，结婚又不影响你读书。"

"再等等吧，富家不是还没回来嘛，等他回来我们再商量。"文瑾照旧这套说辞。

"行，你一向是个心里有数的。"

文瑾回到家，看见桌子上余遇给她留的晚饭，心中一股暖流流过，仿佛也没那么疲惫了，文瑾摸了摸盘子，还热着，真是让她算准了，鬼机灵。饭后，外面的路灯已经亮起，文瑾和余遇往公园走，"证据还差什么？"厂长脑子并不聪明，只是空有名号，有个当官的哥哥，官当得还不小，当年厂子办得不怎么成功时他那个当官的哥哥挪用了公款，要走了这个厂子的五成利润，因为厂长哥哥的缘故，这个地方的这类产业几乎被这个厂子垄断了，文瑾想要做，只能扳倒厂长，这件事情是文瑾接手财务之后察觉到的。

"还差政府那边的一个文件，拿来比对一下差额，一切就好说了，我就怕时间久远，证据早就被毁了。"文瑾说道，"我觉得自己现在就像个赌徒，如果没办法查，那就只能冒险一试了！"

"什么意思？"

"有人跟我说厂长哥哥有套房子，里面放着重要的文件，钥匙他随身带着。"

"这太冒险了，没有什么是绝对的，相信我！我们会成功的！稳稳当当地来，怎么找那个文件啊？"说着，余遇脑海中忽然闪过什么，"厂长那边是不是催你结婚了？"余遇猛地问道。

"是啊，就知道瞒不住你。"

"我就说你怎么能想到这么冒险的计划，厂长那人本就不是个好相与的。"余遇气愤地说道，一把扯下了旁边的树叶，狠狠地扔在了地上。

"我还能应付，不过也拖不了多久了，他儿子九月底就回来了，我知道一位老教授有查阅的权限，这个教授在国都医学院，"文瑾看向余遇，"小鱼儿，你……"文瑾说不下去。

"文瑾姐不用多说，我知道该怎么做，你说的是崔教授吧。"

"对，你知道？"

"我知道他，之前做过正厅级干部，一段时间之后还是回来做医学研究了，中医领域的专家，我想学的方向，所以了解一些。"余遇往树旁边躲了下，夏天的蚊子又多又毒，接着说道："我记下了。"

余遇被顺利录到了国都医学院中医学系，余遇提前去了学校，跟着师兄师姐们研究中医和西医的结合，余遇总能在一些关键点提出一些有用的意见，加上余遇努力，身边人很快便习惯了这个小师妹的加入，一段时间的相处之后，余遇逐渐显露在中医上的天赋，师兄师姐们看着她的眼神逐渐佩服，她上手太快了，有人问她怎么做到的，余遇说："足够喜欢，足够想要。"

很快崔教授就注意到了这个学生，找了过来，"你叫余遇是吗？听说你想跟着我做研究？"

"是的，崔教授，您是中医学的泰斗人物，跟着您能学到很多，我想所有中医学的学生都想来吧。"余遇站直了身体。

"你们研究的那个方向我知道，虽说还有些稚嫩，不过也很不错了，你要是能做出些成绩来给我看，我就收你这个关门弟子怎么样？不会觉得条件苛刻吧？"崔教授故意说。

"这是应该的，不过，在这之前我想请教授帮我个忙。"之后余遇把事情的详情简单地讲给崔教授听，"所以我们现在需要一个像您这样的人帮我们去找一下那个时期的档案记录。"余遇话罢，崔教授便提出了问题，"帮你这个忙也不是不可以，为人民我也该去查查，但到时候你若是沉迷于挣钱，我岂不是竹篮子打水一场空了？"崔教授越说越气愤，就差没指着余遇的鼻子骂了，余遇连忙说，"不会的，教授，这是我姐姐的事业，不是我的，中医是我前面很多年的目标，我永远不会放弃的，您大可放心，我可以对您做任何保证，势必将一生投入到中医当中去！"崔教授盯着余遇看了半晌，说，"好！我答应你了！不过你要给我做两年免费助理，还要保障成绩在年级前列，并可以成功保研！"

"没问题教授，那麻烦尽早帮我查一下，拜托了！"

富家突然提前回来，厂长决定将耽误许久的结婚一事提上日程，证据的收集迫在眉睫了，文瑾那边还没有消息，文瑾决定冒一把险。

晚上，文瑾在厂长家做了一桌子菜，准备了些酒水，厂长哥哥一家吃饭。

"马上就要嫁到我们家了，是吧？"厂长哥哥发话了，"结婚后赶紧生孩子，多生几个，给我过继个儿子"，厂长哥哥不孕不育，没有自己的儿子。

"会的，结婚后我会好好孝敬公婆，当然还有您。"文瑾恭敬地说道，"来试试这次的饭菜合不合你们的胃口，空腹喝酒容易醉。"

厂长哥哥很是喜欢文瑾的态度，大手一挥，说道："先喝酒！这点酒怎么会醉！今晚给你们露一手！"说着一杯白酒下肚，面不改色。

"哈哈哈，哥哥好酒量，来，我们碰一杯"，厂长也举起杯来。

上钩了——

"来，文瑾，你怎么不敬哥哥一杯？"

"富家让我待会儿去找他，还是不了，你们喝尽兴！"文瑾拿出一早准备好的说辞，一番推搡下文瑾还是被灌了酒，大家都吃得差不多了，文瑾看着桌上喝得东倒西歪的两人，又看了看远处的厂长夫人一行人，揉了揉太阳穴，扶着桌子站了起来，手摸向了厂长哥哥腰带上的钥匙串，取下，装上，一气呵成，趁众人不注意溜了出去，她查到厂长哥哥还有套房子，很多重要的资料都在那边，离这边不远，文瑾直接打车到了目的地，开门进去便开始翻找，极度紧张的她根本没察觉到今晚的一切好像过于顺利了，门突然被打开了，文瑾难以置信地回头，还没来得及看清楚来人是谁，就被人一脚踹倒，紧接着一阵拳打脚踢，剧痛袭来，文瑾听到厂长和他儿子，一行人都在，边打边骂，"你还真是贼心不死啊你！打死你！"文瑾的意识逐渐恍惚，隐约听到了林笙的声音，林笙冲过来推开厂长把文瑾护在身后，"警察马上就来！我劝你们……"文瑾彻底昏过去了，就这样了？怎么办，不甘心啊。

崔教授很快查到了文件，发现他们可不止做了挪用公款这一件缺德事儿，连发给贫困户的政府补贴也贪！"贪污腐败不可取，他们如何对得起人民？得给人民一个交代！"说完便去打电话举报，余遇这边托林笙送给文瑾，林笙到了后怎么打文瑾电话都打不通，便打电话给余遇，余遇得知后惊慌失措，忙跟林笙说了个地址让他快点赶过去，随后很快报警，丢下手头的事情就联系了崔教授。

"小鱼儿，快来！文瑾姐醒了！她醒了！"说着便按响了病房床边的叫铃，余遇很快进来，"小鱼儿？"文瑾艰涩地出声，余遇给她倒了杯水，"先喝水润润嗓子，你睡了没多久，也就一个月，这次可得养很久了，厂长，哦，现在没厂子了，他们被查封了，有崔教授在你就放心吧，不过，文瑾姐，就差一点儿，差一点儿你就要被那群牲口打死了！我该快点的……""是啊，文瑾姐，你都不知道我找到你的时候你满脸都是血，吓死我了。"林笙心有余悸地说道，"下次可别再做这么危险的事情了，我们会担心你的"。

"文瑾姐，你现在有我们，我们是你的家人，不能什么都那么拼命了，知道不"，文瑾轻轻点了下头，说了声好，没多久又睡过去了，一切尘埃落定。

余遇在结束一天的实验之后回到家里，文瑾的事业越做越大，不久前，还在国都医学院附近买了个大平层定居在这边，日子是越发安逸了，余遇接到克石村的电话，说近两年收成越来越好，政府还给村里修了公路，王婶他们家搬去了城里，她儿子就是村里供出来的大学生，政府还给办理了助学贷款，村里更多的孩子都要去读大学了，乡亲们都很开心，日子是越来越滋润了，好几家人都买了电视。余遇笑着恭喜。

余遇时不时会去医院坐诊，她和崔教授去年发表的《细数中医推拿学的若干好处》已经逐渐普及开来。

林笙毕业后跟着文瑾工作，是文瑾工厂的专属设计师，朝夕相处下两人逐渐互生情愫。

晚上林笙回到家，"回来了，快来帮忙包饺子！"林笙抬头看向出声处，竟然是妈妈！

"妈！你怎么来了！"林笙惊喜地跑进来，

"余遇接我过来的，说要过个团圆年！你啊，还这么冒冒失失地怎么娶媳妇啊？"林姨意味深长地说道。

"妈，你说什么呀！我去洗手包饺子！"林笙慌乱地跑进屋里，把大老远从那个小房子取回来的《宋词合集》放到了文瑾卧室。

林姨和余笙互相看了眼，扑哧一声笑了出来，"余遇过来看看我这个饺子包得怎么样？"崔教授又喊余遇，他无妻无子，在帮文瑾之后打心底里心疼这个孩子，便认下了义父义女，按他自己的话来讲，文瑾无父他无子，况且自己都这把年纪了，也想享受享受天伦之乐啊。

"对呢，爸"，文瑾抬头看向那个"饺子"，"不过，可以试试这样……"

窗外的烟花闪起，鱼缸里一条黑色条纹的鱼很是显眼，这个冬天似乎格外温暖些，静待来年迎春花开。

作者简介

王思茹：女，宁夏师范学院文学院2021级汉语言文学专业学生。

掉下山坡的羊

李若岩

一

天上的太阳灼热地烤着大地，在大山的山沟里，有一堆白点在慢慢地移动着，仔细一看，原来是几十只羊组成的羊群。跟在羊群后面的羊倌儿李占禄腰里别着一只羊铲，系在羊铲杆上的半条毛绳在空中一荡一荡地摇着。他年纪没多大，估摸着也就二十多岁，只是皮肤由于长时间地放羊，已经晒成古铜色，额头由于常常皱着眉头，已经长满皱纹，如同这山里的沟沟渠渠，看起来要比二十岁大很多。临近中午，他想找一个阴凉的地方吃点干粮。他看见一块田地的对面有一棵榆钱树，他用羊铲铲起一块土，打向头羊，让它领着羊群向榆钱树那边走，他也慢慢从田里走向那棵榆钱树。六月的阳光晒得土地表面结了一层薄薄的干壳，踩破了那层薄壳，热热的沙土直往鞋壳里钻。他强忍着几步走到榆树下，才脱下鞋子，把里面的沙土倒了出来，又从包里翻出半只糜面馍馍咬了一口。

榆钱树上能吃的榆钱儿已经被人揪光了，显得树冠稀稀落落的，遮不了多少阴凉，坐在树下的李占禄还是能感觉到火辣辣的阳光晒在他的脸上。他不禁觉得自己像是被浇了热油的辣子。想起热油辣子，他就想起白面馍馍夹辣子的美味来。刚蒸熟的白面馍馍还冒着热气，用手撕开，手指头按的地方立马凹下去一块儿，一松手又弹回来，像是年轻女娃的皮肤。一股麦香顺着白气儿冒进鼻子里，一口咬下去，松软地陷下去，可到最后一股子筋道劲儿又顺着牙弹回来。配上刚泼了油的辣子，一股又咸又辣的香味顺着嗓子眼儿直顶到鼻腔里，那才叫一个美哩。李占禄咽了一口口水。

突然，他被一阵羊叫声从油泼辣子中唤醒，他看见一只白影在土地的尽头奇怪地扭动着。还来不及他有什么反应，只见一阵土烟腾起，那道白色的身影笔直地向前倒去。他急忙爬起来走近一看，原来土地的尽头处有一个土埂子，埂子边上有几株草，羊站在土埂子边上吃草，结果土埂子边上是浮土，羊没站住，从土埂子边上掉了下去。他蹲在埂边上小心翼翼地探出头往下一看，这只羊在坡底努力地想站起来，已是不能，抽搐了没几下，就四脚直直地不动了。李占禄有些呆了，朝下愣愣地望了一阵，慢慢站起身来，找了一个缓坡朝羊走去。

二

李占禄已经记不清是如何把一只几十斤的羊扛回村子里去的，也许羊吃得不肥——正是青黄不接的时候，羊哪有什么东西吃呢？或是自己太开心了？扛着几十斤羊肉回村，和劳累了一天，背着一篓子猪草回村的心情总是不一样的。

天开始暗下来，远处的山峦好像和天上的云融为一体，渐渐地又都暗了下去。老支书家好久没亮的老灯泡却亮了起来，在灯光下可以看到，从一只黑铁锅里正源源不断地升着白色蒸汽，一堆男男女女在老支书的院子里进进出出，几个小孩子在地上趴着，摸着黑，借着村长家的灯光，用杏核"抓五子"（一种西北地区的孩子们常玩的游戏）。几十口子人轰轰隆隆地响成一片，李占禄竖起耳朵想听听他们在说什么，可是总听不真切。这几年年景不好，李占禄已经记不清上次大家这么热闹是在什么时候了。几个上了岁数的老汉聚在一起过烟瘾，在黑夜中旱烟的火星一亮一亮的，像是一只打瞌睡的兽的眼睛。李占禄正在愣神间，突然听见有人喊："娃们，抢骨头来！"几个小孩儿赶紧摸黑把杏核抓起来，也顾不得拿没拿全，一窝蜂地往院里跑。院里放着两张课桌，那是村长开会的时候用的。一张桌子上面放着满满一锅肉和一个瓦盆，另一张桌子上面放了一个大搪瓷盆，盆底绘着胖娃抱鲤鱼的图案。

老支书站到两个桌子面前，撸起袖子，拿起一块肉，麻利地用手把肉撸下来，放到旁边的瓦盆里，随手把剩下的羊骨头扔进旁边的大搪瓷盆。几个孩子挤在一起，头顶着头纷纷去抢搪瓷盆里的骨头。村长的手很细，连一些软骨也掰了下来，剩下的羊骨头上只有一些贴骨肉和难以撸下的肉筋。最香不过贴骨肉，肉筋也很有嚼头。孩子们是村里的宝，大人们总倾向于把一些好东西明里暗里地给孩子们。在大人眼里，孩子们天然地沾着一股喜庆劲儿。李占禄站在门口，快活地看着一帮孩子们头挤头地围在一块儿抢骨头吃。他想起来自己曾在山洼里，也看到过一群小狼围着一只兔子吃，也是这么围着、吃着、闹着，这样活泼的吃法往往意味着生命能够健康地活下去。

高高隆起的羊肉慢慢消下去，旁边盆里撸下来的肉却在一点点升起来。老支书把锅底最后一点儿碎肉用手撮起来，放到旁边的瓦盆里，在瓦盆里倒上满满一碗香菜、葱花，又撒了点盐、香料，开始用手搅拌起来。在他的面前迅速聚集起一群拿着盆、碗等家伙什的人。老支书开始飞快地给大家分肉。他微微抬起眼皮来，看清来人，就把盆里的羊肉捏起一坨来，放到来人的碗里。老支书当了十几年支书了，各家各户什么情况心里都清楚。肉很快就见了底，他把自己的儿子叫过来，从妻子手里接过装着羊头的碗，吩咐儿子把羊头送给村东的王老太爷家里去。王老太爷年轻时先后丧妻丧子，家里就孤家寡人一个，年龄又大，今晚分羊肉也没有来，就在家看门。李占禄从老支书手里接过一碗羊肉，就蹲在老支书家的院里慢慢地吃起来。看着大家接过羊肉时脸上的笑容，李占禄觉得很开心。他从小父亲被抓了壮丁，母亲染了病，不久就去世了，他是被乡亲们拉扯大的。他小时候给别人放牛、放羊，公社化运动后大队里就给他分了一个放羊的活。放羊相对来说是一个比较轻松的活计，这里面也包含着大家对一个孤儿的关照。他觉得帮了大家伙一点，觉得很高兴。他抬头望着天上的星星。他觉得星星也在快活地跟自己眨眼。

三

李占禄坐在坡上，看着不远处凌乱的麦田，心里一阵抽搐。村里的冬麦让一场冷子（西北方言，即冰雹）打得什么也没剩下。村支书让人去田地里捡了一些麦穗，又派人去县里借粮食。可是李占禄心里清楚，这年头哪里都不宽裕。哪有那么多粮食呢？一段时间后，村子里的人就明显饿瘦了，大人还好，都受过穷光阴，饿一阵还能吃住劲儿，孩子们就不一样了，饿字就差写在脸上了。晚上也看不到他们在碾谷场那边玩，偶尔能在山里看见几个小孩儿爬上爬下找吃的的影子。远远望去，只有几个小点儿，模模糊糊，像是和山融为一体似的，一会儿就消失了。

李占禄呻吟似的叹了一口气，那几个小小的身影总是在他心里爬上爬下。他是放羊的，山上还有没有吃的，他还不清楚吗？别说苦苣菜、蕨菜之类的野菜，就连又酸又涩的青杏儿都让人揪完了，哪还有什么吃的？他心里又想起吃羊的那天晚上孩子们像小狼一样啃羊骨的样子。想到吃羊，他眼光又不由自主地转向了那群羊，一时间，一个念头充斥着他的脑海，他的心紧张得"砰砰"跳了起来，他一咬牙站起身来，眼前有点发黑，脑子里有点晕乎乎的。他心虚地往四周看了一圈儿，他放羊的地方在一个偏山沟里，和村里人的地隔了几座山。饿了一段日子，大家都不愿意动弹，谁没事会跑到这个偏山沟里来呢？

他慢慢朝着山坡上吃草的羊群走去，他看见了一头在山坡上吃草的羊，他悄悄地打量着这只羊，发觉它看起来和之前掉下山沟的那只羊差不多。他慢慢地朝那只羊走去，旁边就是一段土崖，他抓着羊颈毛把羊慢慢推到土崖前。那只羊睁着一双大眼睛全然不知危险的来临。看着那双眼睛，他不由想起了小时候村上请戏班子演的秦腔《铡美案》里的秦香莲。他吃百家饭长大，也许是受了人间的温情，他从小就不愿意因为好玩杀死什么东西。小时候和他同龄的孩子总是抓些虫子放在水槽里淹死，用来喂他们的小雀；要么在癞蛤蟆抱对的时候，用削尖的木棍将它们扎个对穿，一块儿挑在木棍上。他从来不做这些事。他只是在下雨的时候，抓几只"马铡草"（一种昆虫，因嘴部有钳状口器而得名），看它们用嘴巴旁的大钳子把草根夹断，看完后把它们放到草丛里，看着它们一扭一扭地消失在草丛里，就觉得很高兴了。

望着这只羊，他心里又开始犹豫起来，他能感觉到自己的手开始出汗。他又不由自主地想起收音机里那些破坏公共财产的新闻，随之而来的还有那个可怕的字眼。这年头公共财产好像比什么都重要。可是人要是都饿死了，谁还来生产？他想着，大不了以后想办法还上就是了，就算是借的。想到这里，他又放心些了，不管什么时候，日子过不下去，借些什么东西总是不犯法的，也和那个可怕的字眼扯不上什么关系。这么想着，他咬了咬牙，手上加了加力，把羊往土崖下用力推去。那只羊似乎也终于预感到了什么，开始大声叫了起来，叫声格外刺耳。李占禄吓得猛打了个寒战，平时听起来温润的羊叫竟在此时变得如此刺耳，好像在山沟里传出去很远。快三伏天的天气，他身上竟然一阵阵地发寒。他又急又怕，赶紧向远处望了望，还是一个人都没有。羊还在颤颤巍巍地用身体抵李占禄的手，在山坡上小心翼翼地保持平衡。李占禄猛地用膝盖一顶，羊叫着从山崖上直直地坠了下去。

晚上分肉的时候，李占禄好像还没回过神来，他特别怕有人问他羊怎么又从崖上掉了下去。不过，幸好没有人在意这件事，大家只在意又能吃上羊肉了。人在饿的时候总是不愿意去想太多的事情。他恍惚中总觉得能听见那只羊坠下土崖时的尖叫，人群中也似乎有一双眼睛用异样的目光审视着自己。他缩在墙边的阴影里，把头埋进羊肉碗，很久，才小声地吸着碗里的羊汤。

四

他觉得自己不能再这么干下去了，不能在不到两个月的时间摔死三只羊。大队上从来没有发生过这样的事。可是张家婶昏倒的样子在他心里始终挥之不去。张家婶家人口多，两天前就断顿了，之前一直靠着大家东一口西一口地接济。可是一大家子人，这样仨瓜俩枣的怎么过得下去？张家婶人好，做饭的时候，也从不往自己手里抠下一点儿，塞进自己的嘴里，都给了她的婆婆和一双儿女。今天早上，张家婶终于支撑不住，打水时倒在了自家的水井旁。张家婶是个好人哪！他脸上露出痛苦的神色。他想起有一年冬天，山上的柴让人拾完了，他家的一口烂窑冷得像冰窟窿，一拽被子能拽出冰碴子来。是张家婶子把他拉到自己家里，连住了两个多月，直到第二年开春才把他放回去。"似这样救命之恩终身不忘，俺胡某讲义气，终当报偿。"这句"沙家浜"里胡传魁的唱词不知道从什么地方冒出来，直钻到李占禄心里，刺激着他的心脏。

他心里一直不停地告诫自己，这是最后一次了，最后一次了。他望着河湾里的那座小庙，之前"破四旧"的时候，小庙让人毁得只剩下半间破房子，可是大队上有人闹灾闹病的时候，总有人偷偷在趁夜去庙里磕头。他捡了几个土疙瘩当做贡品摆在前面，朝着庙的方向磕了几个头。他嘴里一味地小声念叨："保佑保佑"，可他也说不清楚到底要保佑什么，是想保佑他摔死羊的事不被人发现，还是保佑村子里的灾荒早早过去？

李占禄下去拾羊的时候，突然听见有人在背后叫自己。李占禄吓得猛一缩脖子，回头一看，是村子里的二流子田庆丰。他是村子里有名的好吃懒做，干活磨洋工，吃饭端大碗，大队里没有不嫌他的。他脸上笑嘻嘻地看着李占禄，手上拿着一个黄鼠套子。李占禄明白了，这家伙又偷奸耍滑，不出工，想来山沟里抓只兔子什么的，结果碰上自己了。他是刚来的，还是来了有一阵了呢？他看见我把羊摔死的事了吗？

李占禄决定先探探他的口风："庆丰啥时候来的？今儿个没上工去吗？"田庆丰笑盈盈地看着李占禄开了腔："我今天懒得去上工，想来这抓只黄鼠。你小子胆怪大，我说怎么最近队上老宰羊吃，原来都是你干的好事。"李占禄顿时感觉天塌地陷，完了！让人看见了！李占禄心怦怦地跳，那个可怕的字眼堵着他的脑子，过了好久，才从嗓子眼儿抠出几个字："没粮食了……我也是为了大队上的人……"田庆丰依旧笑着说："你别害怕，害怕什么呢？羊杀了就杀了，咱们两个兄弟熟得米汤气，我还能把你怎么着？这么说你是把羊杀了，到大队里分肉吗？"李占禄像抓住救命稻草似的点了点头。"好兄弟，你糊涂呢，常言说得好，有个再一再二，哪有个再三再四呢？这才几天，死了三只羊，瓜子（西北方言，即傻子）都知道是怎么回事儿了。""那你说怎么办？"田庆丰又笑了："咱兄弟两个晚上到后山，偷偷把这羊肉解决了，谁都不晓得不就行了？"李占禄心里气极了："这是公家的羊，哪能落在私人口里呢？"田庆丰也变了脸色，眉毛一拧，说："你还晓得这是公家的羊！你把羊给大队里的人一分，人把肉一吃，嘴一抹，出了事儿找谁？到时候还不是找你吗？事儿干了都干了，好处给别人一分，责任自己一担，你比雷锋还雷锋！"李占禄让他说得脸上红一阵白一阵，最终还是咬着牙，说道："不管咋说，公家的羊落在公家口里，怎么样都合适，事情出了我担着。我是村里的人拉扯大的，到时候剐呢、毙呢，我受着就是了。"田庆丰还想劝劝李占禄，见他转身就走，狠狠骂道："让你走好路，你犟得跟驴一样，偏在死路上蹦得欢！"李占禄装了个没听见，转身走了。

傍晚，李占禄扛着死羊回村时一直放不下心："田庆丰把事情都说了吗？"他硬着头皮一直走到村长家院子里，把羊放在地上，又把村长的儿子叫了出来，安顿他给村长说一声。转头就走了，连羊是怎么死的也没说一声。不到俩月摔死了三头羊，说出去谁信呢？再说些瞎话，反而让人觉得硌硬。李占禄蒙头往家里赶，路上碰见一个同村的人，想了想，还是壮着胆子叫住了他。李占禄连头都不敢抬，小心地问他："田庆丰回来没有？"那人点了点头，说回来了。李占禄偷偷抬头看了看对方的脸色，见他神情没有什么异常，又问："那他回队上说什么没有？"那人疑惑地看了看李占禄说："没有啊，今天他没上工，回家的时候在大队部绕了一圈就回去了，什么也没说。你老打听那个二流子干啥？"李占禄赶紧说没什么，转头走了。他心里一阵轻快——田庆丰回来没说羊被摔死的事，就说明他没那么想揭穿自己，是呀，说破了也对他没有什么好处，我李占禄又不是为个人。年景穷得没饭吃，集体的羊集体吃了有什么罪过？眼下大家心里恐怕都猜了个八九不离十，但只要不捅破那层窗户纸，怎么着也能过去。

李占禄在家里的土席上静静地躺着，屋里也没个灯，随着天色一点点暗下去，李占禄的身影也变得模模糊糊。他没去村长家坐着，他不敢再去人群中体会那份热闹和喜悦了，他害怕大家对自己的猜测和异样的眼光。有时候，做好事得到的煎熬可能比做坏事的煎熬还多，这是没办法的事。"很快大家就会把这件事忘了，我再也不杀羊了。"他这么安慰自己。

好不容易挨到天黑，约莫到分肉的时候了，他从土席上跳下来，往老支书家里赶去。不是非要馋那一口羊肉，只是觉得不去更显得此地无银三百两，也想再去听听大家的口风。李占禄一路上提心吊胆，他想着各种可能出现的场景，他惴惴不安地想着自己的下场。他心里幻想着田庆丰蹲在地上，一边大口地吃着羊肉，一边用阴毒的眼光看着自己，但除此之外什么都没发生。大家吃了羊肉各自散去，还和以前一样什么事都没有。他打定主意，自己今晚饿一晚上，把自己的那份羊肉让给田庆丰，再给他说两句软话，事情也许就能这么过去。

还没到家村长家门口，就看到村长家院里人影绰绰地围着一块空地。李占禄原以为大家是在围着分肉，心里刚放下心来。走近一听，一个尖锐的声音乍然像一根针刺进他的心里，他的心顿时缩成一团。他循着声音一看，果然是田庆丰。他一只手端着一碗羊肉，一只手指着老支书嚷嚷："羊是李占禄故意弄死的，说了半天，你不信！大队这几年摔死过羊没有？他当羊倌俩月摔死了三只羊！你拿脚后跟想想能有那事吗？今儿个我去抓黄鼠，他让我当面逮住了，不然你们都以为天爷降下乌纱帽了，叫你们一个个天天吃肉！我原本想着都是一个大队上的，多分我几斤羊肉算了，一个个的都不识好歹。我不安生，你们都别安生！我告诉你们，这事我非告到公社里不可！叫你们都给我好好吃羊肉，把你们一个个都美死了！"

剩下的话李占禄没敢再听，转过身就往家跑。乡下的夜晚黑漆漆的，什么也看不见，他却总觉得有什么东西在后面追着自己。跑到了家，他才发现不知道什么时候鞋已经跑掉了一只。他躺在土席上，大口喘着气，想起小时候有一次给人放羊，在山里挖土灶台，玩到天黑时才从山里往回赶。空无一人的大山里只听得见他和羊的脚步声。正走路时，他突然听见有人在他背后小声地笑，他吓得摸着漆黑的山路一口气跑回了家，连羊也没顾上管，第二天清早，他才出去顺着原路找回羊。长大后，他才知道那是一只猫头鹰的叫声。现在那些在收音机里听到的罪名和那个可怕的字眼，像是小时候那只让他失魂落魄的猫头鹰，在他的心里死死地盘旋。他难过地把头埋在臂弯里。靠着墙小声地抽泣，像是被母兽咬疼、呜咽着的小兽。

不知道什么时候，他睡了过去，又不知过了多久，他感觉有人轻轻地在推他的背，他抬头一看，被突如其来的灯光刺得睁不开眼，等眼睛适应了眼前的光亮，才看清来人是老支书。老支书看着这个泪水在脏脏的脸上留下两道鲜明泪痕的年轻羊倌，轻轻叹了一口气。他把拿来的一碗羊肉轻轻地放在土席上，沉默了半晌，才低低地问道："禄娃儿，那羊真是你弄死的？"李占禄不敢抬头看老支书的眼睛，低下头，吸吸鼻涕，说："第一次不是，剩下的两次都是我弄死的。"老支书看了看他，缓缓低下头，把头点了几点，说："国家这几年情况苦，村上又遭了灾，难为你了。"说完，又抬起头，轻轻摸了摸李占禄的肩膀说："你不要怕，万事有我呢。公社来人问你，你就咬死说羊都是摔死的，再问啥你都不要管。"李占禄点了点头。老支书再没说什么，直起腰拿着手电筒慢慢迈出了门。

五

李占禄提心吊胆了几天，什么事儿也没发生。他开始侥幸地想，也许田庆丰只是说说气话，没有告发他？这天李占禄像往常一样把羊赶回大队的羊圈时，看到羊圈旁站着一个戴着眼镜、拿着红本本的中年男人。他正在一边翻着红本本，一边看着羊群，缓缓点头，像是在数羊的数量。再一看，他旁边站着村支书，李占禄的心开始狂跳起来——公社里派下人查羊的事儿了！他的大腿开始发软，手也开始不听使唤地颤抖起来，他感觉自己已经快要跪下去。这时候他听见老支书朝自己喊："禄娃儿，公社里派人跟你说几句话，你先把羊圈好再过来。"听见老支书的声音，李占禄心里安定一些了。杀人不过头点地，怕啥哩！你杀羊时的胆气哪里去了？李占禄把羊都赶进圈里，咬咬牙狠狠将羊圈门用木棍别住，直起身来地朝那个男人走去。

那个男人说话倒还挺和气，看着他问："你是这个大队里放羊的？"李占禄赶紧回答说是。他又问："你们大队上的人上公社告你说，你把羊弄死，给队上的人吃肉，有这事儿没有？"李占禄看了看村支书，硬着头皮说："羊是摔死的，我就扛回来给大家吃肉，我没有杀羊。"中年人听了也没有什么太大的反应，又问了一句摔死了几只羊，李占路回答说三只。他翻了翻手中的红本本，冷不丁地问了一句："三只羊是一块儿摔死的吗？"李占禄刚要回答，村支书连忙抢着回答："三只羊是一块儿摔死的。姜会计，我刚跟你反映过情况了。这几天下冷子夹雨，土松了，羊挤在一块儿上吃草，土没承住重，三只羊一块儿掉下去摔死了。"姜会计听了，回头跟老支书说了句："这要算生产事故，以后再有这样的情况，你要给公社里打报告，等公社处理。你们这个负责养羊的人也有一定的责任，扣掉几个工分，换个人干吧。"说完把红本本夹在腋下，转身就要走。村支书连忙说："姜会计，留下吃口饭吧。"姜会计摇摇头，回绝说公社还有事等着处理，他要连夜赶回去，就不打扰了。说完转身慢慢往山坡下走去。

李占禄松了一口气，这才觉得背后湿漉漉的。村支书瞅着姜会计走远了，才拍着李占禄的肩头笑了笑说："这一关算是咱爷俩过去了，你以后别干羊倌儿了，明儿我把你编到我的生产队里，给你派些零散活计干，也就是了。"李占禄看着关怀他的老人，嗓子里好像有什么被哽住了，一股热流从他的心里一直溢到眼眶，他只能低下头，低低地"嗯"了一声。

李占禄跟在村支书后身后，慢慢朝山坡下的村庄走去，西边最后一抹最艳丽的余晖也慢慢消失在群山尽头。被群山怀抱，冒着炊烟的村庄，好像是一位温柔的母亲，张开怀抱，等着他最爱的幺儿归来。

作者简历

李若岩：宁夏师范学院文学院汉语言文学专业学生。

飞翔的鸡蛋饼（节选）

何　昊

　　现在，痛苦已经开始自由活动，从他肿胀的小腹扩散到了整个上半身。先是呻吟，后来是呼喊，好像要把痛苦全部从喉咙里押送出来，但仍无济于事。只有他能感受到，这种近乎哭号的呼喊只能代表着痛苦，轻松二字，悲观得永远不可能到来，除非他疼到晕过去。十分钟过后，这个使人无法分别好坏的愿望实现了，他晕了过去。

　　先前，他只体会过睡梦中让人发笑的美好，昏迷时的梦境让人发怵。这个梦又带他回到了那个绝望的下午。

　　那天，太阳大得让他隔着后来拿到的 X 光片都无法直视，即使是眯着眼也很难办到，就像犯了错的孩子不敢直视母亲看起来异常凶残的眼神一样。蓝天比海水要蓝，白云比海盐要白，虽然他还没有见过大海，但他是这样想象的，现在只有想象力是自由的，他要抓紧想象。他打算病好了之后去海边旅游，到那时，心情应该要比这天的天气还要明媚。

　　三个小时后，比漆黑的云还要丑陋的灰暗的云在天上叠了不知道多少层。太阳不同往日的胆小怕事，躲躲藏藏，钻进了灰云。

　　"恐怕天上再长出九个太阳也刺不透这云。"他这样想。从医院出来后，看见这个愁眉苦脸的不公的天，刘帆杰的心情已不是刚才医生告诉他一番话之后的惊恐，而是正像这天一样暗了下去。

医生告诉他是肝癌，发现得太晚了。跟他以前听电视上说得一样，肝子是个十足的哑巴，犯了病也不会喊疼，喊疼的时候，就是哑巴死前的挣扎。

那时家里穷，敲一个鸡蛋要烙十张饼，每张饼里都要掺着一大半的麸子粉末和糠面，鸡蛋是家里最珍贵的食物，宝贵的鸡蛋母亲总是留给刘帆杰去敲，母亲知道他最喜欢听鸡蛋去碰撞案板的响声，母亲还告诉他，以后有钱了就买只母鸡，天天给他下蛋吃，刘帆杰使劲拖了口饼子，对母亲说："买两只！"

母亲笑着说："行，买两只，一只母的，一只公的，一只下蛋，一只打鸣。"

"公鸡一打鸣，母鸡就下蛋，哈哈。"刘帆杰也幸福地笑着说，仿佛愿望马上要实现。

噩梦过后又是一个黑夜，他抬头望着月亮，想起了母亲，尽力将打转的泪水消化在眼眶里，透过清澈泪水的月亮那样朦胧，就像个被拍扁的鸡蛋黄。

泪水还未全部消化，他又走进了屋子。

他瘫倒在地，耷拉着眼皮坐在那里，半睁的眼睛中映着十四寸黑白电视里的雪花点，一闪一闪。

跪到母亲坟前，想起母亲给他留的那七千块钱，自己看病都没有舍得取出来，现在却要用来自杀，刘帆杰苦笑一声，磕了几个响头，磕完最后一个头，他猛地抬起头来，起身后便匆匆走了。

在车上，他感觉到肚子里又进来了许多空气，他感觉肚子里塞了几只气球，他感觉那几只气球被人拿针扎爆了，他感觉气球爆炸的碎片在他的肚子里四处飞溅。他像吃撑了一样揉着肚子，痛苦得如坐针毡，腹水随着这辆松花江三轮摇晃的节奏一起晃动。他将刚才吃的卤牛肉一口喷到了他随身携带的塑料袋里。

太阳像刚刚成熟的橘子一样新鲜，离这五公里的汇渠水依然迅猛地往北边冲去，刘帆杰看了眼路旁伸着懒腰的花狗，抬头望了望一路南下的杨树，叶子都还在树上好好地待着。刘帆杰的嘴角微微上扬，泪水滂沱下落。

刘帆杰看着车窗外刚放学的小学生们背着书包走走跳跳，回忆起了马小芳那张模模糊糊的脸和她那盒五颜六色的水彩笔，她是唯一愿意和刘帆杰一起玩的女生，刘帆杰那时很内向，但仍然可以放胆去向马小芳借水彩笔，马小芳按住刘帆杰的手，在她咯咯的笑声中给刘帆杰的手腕上画了一只腕表，刘帆杰当时本能地挣扎了几下，但后来将那块栩栩如生的黑色腕表视若珍宝，一直舍不得洗掉。

刘帆杰又看到那些小学生被王齐宁的二手皮卡远远地甩在了后头，变成了一个个黑点，黑点慢慢变小，不知道何时完全消失殆尽了，就跟那块腕表一样，最后不知去向。

作者简介

何昊：宁夏工商职业技术学院商贸学院2020级电子商务（2）班学生。

永夏城（节选）

梁艺璇

"疯子"是一个毒贩的外号，那人性格暴戾，行事张狂，和他接头的上下线都要忌惮其几分。

是疯子夺走了老李的生命。

许是被老李带大的原因，李恩奇从小就要比同龄人早熟，对周围的观察力和敏感度也更强。她不知道父亲离开那天为何要让他穿上那件外套，也许对未来早已有了预感，李恩奇却强行屏蔽掉内心的不安因素，因为老李一直说到做到，"很快回来"就一定会回来。

何况还有洛川在他身边呢。

也是那天他们走后，李恩奇才回想起来父亲曾提起洛川，局里新调来个后辈在跟着自己做事，年纪轻轻就参加过多次重大任务，有着不称年龄的沉着冷静，查案跟不要命一样，够狠够果决。老李对他赞不绝口，"这小子不简单，他身上那股劲儿，简直和我年轻时一模一样。"

老李最终没能实现他对李恩奇的承诺。父亲的葬礼上，她见到了姗姗来迟的洛川。惨白灰败的面孔令眉骨的伤口都失了血色，洛川张了张青紫的嘴唇，没能发出半个音节。李恩奇冷冷地看着他，不过两个月，洛川就仿佛瘦脱了相，满目血丝，浑身伤痕，哪里还有一点老李说的样子？她讶异于自己对这个没看清相貌的男人印象如此深刻，以至于再回想起来，那个安慰的笑容却变得无比讽刺。

她始终无法释怀的是，洛川还活着，老李却没能回来。

李恩奇从未如这般厌倦生活。回家后，她感到胃部饥饿地叫嚣，拧开煤气却没有了下一步动作。年久失修的管道裂开一条缝，露出的气体发出"嘶嘶"声。李恩奇站着没动，良久，她关闭门窗，拉上窗帘，躺在床上沉沉睡去。再次醒来就是在医院里，身旁是红着眼睛、形容憔悴的洛川。

葬礼结束了，生活却没有。李恩奇就当老李出了一场永不结束的任务，她还和以前一样，一个人上学，一个人回家。洛川也好像消失了。但李恩奇的家门口隔三差五就会出现一些零食水果和日用品，上下学的路上也总觉得有人在跟着自己，回头看时却什么也没有。

这种如影随形的感觉持续了很久。有天放学时，李恩奇特意避开人群，绕远路回家。果然，一路上都没人再跟着自己。北方的冬天格外漫长，天黑得早，街上没什么行人。远远地，李恩奇看见家附近的巷子口闪着一点光，忽明忽暗，像燃着的香烟。她鼻子忽然一酸，眼泪差点夺眶而出。之前老李偶尔接她放学，也会在巷子口抽根烟再进去，怕呛着她。

李恩奇小心翼翼地靠近，若隐若现的光影间，洛川的脸庞半匿于黑暗，眉宇间浸透着不合时宜的沧桑，黑漆漆的眸子望向来人，他沉默着掐灭了烟。

"以后别走那条路了，天黑，不安全。"

李恩奇默默地注视着他。洛川递过来一个残留着余温的纸袋，"有些凉了，回去热热再吃。"

"那些东西都是你买的？"李恩奇没有伸手，安静地看着眼前的男人。距离上次见到洛川过去了很久，和在父亲葬礼上不同，他身上的伤都已愈合，但眉骨上的疤痕仍清晰可见。朦胧的灯影里，洛川肩头仿佛落满白雪，眉间器宇轩昂不再，粗粝的面孔上满是胡茬，深陷的双眼却和以前一样亮得出奇。

他仍然是老李口中那个"厉害的小子"，只是他好像不再年轻了。

李恩奇看得出来洛川过得并不好。她心里却没有报复的快感，只是被一股无法言说的情绪缠绕着，淡淡留下一句"以后别再来了"，就绕过洛川进了巷子。

洛川没有追上来。只是写完作业后，李恩奇听到外面有窸窣的轻响，隔了很久她打开门，眼前是洛川手中那个纸袋，和一大包水果，静静地搁在门口。

作者简介

　　梁艺璇：宁夏大学文学院2018级汉语言文学（教师教育）专业学生。

牛犊的财富（节选）

刘博阳

一

我刚被母牛生出来就看到这些身上按着象耳、鹿尾和其他不属于自己身体的部位的怪动物们，他们邀请我随着领头羊一起在这座森林里出行。

"你们把自己雕饰成不是自己的样子，对吗？后面那个长得最怪的动物是什么？"

"对吗？有动物曾告诉我说这样大错特错，可一点原因都没有就想要我听他的话？是谁对我说的，我的父亲？""它是我们这一代的酷酷先生，叫麋鹿，它也忘记自己是什么动物了，可这有什么关系吗？"

一直走到树林的边缘，似乎是战场的尽头，队伍逐渐变得肃穆，盘羊突然一声嘶吼："我们……我们去毁灭！"

亦步亦趋，我赶忙也捡了一对角顶在头上，太重了，小心翼翼地碰倒一棵树苗，害怕会撞疼。谁撞疼谁？

树阴不再阻挡视线，天空就在我们眼前。

我被挤出去了，所有挡在他们前面的都被他们摧毁，森林外寻找食物的老虎，坚硬的巨石，还有……领头羊，它在冲破所有障碍后犹豫着想要停下来，但没办法了，侵蚀的海洋被引到狭窄的河渠，前仆后继的海浪将会摧毁所有，即使是最初探路的英雄水花。他们不会停下，只需要其中一个招招手，它们就跟过去了，阴沉的黑云覆盖天野，这条绚烂的河流奔涌着向招手的方向流淌，哗啦啦，哗啦啦。

我的妈妈及时赶到，把我救了出来。

二

第二天，我再次来到这座森林囚笼的尽头。可……我差一点要以为昨天的行动是一场梦。

树阴再一次封禁了我的影子，树又被种了起来，而且更加的美丽。

"你在做什么？为什么要把树重新种下去？"我对重新种树的动物说。

"你个不怕虎的牛犊子，知道个屁！你们这是在毁灭安宁，外面的世界那么危险，瞧见了吗？我以前和你们一样冲动要出去，这条腿就这么断了，断了！咳咳咳。"它愤怒地蹦跳，用力跺着脚下的残骸。

它曾用瓦砾垒起高墙封住道路，又改用树木遮住所有动物的视线，让它们看不到世界的全部，但都被推翻了。下一步就要用彩虹树粉饰创造一个美好虚妄的世界欺骗我们。

我想去一个安静的地方寻求孤独，却误入了"象耳"聚集地，这里分明是断崖啊。

"你们好，你们知道这里是哪里吗？"

"不要离开我。"

"什么？"你们好是再见的同义词吗？

"……"这群戴着象耳的动物是不是有些问题？他们听不到我说话，我和它们之间没有隔着玻璃，它们却做着莫名其妙的动作让我看不懂，小丑！

没有办法，我只能学着也从地下捡一对象耳戴上。"嘿，我是跳蚤传话员，你想和谁通话？"这里面居然有一只跳蚤！

"我……我可以问一个问题吗？"

我看着这些戴着象耳的动物们又哭又笑，"他们在开心什么？"

"这是一个好问题，从前这些孩子因为听得见一切而开心，现在他们因为什么都听不见而欣喜。""有人想要和你说话，准备好。"

"深爱的人在离开前说'谢谢你'除了意味着这段感情结束，还意味着什么？"

"意味着……呃，生命，我觉得活着对我来说可能是最重要的。那么……生命的结束？"

"是的，让我就这样为了爱情死亡吧。"

再没有跳蚤传来声音，那个奔向悬崖跳下去的是谁？是那个声音吗？为什么他们都跟着跳了下去。我没有想要阻止他们，我认为是应该如此的，他们也认为应该是如此的，所以他们为了比生命贵重的东西去赴死了，而我选择静默地望着，没有觉得是自己导致了他们任何一个的死亡。

什么是意义？看起来意义是一个消耗品，用过就没了。可能是再生品吗？随着生命的延长可以获得更多的意义。可没有人告诉过我，我才刚出生。

"妈妈，它们为什么要一同赴死呢？"我看着眼前冒出一个又一个动物，他们像是约定好了要一起来奔赴死亡。

"它们觉得自己的种族数量已达上限，平衡已经被打破，只有自我牺牲种族才能恢复平衡。"她遮住了我的视线，似乎害怕我接受不了，可她却率先扭过了脑袋，我还是可以悄悄地看到它们。

"可这个世界分明是这么安静和谐。"

"他们的父母都太忙没有时间告诉他们。"

"妈妈，你也从没有和我说过。"

"你还小，难道你要离开我吗？你不爱我了吗？"她吓得颤抖，似乎身体有些发软，身体随着这句话一起不经意地把我压住了。

"不会的。"我爬上妈妈的脊背，翻了个身，不去看妈妈流着泪的眼睛，久久望着那群没有父母的伙伴。

作者简介

刘博阳：宁夏大学新华学院2020级汉语言文学专业学生。

东阳广陵记（节选）

刘嘉鸿

"……上回且说道，甘露元年到甘露三年，也就是公元256年到公元259年，这三年里嵇康在苏门山上同孙登学道。那苏门山的孙登，本神草化生。嵇康临刑的那天，孙登打破清律，时隔多年第一次下山，为最后听一回那旷世《广陵散》。慷慨不羁的琴音久久不止，三年朝夕，终是不忍。在嵇康死后，孙登决意自销元神，将魂灵分寄予他，暂收了嵇康的魂灵，封于神草。

三十年后，天地汇灵，嵇康以朱广陵的身份再生，居于苏门山，潇潇然如孙登第二。十二年后，有一青士前往苏门山寻仙问道，偶遇盘坐于窑洞内静思的朱广陵，这人便是东阳。二人缘谊如当年嵇康与向秀初识，纵意畅辩不晓昼夜。又是一日，言及嵇绍，东阳语间皆是萧然慷慨之意。

原来这东阳本是嵇绍府下的门客，数月前，嵇绍奉旨北征。嵇绍因天子蒙受风尘，接奉诏书驰往行驾住处。恰逢王师在荡阴战败，百官及侍卫人员都纷纷溃逃，只有嵇绍庄重地端正冠带，挺身保卫天子，军队接近銮驾，飞箭如雨，嵇绍于是被射死在皇帝的身旁，鲜血溅染了御衣。嵇绍一死，东阳自是居无定所。听闻苏门山乃神仙所居处，孙登、阮籍、嵇康等清道名士皆曾至此寻仙问道，故收整行囊，欣然往矣。恰偶遇朱广陵，与之交深。

前世朦胧，恍然如梦，纵是多年的如仙隐世，念及爱子，嵇康总是不能漠然。且道那孙登自销元神后，沉潜于嵇康的意识深处。倾虑三思，嵇康决定与孙登签下誓契，乞求以放弃仙体为条件，换取一年光阴，回溯太安二年，伴爱子左右，力挽惨损之天命，希得嵇绍长寿。诚心动天，孙登终允。

"然，世人皆知，嵇康已死。于是乎，时空流转至公元303年，世间虽无嵇康，却多了一位朱广陵……"

"后来呢？嵇康与嵇绍父子相认了吗？"

"不是嵇康，是朱广陵。你忘记他重生了吗？"

"那嵇绍最后活过来了吗？嵇康不会眼睁睁看着自己儿子死去吧……"

"吵什么吵？明天的故事明天再讲。醉了醉了，都给我走开。"只见这说故事的人一脸醉汉模样，仿佛下一秒就要醉倒在地。那胡须上挂着的酒水，在夕阳橙光的折射下闪闪发亮。

"走了走了。像他那样喝穄米酒，真不知道哪一天人就去了。"

"唉——你们——说什么呢？唉——"这醉汉摇晃着站起来，手朝着陆续散开的食客虚晃了两下，又兀地落下，"砰"的一声跌坐在地，倚着木桌就要睡着。

"你是东阳吗？"一个如铜铃般清脆而又稚嫩的女声窜入耳壁。

醉汉半睁开一只眼。一个梳着髻发、玲珑粉嫩的小女孩一个人站在桌边，逆光而立，懒散的落日光攀睡在细软的发丝上，将乌黑晕染出一片金黄，像是远方神祇降临。

"你是东阳吗？"女声似乎很小心地重复了一遍。

"不是。"醉汉闭上了眼，头斜靠在桌角，动了动双腿，不再说话。

"可是你跟阿公说的东阳好像……"

醉汉猛然睁开双眼，眼底清澄如镜，不禁让人怀疑方才的醉态皆是他佯作罢。

"你阿公是谁？"

"阿公旧名也叫嵇绍，不过后来改作朱绍。娘亲是在林崖里捡到阿公的，就把他带了回来。嘘——你可千万别跟别人说哦，娘亲说在外人面前不能提嵇绍这个名字。"

"嵇绍，朱绍，朱绍……"喃喃间，醉汉不知道想起了什么，眼眶渐红。一行浊泪不待发觉，悄然顺着眼角滑落。

虫鸟为伴，风月为衣，飘然的仙身与耳边的疾箭，是真是幻已然分辨不清，一恍纵是岁月无穷。

公元314年，冬。

世人再不见那个游走于各大酒肆说着《东阳广陵记》的野夫，有人猜测他就是东阳，在知晓嵇绍行踪后重回窑洞，恒隐于世，而《东阳广陵记》的故事也逐渐淹没于历史的长河。

慢慢地，谁也说不清孙登与朱广陵是否真实存在过，说不清东阳是否存在过。苏门山那个神秘传奇的土窑或不断迎来新的主人，或永远被时代的记忆封锁。然，嵇康尚在，他以其傲岸洒脱、狂放任情之才情风骨，闻名千秋，永垂不朽。

长歌当哭，人生几何。与山畅啸，清意愁多。

最后一曲《广陵散》，徘徊在心，久久不散。

作者简介

刘嘉鸿：宁夏大学文学院2020级汉语言文学（文秘方向）专业学生。

卢家沟（节选）

刘　特

　　风任意游走在这个刚建成不久的砖头房周围，急切地寻找入口，这硬砖块确实比裹碎草秆儿的土块儿有出息，风进不来，只能在屋外呜呜地呻吟着拍打在这硬物上的痛楚。屋内，老刘太太头上系着叠成长方形的粉色方巾，嘴里哼哼着分家的问题，半截子腿插在小被子里，这还不够，两只手掌指尖朝内垫在屁股下取暖，萎萎地靠着墙。这是她每每同媳妇闹矛盾后，惯常哼哼呀呀牙疼似的模样。十多年的鬼神经验让她认为，一定是有什么邪祟扰得儿子媳妇和自己分家，点点的念头在这闲得发慌的月份滋养下冒出头来。对于家的概念，两口子都有极强的执念，"同一屋檐下，共喝一锅粥"，中国人这种热爱大团圆的心劲儿当然不能散。零下二十几度的晴天里，老刘太太踏上了请"神儿"的路。

　　大刘和媳妇的西屋与老刘两口的东屋隔着一间厨房，两个土灶台同时开工的次数很少，一口锅里吃饭难免会有点要埋怨的事儿，这点点埋怨在这锅灶中堆积，春夏秋时节里积攒着，在冬天风雪闭门时溢了出来。

　　大刘双臂向上够着，露出半截儿肚皮，"不玩儿了，回家吃饭！"一面抻着胳膊，一面打着哈欠说。

　　"回去这么早，着急分家呀！………"

　　调侃的声音在耳边似有若无，跟着大刘一路踏过刺溜滑的白雪，留下一串串印痕。婆媳间的鸡毛蒜皮搅不动这沉寂的乡村，而由这带来的更大纷争倒增添了这些庄稼人讨论的由头。媳妇怄气回娘家，大刘专注于麻将，刘老太的临时起意暂时缺了一个对象，但她还是带着一马车的"神职人员"从卢沟桥叮叮当当地回来了，招招摇摇地吸引着闲散人们的目光。

照例要供这一马车的人吃顿饭，夕阳西下时分开始夜色中结束的仪式需要足够的体力支撑。可事先没和儿子打招呼，她飘忽的眼神儿怎么也盯不住翻动着黑色锅灶的手，那张大了黑嘴巴的妖怪，吞噬着锅铲子下的菜，红的、绿的、黄的，这些颜色在黑嘴巴里搅和着，不清不楚地黏合在一块儿，红的发绿、绿的发黄、黄的发红……

大刘趿着雪，一路好奇地打量着这些摇晃而过的脸，那些五官表达出的有同情，也有兴奋。"小燕打电话说下午可能回来，难道是已经到家了？有啥事要安排？"大刘心里揣度着。快走到家门口的时候，桥那边摇摇晃晃过来一个人影儿，踢踏起一阵阵白，朦朦胧胧地靠近。

"你玩麻将去了？咋不进屋？"大刘媳妇边走近边向他呼喊着。

待他们进到小院，才发现聚集的叽叽喳喳的人，屋子里伸展着的瓜子皮、花生皮，目光转向那几个穿红戴绿的神职人员后，瞬间就明白了。

窗台上方的钟吱吱地转，指针上积聚的灰让它的负重行动有了声响。

"老太太，你确定要这样做吗？"媳妇率先问道。分家，她打从开始结婚就盘算着，现在算是抓着了由头。

"你，……回来啦！"她略有紧张，左右瞧着，没个焦点。

"人都说家丑不可外扬，你这样做，咱们这个家非分不可了！"明白人都能听出这言语中的欣喜成分。在分家问题上动摇的大刘低着头，绞着手，杵在门边儿，像被钉在那里了，原本高高大大的人，在这个框子里却愈发的矮小，她一贯明白儿子的沉默，结果已定。

一时间，又纷纷扬扬地刮卷起了各种声音，嘈嘈杂杂，倒也有韵律。

刘老太慌了神儿，白膜膜罩着的眼珠子注视着这一切，嗅着烟雾中偶尔散出的咀嚼花生瓜子带来的香味，她看到满地的花生瓜子皮儿，合着这些背景音，有节奏地抖动着，那些由鞋底子们带来的泥，褪去了水分，被踏起后洋洋洒洒地飘散在空气中，一切都朦朦胧胧。二哥抡锄头的场面似乎又回来了，只不过这锄头变成了围坐在窗口、炕沿边儿上哑吧着茶水，叽叽喳喳的嘴巴们……

作者简介

刘特：宁夏师范学院文学院中国现当代文学硕（4）班学生。

这世界的反方向（节选）

马百百

秦警官冷冷地看着，问道："你们是怎么找到秋雨晨的？"

听到秋雨晨的名字，王林笑道：

"那个小姑娘啊，她以为她隐藏得很好，其实我早就发现了，只是觉得一个小姑娘，应该没那么大的胆子，谁知道她的胆子还真就那么大。"说着，他低低地笑起来。

秦警官又问道：

"今天早上你们为什么要来找陈随和秋雨晨？"

"没什么，就是觉得像我们这样的人，活着也是罪恶，所以就想着，反正都是死，倒不如再去趟学校，找陈随聊聊。所以啊，我今早就去学校了，谁知道学校门没开，反而让我看见了在背书的秋雨晨。"王林换了个姿势，继续说：

"我把她打晕带到了村子里，原本想着绑着她，但那个破地方什么也没有，我只能脱了她的衣服。"

听到这里，审讯的女警官手里的笔紧了又紧，秦警官问：

"然后呢？"

王林笑着说：

"然后啊，马金回来说他要去找陈随，因为陈随我们才沦落到这个地步，然后他就拿着秋雨晨的学生证去找陈随了。"

秦警官说道："那秋雨晨是怎么死的？"

王林略微遗憾地说："我很佩服她，一般的女孩子见到打架的场景，绝对不会插手的，但她不是，所以我就给她说，其实她不用遭受这罪的，谁让她多管闲事，她反而劝我让我去自首。你说，她可不可笑？"

笑着笑着，王林突然泪流满面，接着说道：

"我被她逗乐了，想着这么一个可人儿，死了也可惜，就把衣服还给她，让她走，她不敢相信，我说我不追她，直走出去就能看到公路了。她走了，我等了半个小时左右，想着那么一个笨丫头，估计会迷路，就出去看看。"说到这里，他脸上的笑意全无，神情透着恍惚和伤感，喃喃地说：

"谁能想到，那么偏僻的地方会有毒蛇，我出去没走多久，就看见倒在地上的她，小腿上有道暗暗的口子，她的脸变得很紫、很紫。"

审讯的女警官鼻子红红的，眼里全是泪，王林继续说：

"我给她吸毒，给她灌水，但她，就是没醒来。"

审讯室里尽是压抑和悲伤。

而秋妈妈在警察局看到女儿的尸体，两眼发黑，跌坐在地上。秋爸爸也满是不敢置信，扶着妻子，秋姐姐趴在妹妹尸体上哭得撕心裂肺。看到秦警官压着王林出来，秋妈妈扑上去抓着王林的胳膊，发疯似的摇着他，大喊道：

"你还我女儿！你还我女儿！啊啊啊啊！我的晨晨啊！"大哭着，整个人又跌倒了下去，秋爸爸连忙扶着她，在场的警察都暗暗流泪，秋姐姐跑过去，猛地扇了王林一巴掌，指着他大骂：

"你怎么不去死啊！去死去死啊！"骂完又要打，王林一脸的恍惚。几位警官连忙拦住了秋姐姐，安慰道：

"法律会给他们惩罚的，不会让受害者白白受害。"

一时间，整个警察局尽是一片哭泣声，声声撕心裂肺，令人心痛。

陈随醒了之后去看了秋雨晨，摸着墓碑上的照片，陈随笑了，"原来你长得这么可爱"，笑着笑着，又哭了。秋姐姐和秋妈妈看到陈随，又是止不住地流泪。秋妈妈拍着陈随的肩膀哽咽地对他说：

"你也是个好孩子。"秋姐姐扶着她，眼眶红红的，对陈随说：

"她那天看到你被打，晚上和我说，她以后要学法律，要制止这些暴力，最好是协警的法律人，既能彰显正义，还能拯救那些被害者。我还笑话她，谁承想……"

说着说着，又哭了，秋妈妈也捂着嘴哭，除了泪水，没有任何东西可以来表达他们的悲伤，秋姐姐哽咽地说：

"好好活着吧，黑暗已经过去了，未来会是光明的。带着她的那份，好好地看看这个世界。"

泪花在陈随的眼里打转，说不出话来，只是点头。

陈妈妈看着儿子时不时地去墓地，红着眼睛偷偷跟着他，已经失去一个小女孩了，不能再失去一个生命了。

再到后来，陈随站在大学的讲堂上，给学生讲述着这段过往的故事。

"老师，那后来呢？那个当年被校园暴力的少年怎么样了啊？"

"后来啊，那个少年考上了大学，学了法学，带着那个女孩的梦想一直活着，一直很好地活着。"

是啊，一直很好地活着，即使这个世界的反方向是隐藏的黑暗，但还是有人带着光而来。这世间，一直都有值得敬佩的人，一直都有值得信仰和守护的东西，即使脚下的路每一步都很艰难，但是只要带着光，就可以一直走下去。

陈随迎着阳光，好像看到当初那个勇敢的女孩。

一切都好，他想。

作者简介

马百百：宁夏大学法学院2021级法（2）班学生。

坟头草（节选）

马小燕

　　从此一家人各过各的生活，把日子过得像极了两家子，李世喜把小女儿留在了父亲家里，自己依旧外出打工赚钱，一个人生活，流浪。

　　李世喜的丈夫自从离婚后，带着儿子离开了从前住的屋子，他知道儿子学习好，他也向往着自己能够干出一番事业，或许在将来的某一天，能够让李世喜重新带着女儿回来，可是生活依旧不依不饶。他在城市的边上租了一个简陋的房子，把儿子也转到了附近的学校。他在工地上找了一个活儿，干得还不错，也是个吃苦耐劳的人，不久，便在这个城市的边缘暂且立住脚了。于是，他不甘心只做个小小的泥瓦匠，找了个包工的活儿，他相信这一笔钱要是稳稳当当地赚来，一定可以再租一个更好的房子，甚至是能够攒一笔积蓄。他找了一些人来，勤勤恳恳地干了一年活儿，结果现实狠狠地给了他一巴掌，打得他再也翻不起来身。老板没有钱付工资，卷路跑了，他欠了一大波儿工资，他开始四处借钱，四处找老板，他穷困潦倒了，便每天抽烟喝酒，往往喝到第二天，用酒精麻痹自己来逃避追债的人。他也四处寻找老板，终于皇天不负有心人，他找见了，可是老板要滑，确实拿不出钱，于是他把老板打了一顿，自己在局子里蹲了一段日子。出来后他变了个人，那天他去学校接儿子，看见儿子穿的布鞋破了洞，大脚趾都露出一大截，那是冬天了啊，而那双鞋，还是李世喜给儿子连夜赶出来的。儿子蹲在一个墙角里，脸冻得通红，瘦了太多。

他对不起儿子，可他无能为力。那两年兴起搭保温棚种菜，反季也可以卖好价钱，他开始没日没夜地种菜，常常一顿饭管饱一天。终于有一天把自己病在医院了。他得了胃穿孔，医疗费用高，他没钱，也没有人管。医生那边交不了钱没法做手术，于是通知了手机里的联系人。

李世喜来医院看见曾经那个打了她无数次的男人躺在病床上，身上插满了医疗管子，她冷漠地看着这一切。医生说只有李世喜交了医疗费才能进行手术，否则没办法。李世喜还是冷漠地说自己没钱，那就让他死吧，他罪有应得。这是气话，却也是实话。李世喜实在拿不出那么多的手术费。

医生救死扶伤的责任感最终被心软拿捏，他看不了自己的病人明明可以手术却一度严重，他向医院递交保证书，若是患者最终手术成功未能支付医药费，自己愿意全额承担。

当一位幸运的人遇见一个善良的医生，救他回来的不只是命。

手术很成功，李世喜上千句感激的话也还是停在了嘴边，她只是自言自语说，算他命大。

李世喜许久未见儿子，于是找见了儿子上学的学校，她看见一群少年在围殴一个男孩儿，于是走过去制止，才发现被人群包围的正是自己的儿子。曾经那么懂事的孩子此刻面黄肌瘦地出现在她面前，她的心像是被针扎了一样疼。儿子穿得破烂，头发又干又黄，布鞋已经像是个拖鞋了，书包里的课本被同学撕碎了满地，还有一张被抓得又红又紫的脸。脚底下一片狼藉，还有那群男生朝他扔过来的鞭炮燃了之后的屑渣。

儿子望了一眼李世喜，擦了自己嘴角的血迹径直走了，李世喜赶紧把地上的书和碎纸片捡起来装进书包跟着，全程母子二人并没有说话。她看着儿子回家第一件事就是爬到大棚边上将早上揭开的卷帘儿盖上，儿子太瘦了，力气小，用脚往下蹬，卷帘儿一卷一卷听话地展开掉下来。李世喜尝试着拉一个卷帘帮帮忙，可是她才发现卷帘儿重得她抬不起来胳膊。

李世喜的眼泪顺着儿子的一举一动往下掉。她抑制不住自己，后悔和自责占据了她所有的灵魂。儿子不愿意听她讲话，巴掌大的地方也没有李世喜睡觉的位置，她去医院伺候男人，她照旧日日接儿子回家。

后来她问儿子那些孩子为什么打他，儿子说因为那群人觉得自己穷好欺负，嘲笑他没有爸妈，还笑话他的烂布鞋。

遭受不住校园暴力，儿子最终辍学了，男人也出院了。李世喜请的假到期了，这一次分离，李世喜什么话都没有说，哭得像个泪人儿。

李世喜回归到了原来的生活，拼了命地努力赚钱，像是穷怕了，也像是崩溃了。

李世喜开始自责，开始觉得对不起儿子，她开始像个泪人儿，她提起来儿子就开始哭，她知道自己不是一个好母亲，她无法原谅自己。

作者简介

马小燕：银川科技学院教师教育学院2020级汉语言文学专业（5）班学生。2020年，发表作品《我心中的李焕英》于《中国妇女报》。校刊发表散文《十八岁的天空　不留遗憾》《青春的模样》《三寸光阴》等。

裂　隙（节选）

王博雅

一

呈县还没有找完。

原本分给周吉的任务，李伟必须重新再找一遍了。

最后在夜色 KTV 里询问无果后，李伟本想离开，却突然被一个浓妆艳抹的女人拦住。

"哎！大哥！要女人不要啊？"女人凑得极近，廉价的香水刺鼻又难闻，一双手还不老实地摸上李伟的脸。

李伟急忙躲开："不要不要！"

"哎哎哎，别走啊！"女人拦住李伟，媚眼如丝，"知道大哥看不上咱，没关系。咱这儿还有年轻妹妹呢！"

"什么，不……"

"哎呀，大哥，别急着拒绝嘛。"女人一只手指抵住他的嘴唇，"十七八、十四五的年轻妹妹，要多少有多少，别处可没这门路呢……"

"不、不用了！"李伟逃也似的跑出 KTV，只留下女人嗔怪他不识好歹。

逃出来坐在摩托车上，李伟的手还微微颤抖着，点燃了一支烟。

十四五的年轻女孩……

真是造孽。

他掏出手机打了110，就回了宾馆。

走廊上，李伟边走边摸出房卡，一抬头却看见一个熟悉的身影站在门口。

是周吉。

李伟装作没看见，直直地经过她，却被周吉一把拉住。

"李叔……"周吉嗫嚅着想说话。

李伟不耐地甩开她："怎么，你又缺钱了？又想来骗我的钱？"

周吉惨白着脸："不，不是的……我有你女儿的线索了。"

"你以为我还会相信你吗？"

"这次是真的！我在这边刚好有朋友！"周吉很激动，却又突然整个人低落下来，"求你了，再相信我一次吧。"

"……好吧。"李伟终究狠不下心来拒绝她。

周吉张了张嘴，最终还是什么也没说，沉默地走在前面带路。

最后，两人赶到一家KTV前。

看着招牌，李伟皱起眉头。

这是夜色KTV。

他站在门口，突然一阵心悸，有一种不好的预感。好像有什么东西在心里不断涌动，让他感到心慌。

这时，一阵电话铃声响起，突兀刺耳。李伟心脏一跳，不好的预感到达了顶峰。

是警察的电话。

李伟接完电话后，不敢耽搁，和周吉火急火燎赶到警察局。

他拦住一位警察："警察同志！你好你好，我是李嘉嘉的爸爸，我来找我女儿。"

警察神色有几分怪异地看着他："李伟是吧？朝左拐再直走那个房间，去那里见她。"

"好，谢谢警察同志，谢谢！"

李伟走到走廊尽头，深吸一口气后才敲了敲房门。但见到嘉嘉时，他还是整个人僵住了。

他看到嘉嘉手上戴着镣铐，衣着有些暴露，脸上画着不符合这个年纪的浓妆。

他最担心的事还是发生了。

李伟站在女儿面前，久久无语。

嘉嘉见他来，一脸防备与厌恶，似乎随时准备逃走。但是李伟没有像以前那样冲上去给她一巴掌或对她拳打脚踢，而是冲上去狠狠地抱住她，满脸泪水。

"对不起，嘉嘉，都是爸爸的错……爸爸不该打你，不然你不会……是爸爸对不住你……"

李嘉嘉满脸愕然，被动地承受这个陌生的拥抱，僵硬得像块木头。许久，才像是有了依靠一般，整个人瘫软下来，抱住李伟号啕大哭。

周吉看到这一幕，忍不住背过身去悄悄抹着眼泪。

李伟为女儿擦干净眼泪，等嘉嘉逐渐平静下来，才开口说道："嘉嘉……"

"嗯。"

"和爸爸回家吧。"

"……好。"

他们相视而笑。

一些能够触动人心底最柔软地方的东西蠢蠢欲动，破土而出。霞光从窗户穿进来，洒在三个人的脸上、身上，又铺满整个房间。

亮堂又温暖。

<h1 style="text-align:center">二</h1>

蜿蜒的乡间小路上，一辆摩托车疾驰而过。

快乐的女声唱着歌，清凌凌地飘扬在微风中，播撒在田野上，融化在阳光里。

摩托车上面坐着的，是一个父亲和两个女儿。他们将要前往的，是家的方向。

肆虐的风和激烈的雨有时会让大地上出现很多裂隙，有些裂隙会逐渐消失，有些裂隙则永远存在。但是，只要你用温润柔软的泥土去试着填满它——

裂隙里，说不定就会开出最温暖的花朵。

作者简介

王博雅：宁夏师范学院2021级汉语言文学专业学生。

尚未抵达（节选）

王　驰

这是中国西南的一座火车站，我刚取到了属于我的火车票，没有什么波折，一切都很顺利。浅绿色的票证上印着日期、车次，以及此行的目的地，广州，10月28日，11点18分开，乘车人，我。黄昏僵死在未开发的荒山背后，一架飞机从头顶掠过，青雾把天色染得越来越暗。

我得走了，这里的日子没有任何盼头，如果我不走，迟早得跟赵光豪一样，刘琦也这么说。但那个杂种活该被砍，不是赵光豪也会有其他人来砍。眼尖的张宇明指着李洪裆部的污渍，笑着说，莽子，你怕得都尿裤子啦。李洪停止模仿，手指捻住裤裆，然后仔细嗅了嗅，严肃地反驳，这是酒，你不要乱说。接着又说，是，我怕啦，因为我的确得去撒泡尿。

两人面对面站着，赵光豪挥手扇了林鑫恒一耳光，问他是不是觉得自己很厉害。他回嘴说："我没有啊。"他的头发像一把倒挂的笤帚，右边脸颊上的疤痕随着恐惧而互相挤压。李洪抽完烟，开始漱口，把脏水吐在林鑫恒的脚后跟，后者仿佛被涨水烫伤，"哇"的一声叫了出来。张明宇这时才匆匆赶到，以为错过了什么，惭愧地看了刘琦一眼，便骂着最难听的脏话冲进巷子。

你不用进来，刘琦说，就你成绩最好，考个外面的大学，不然就困在山里一辈子出不去了。

赵光豪的脸一会儿白一会红，刘琦拉他坐下，说，别担心，又不是只有他一个人捅了，到时候大家都说没捅，警察什么办法也没有。赵光豪又哭又笑，他说，林鑫恒没惹我，我是在替你出气。这句话和酒面的波纹一起荡漾。刘琦安慰说，我知道，我知道，像是在划一根怎么也燃不了的火柴。

刘琦，你怎么把自己办下去了。我现在都还记得你的获奖感言，你大大方方地走上讲台，全然没有被开除的懊悔和不安。你说，一个人无论做了什么，好事也好，坏事也好，都应该对自己的行为负责，只有这样，他才是自由的。全班人坐在讲台下看着你，我当时真想站起来，跟在你身后，头也不回地从前门离开。

车站里许多声音混作一团，标准的普通话播报一遍遍重复，传进耳里的已不那么清楚。嘴唇自然闭合，舌尖抵住上齿龈，缓缓地将气流从舌面往外送，感受摩擦，然后有力地衔接韵母，保持舒展。孙涛，你有想过要好好学普通话吗？教室的光源倏忽被掐灭了，电机嘀嗒响了三次后不再出声，风扇犹如一根在沙地里横摆的胶绳，卷起干草味的细尘。挂钟匀速地走动着，刚放下扫把，她就关掉了后门的灯。操场的门卫室发出幽幽的黄光，她说，走吧，怎么还拖拖拉拉的。我说，桌子是我摆的，我还拖地倒垃圾，你跟个菩萨一样杵在那，当然走得晚了。你就说方言吧，我能听懂，她说。凭什么？我不甘示弱地回问。桌子似我摆得，哪有你这样说普通话的呀，我能听懂方言，求求你，别再拿我当练习对象啦。一束强光滑过耳垂，射在楼梯间的消防栓上，保安边巡逻边喊，搞快点。那你就说方言，这样我也用不着折磨你了。绿油油的荧光小人夹在我们中间，保持逃亡的姿势一动不动。

人得时刻提防着过去，它只是稍稍落在你后面，但无论如何都别露怯，人在虚弱时身体会散发出一股鱼腥味。

"刘琦这么厉害，怎么也被抓进去了？他把我们三个人骗了，除了你。"

李洪说，"都结束了，他们没跑得脱是点子不好，警察看这些事看得比我们准。"

"我要去重庆了，不知道什么时候回来。"他认真说话时两颊的肉会自动抬升，眼睛眯得特别小，让人误以为在打盹。"那你呢，你准备去哪？"

我回答道："还没想好，或许就是来送你，我不走。"

"管你的，反正我走了。"

我问他："你到了重庆又能做什么嘛。"

"当厨师，"他说，"还没发生那件事之前就报了名啦。我确实没有动手，因为我知道你们会干出什么来。"说完他急忙跑开了，背起硕大的牛仔书包，将印着英文字母的手提袋叠在撑得很满的行李箱上。

我想了想，没什么可说的，就跟他挥手道别。

大屏上晃动着斑斑红点，时间堆砌变幻如火柴游戏。

作者简介

王驰：宁夏大学文学院2020级汉语言文学专业学生。

病（节选）

袁 源

　　"老汉家的儿子病了，发热、咳嗽，站起来就晕得天旋地转，倒在了稻谷地里，被人给送了回来。小孩子的病嘛，来得快去得也快，老汉想着留小孩在家休息休息，忙着割稻子去了。别家的稻田都割了一半了，自己家的才刚起了个头，稻子啊，没了稻子可怎么活啊？"

　　稻田里金灿灿的，太阳炙烤着黄土地上埋头苦干的人们，老汉弯着腰，一把把地割着麦子，汗水从他的额头上流进皮肤的皱褶里，流动成血肉上的泥巴河。他发愁这片稻子，发愁这天气怕是要下雨，这雨一下，一年努力可就白费了，发愁小孩连着好几天也不见好，病快快地躺在床上。

　　金灿灿的稻田里，高低起伏的山脉上，左边来帮忙的人问他："你家娃子呢？他割稻子真是把好手。"

　　"病了，躺床上好几天了。"

　　右边的人搭腔道："哎哟！咋这个时候病了啊，你找何大夫来给他瞧瞧。"

　　老汉没说话，十里八乡，只有一个何大夫。何大夫人好，看病也便宜，还常常让他们先赊账，上个月家里的牛病了，他还欠着人家钱没给。正犹豫不决的时候，左边那人又说道："人家何大夫昨个就去队上了，听说大队的牛也病了。"

　　老汉松了口气，接上他们的话茬："最近这牛啊……"

太阳落在林子的时候，橙黄的光映红一边天。老婆子关上鸡笼鸭圈的门，回头找了坐在门槛上抽旱烟的老汉，说道："上面那家昨天夜里来找我，说是有办法给小孩治病。"

老汉吐了口烟："能有啥办法，能用的土法子都用过了，锅底灰不知道都喝了多少回了。"

"她悄悄给我说生病嘛，把病气压出来就好了，她家娃之前病了，就是叫了几个人帮忙，把病气给压走了。"

"真的？"

"试试呗，不行就等何大夫回来。"老婆子顿了一会儿："队上的牛死了，也不知道何大夫啥时候才能回来。"

老汉看着稻田那头的太阳，金灿灿的映成一片，深深地吸了口旱烟："那我赶明找两人来。"

收割了稻子的稻田里，留着稻子的根，扎在土里，等着被翻进地里。小孩被老汉抱到了收完稻子的地里，一群男人兴致勃勃地高声保证："这法子我们听过，一定会好的！"

老汉把小孩放到了地上，他第一个压了上去，祈祷着病气快快离去。他身上压上了个小伙，那小子看着瘦，倒是挺壮。之后又叠了两个人，那群人闹着起哄，有人快步冲刺，一下跳着压了上去，被下面的人笑着骂，被上面的人争相模仿，老汉不知道这都是些谁了，他觉得太重了，压得他喘不过气来。身下的小孩好像是醒了，开始哭着喊着，甩着头，想要从这座大山下出来，他哭喊挣扎，可个小孩又有多大力气。老汉也开始大叫着停下来，病气出来了！病气出来了！

听不见了，风淹没了他们的声音，身上的人的大笑斥骂声吞噬了他们的声音，田埂上的人看热闹的人助威呐喊掩盖了他们的声音，加油啊，快好了！老婆子看着痛苦的儿子想来止住他们，却被一左一右、一前一后的妇女们拉着手拍着肩，安慰说："没事的、没事的，病气嘛，压压就出来了。"

小孩已经红紫的脖子梗着，青筋和血管构成一张细密的网，勒住他干瘦的身体。他仰着头看见稻田上的天空，渐渐安静了下来。

稻谷在风里摇曳，波浪似的重重叠叠远去。何大夫背着药箱往这边奔来，药箱里的瓶子丁零当啷相互碰撞，他边跑边喊着："停下来，别压了！"一些村里的干部也忙着跑来，人群才安静了下来，那些跃跃欲试的人才停下来。他们跑到人山这里来，赶忙把这大山拆开了。

老汉说了半天，感慨道："还是小丫头片子机灵，看不得她哥遭罪，跑去村口找人，刚好遇见了被送回来的何大夫。"

"故事讲完了？"一群小孩围成个圈，个个仰着圆嘟嘟的、白里透红的小脸，睁着双大眼睛，看着中间的老爷爷。

"讲完了啊！"

"那小孩好了吗？"有个小朋友乖乖举手。

"应该好了吧。"

"这些人好笨啊，生病了不知道去找医生。""割稻子不能用机器吗？我看见过稻谷机，可威风了。"……小孩子们叽叽喳喳地讨论起来。

"那牛怎么死了啊？""可能是传染病？""何医生又不是兽医，肯定是没治好。""……"

老汉也听见了这问题，他想，可能是被压死的。

作者简介

袁源：北方民族大学文学与新闻传播学院2019级汉语言文学专业学生。

人间面（节选）

宗思远

回去的那天是四月，山里的花开得很好，微风一飘就会有花雨。那几只母亲养的鸡咕咕地叫着，在梨树下走来走去。这次我要接母亲回去，在来之前我想这次我一定要强硬一些，怎么说都要把母亲接回家。

我准备了一堆说辞。

"妈，想和我回去了吗？"

"啊，儿子，你回来了。"母亲那昏黄的眼睛看着我，声音有些含糊。

"对，我回来了。"

"这次……啥时候走啊？"

"这次我来接你——咱俩一起走。"我害怕母亲听不见，凑在母亲耳边大声地喊着。

"你上大学，妈跟着去干什么啊。"

听到这句话，我眼眶一酸。年轻的时候我不爱待在家中，每到放假的时候就约着朋友到处玩，就算是寒暑假我也只回来看一眼。那时候，我认为母亲她肯定有自己的事情，我也这么大了，就不回去麻烦她了。

"妈要是走了，你回来谁给你做饭啊？"

听到这，我哭了出来，眼眶那里很酸，嗓子那里也很酸。

"不走了，妈。"我哽咽着，"这次我不走了。"

母亲用手给我抹着眼泪，说我怎么哭了，我说没事，见到老妈太开心了。

母亲的手又老又糙，给我抹眼泪的时候有些扎扎的感觉。和我小时候摔倒坐在地上哭母亲哄我时一样，她的那双手扎扎的，不一样的是那时这双手不是这般老。我想着把工作辞了，就在老家陪母亲，但没辞成，妻子给我说，现在闺女正是用钱的时候，我辞了闺女怎么办？我没办法，就只能回去。走之前，母亲站在那棵梨树下送我，我仿佛看到了当年的她和那只爱吃梨的大白狗一起送我的场景。

这次我回了好多次头，直到看不见你。

告别了母亲，我去了县城，打算看看小鱼和舅舅。但碰巧的是，小鱼那天补课去了，只有舅舅在家。舅舅身体比以前单薄了好多，眼眶也深了一些。这些年，他一直一个人在拉扯小鱼，也没有娶妻。舅舅说，明年小鱼要考高中了，那孩子学习很不错，当年我送的那本书她也看完了，给他说那本书讲了一个小王子的故事。他也听不懂啥小王子大王子的，但还是为她骄傲。我听着舅舅说着小鱼的一切，言语中充满了自豪。我说我还要赶车，等小鱼考上高中的时候再来见她。舅舅说我一定要来，到时候请我喝酒。

这一年好天气特别多。

四月的风特别好，风乍起就会吹落一院杏花。七月的山特别青，风乍起就会带来满山碎语。我走在七月的山中，走在回家的路上。母亲的遗物不多，我就想把这墙上的照片取下来带回北京，但最后只带走了母亲那张在杏树底下笑得很开心的照片。你抱着我的那张照片我还是留在这吧，这样我每年都会有个念想回来看看你。

我从山上下来，路过了小鱼家，老姨娘连眼泪都已经干涸。我问小鱼考得怎么样啊？

"她在考试的路上被车撞了。"

多年前，老姨娘给我说，小鱼母亲当时听说邻村有人偷羊被抓住了，她就想看看是不是偷她家羊的羊贩子。小鱼母亲翻过了几座大山，到的时候已经是下午。警察说，就是他们这伙人，在这一带迷狗偷羊，羊可能是追不回来了，但可以赔偿。

小鱼母亲听到这话可高兴坏了，她的女儿终于可以去上学，终于不用再羡慕别人家的孩子了。她想赶快把这个消息带回去，她仿佛已经看见了女儿高兴的笑脸。她连夜往回跑，但跑得太急，不小心摔沟里去了。第二天，有个老伯出活出得早，看见沟里咋有个人，就跑去看。看的时候，人已经快不行了，老汉就赶紧跑回去叫人打120，顺便叫儿子骑摩托车快去叫小鱼家里人，这怕是最后一面。

救护车到了晚上才过来，但也没啥用了。小鱼母亲最终没见到家里人的最后一面就咽了气，最终没看到女儿上学，没看到女儿长大有出息。

现在，在天国的你们一定又相见了。

如果可以的话，也请你们多去看看我的母亲。

作者简介

宗思远：宁夏大学文学院2020级学生。

星河灿烂（节选）

杨书琴

　　这夜十点半，我拿着两瓶橘子汽水在操场上找到了陈望——这是将他的五个室友都问了个遍才得到他的踪迹。彼时，他正坐在操场上发呆，双手抵在身侧，仰着头望夜空。

　　这夜星河隐匿，也不知道他在看些什么。

　　我缓缓走到陈望身后，正为要怎么开口才能既不会吓着他，也不会扰着他而苦恼时，陈望自己先开了口："他是我爷爷，亲爷爷。"

　　…………

　　我一时不知先震惊什么，关于他已经发现了我，还是关于他口中的话。

　　"那天来帮他的那个男生是我的亲弟弟，他叫陈明"，陈望示意我坐下，又从我的手里接过一瓶汽水，一口气喝掉了半瓶。而我只是坐在一旁，不知从何开口。

　　"你是不是想问我为什么不认他？"我没回答他，因为这的确是我心中所惑。

　　陈望深深地呼了口气，开始给我讲他的从前。原来，从陈望十岁没了爹妈时小老头就把他们兄弟俩接到身边养着，然而也是从那年开始，陈望在同学之中再没抬起过头。

　　陈望深深吐了一口气，我能感觉到他内心的沉重压抑。

"他很不容易，真的不容易。最开始他卖菜养活我们三个，没人买，自家种的菜真的丑。后来就拾破烂，虽然又脏又累，但是能挣到钱。可是当他每一次脏兮兮地出现在班门口、校门口的时候，周围同学的嘲笑声总能盖过我见到他时心里的欢喜。真的很丢脸。"陈望想到了伤心处，眼眶里明晃晃的。"后来我再也不让他来接我了，我带着七岁的陈明自己走回家。可那又能怎么样呢？学校里的每个人都看到过他，他们都笑话我。只要他卖一天破烂我就被嘲笑一天，被欺负一天……"陈望陷入了回忆，关于那不堪回首的童年。

"你觉得我很好面子，很不孝顺，是不是？"他忽然把头扭向我，自嘲似的勾了勾嘴角。"可我实在太害怕被嘲笑了，你没经历过那种来自同龄人的嘲笑，好像你就是一个滑稽的小丑，是你的话，你也受不住的，李天宇！"陈望越说越激动，无论我是否回应他，我甚至恍惚陈望这话并不是说给我听的，而是给他自己听的，他憋了好久了。不知道该如何回应陈望，我的心里也不是滋味，只得猛灌了口汽水，然后学着他的样子半仰着身子望天空。

这夜真是黑，一颗星星也寻不到，月亮藏在西边那棵大树后头，只有风将叶子吹起来的时候才能望到一角。

"等到我上了大学，他在咱们学校卖本子。第一天见到他的时候你不知道我有多窘迫。不过，他好像也知道我的想法，从来不主动和我说话。我本以为这四年里，我们就会这么相安无事地做陌生人了，可后来却发现……我怕得已经不是丢脸了……"

我有些怔愣——那是在怕些什么？

"我长大了，李天宇。那些小孩子最想满足的虚荣心在我看来已经不再重要了……你猜我什么时候发现这一点的？"陈望显得比先前还要痛苦。

"在看见他因为多卖个本子而乐和一整天的时候，在他为了一二十块钱急得满脸通红的时候，在看见他满头、满脸、满身是汗的样子的时候……我恨不得跪在他面前哭出来……是我太没出息了，他养我这么大我都为他做了些什么？陈明比我小，可他辍学后就跑去工厂打零工养他，没活了就跑回来陪他卖本子，我呢？我能做什么！"陈望一遍一遍地质问自己，好像小老头流过的汗在此刻都汇在一起向他冲来，把他深深淹没在其中。

"所以我逃、我跑，我实在，实在看不得他那副模样……"陈望将脸埋在掌心，我看不到他的眼泪，但是能感受到他整个身体都在颤抖，能听见他想努力抑制下去的抽泣。

"还好有陈明在……"

他大概只能这样安慰自己。

手机屏幕的闪动划开了周围的漆寂，映亮了陈望的面庞。他看着屏幕上显示的来电扯了扯嘴角，笑得实在有些牵强，里面含着好多凄楚："臭小子，来问我罪了吧。"

"喂，阿明。"

"摔了？怎么能摔了呢？"

"他大晚上来学校干什么啊！一张破学生卡什么时候不能送！"

"在哪儿？你们现在在哪儿？快告诉我啊！"陈望挣扎着跑了出去，很快淹入黑暗里。地上被碰倒了的那瓶橙子汽水仍"呲呲啦啦"地叫唤，里面的二氧化碳还没全部融入空气，但我已经看不到陈望了。

眼前的黑暗再次明晰，回忆戛然而止。我却恨不得永远留在里面。

作者简介

杨书琴：宁夏大学文学院2020级汉语言文学专业学生。曾获宁夏大学生原创文学大赛一、二等奖，有作品发表于《中国校园文学》《朔方》《六盘山》等刊物。

入围奖

黄河大桥（节选）

杨佳悦

　　大概傍晚六点钟的样子，毫无预兆的北风从发霉的木质窗缝中侵袭而来。循着熟悉又窒息的霉味，她结束了沉睡，不情愿地睁开发胀的双眼。可是眼前一片昏暗，在这种光线条件下，她根本看不清多少东西。房间里渗透着死气沉沉的浅蓝色光晕——是下雪天的征兆。没有暖气的小破窝，冬天冷得像夏天的冰箱，一张单人床，一张堆满旧书的木桌，带把椅子，若干锅碗瓢盆，是她目前的容身之地，是她决定在这个世界上赖以苟活的最后一处地方。

　　她缓缓地，几乎是耗尽了全身的力气从床上一堆硬得像砖块似的被褥中吃力地爬起来，痛苦不堪地推开一切压在自己身体上用来取暖的重物，上半身扭动着，把它们推到脚底下。即便觉得自己的身体瞬间轻盈了不少，可呼吸还是稍微有些困难。窄小的单人床尽力容下她包裹着棉衣的身体，而那些僵硬的、厚重的被褥堆放在小床上，横亘的样子仿佛矗立的古老长城。她坐了起来，努力地梗着脖子，想把脸靠得离冰冷的窗户近些。外面应该是正在下雪，她告诉自己，她打心底里想看看雪。

　　屋外是一片迷茫的白色，孤独寂寞的小村庄被笼罩在雪的阴影之中。屋顶的青瓦，些许破败，落满雪后像极了白发苍苍的老翁，萎靡的墙皮则是老翁皱巴巴的脖颈。目光放远点，能看到院子外生长着一棵柿子树，枝丫沉甸甸地往下垂着，看上去今年结的果比去年更加丰硕，高挑优雅的树冠之上，一颗颗冻住的灰橙色柿子像戴着雪帽的红灯笼。广袤的田野上覆盖着柔软而美丽的雪花，大雪隐匿了黑色的土壤和秋末落下的麦秸梗。今年的麦秆有人专门收去做牛羊的饲料，不像往年那般高高地堆在田野上，宛若巨大的鸡蛋。田野一望无际，弥漫着沁人心脾的空气，天地万籁俱寂，听不见一点声音。下雪天的风很虚弱，天气也不是很冷，雪花轻柔地落到大地上，一条看不到头的小路两边散落着几户人家，高墙野树，围住在四面土墙筑起的小小世界中，窗户透着晦暗的灯光，人们都在等待着漫长的寒冬悄然逝去。

傍晚的雪，柔和干净的偏蓝冷色调，让她回忆起以前坐在学校教室里读书时沐浴在晨光里的侧脸。她歪着黑发如海藻般茂盛的脑袋，倚靠在窗边刷着绿色油漆的墙，搭在耳朵边上的头发常常落到侧脸上，她用手指拨弄回去。就这样坐着，以为生命会永远地平静，毕竟她读书的那几年没受过什么苦。首先，家庭和睦不需要她分神，其次，经济来源稳定，生活过得有滋有味。同学之间更是互相友爱，几乎所有的人都对她很客气。然而，她安稳平静的少年生活却成了长大后胸腔中最脆弱的那根肋骨。

学校的考试对她来说是易如反掌的，因为常年日积累月地游走于大量习题和书海中，她有时甚至觉得自己就是台专门的考试机器。用这台机器考出来的成绩，常常让她的家人心满意足地以为凡是和读书有关的事她几乎无所不能。这样的人，浸泡在她读习惯了的小说中，在一个虚构的世界里，她逐渐地生长成一朵被理想主义浇灌的花。在大人对她的幻想和期待中长大，在自己对未来的幻想和期待中长大。

她五岁那年上了学，年龄比班里大多数学生都小。第一天是爷爷带她去学校报的名。当她站在老师的办公桌前时，只比办公桌高出一个头的她一点也不怯懦，她给老师说自己的名字，告诉老师她的名字应该怎么写，有什么含义。妈妈生她的季节在冬天，冬天差最后一天就结束的时候，她出生了。一整个冬天没下一片雪花，却在她出生的那个下午突然下起来大雪。雪花呼啦呼啦乱飞，外面除了雪花什么也看不到。仿佛那场雪故意憋了一个冬天，就等她出生的时候专门为她降落。所以妈妈给她起名叫方落雪，纪念她出生时那场大雪。

作者简介

　　杨佳悦：宁夏大学新闻传播学院2020级新闻专业学生。

仙人掌疯长的日子（节选）

左佳怡

　　他的脑子里好像没有关于女人的任何事情，他只记得女人来的第二天，他把她领进厨房，告诉她，妻子应该每天在丈夫回来前就将晚餐准备好。此后他确实每天回家都会有丰盛的晚餐等着他，然后他吃饱就去睡觉，早上再去超市打麻将。似乎三年来一直都是这样，并没有什么意外。

　　不对，女人好像有一天晚上问过他可不可以养仙人掌。他记得他那天非常困，但是他死活想不起来究竟有没有答应她可以养。然后第二年，孩子出生了，他依然早出晚归，好像一切都没有变化。他的孩子长什么样子呢？他努力地回想，想不起来了。他一定是有一个孩子的。该死的，女人。女人的样子他也想不起来了，好像是一个消瘦的女人。不，是一个丰腴的女人，然后日渐消瘦了。

　　"把你那该死的仙人掌都给我扔掉！"

　　他的脑海中突然有了女人的样子，也有了儿子的样子。那是一次意外，那天他没有按时去超市打麻将，因为他的儿子被仙人掌扎伤了。他十分愤怒，在消瘦的女人脸上留下了一道响亮的巴掌印。女人越来越多的叹息声涌入了他的脑海，打乱了他继续思考下去的步伐。仙人掌！儿子！仙人掌去了哪里？儿子去了哪里？他开始搜索家里每一个他去过的地方。那些地方都不陌生，他每次都能在那些地方翻到预计好该出现的钱。只有一个地方，他从来没有去过！他努力地想那个地方，一片黑暗。只有女人站在那里，接受了成为他妻子的样子。

"厨房！儿子和仙人掌都在厨房里！"

他几乎是大叫出来！所有人都停下来看向男人。

"厨房！在厨房里！那个女人！"

男人猛地一下站起来，向着超市的方向跑去。众人都以为男人疯了，便又继续投入到与疯长的仙人掌的战斗中。

不一会儿，男人又跑了回来。并且远远地一只手不停地摆动。村长眯起眼才看清了男人手上的钥匙，赶忙大喊让人去接男人。

男人一口气跑到广场上，他以一种奇妙的身形躲开了所有来截住他的人，然后又径直转向回家的那条路。一路上仙人掌的刺划开男人身体的各个部分，血不断地涌出来。众人拿着手中的镰刀铁锹努力地想跟上男人。但很快男人就消失在了仙人掌丛中。

等众人再次回到铁门前的时候，铁门已经打开了一条缝，一条鲜红的血迹从门缝里钻进去。众人来不及惊讶，就听见院子里一声哀号。赶忙将大门推开，一拥而入。院子里的仙人掌比外边的更密，并且尖刺也更长。稍微不小心，胳膊就会被锋利的仙人掌刺划一道口子。那株长入云霄的仙人掌也展现了它最初冲破屋顶的那股破坏性力量。众人只能一点一点清理，跟随地上的血迹逐渐靠近那间长出仙人掌的屋子。

进入屋子，先是一股呛鼻的腐烂的气味。视线变得黑洞洞的，窗帘紧紧地拉着，有人试图去开灯，没亮。可能线路已经被破坏了。然后几个人同时点燃了打火机，借着断断续续的微弱的光，众人摸到了厨房。然后就看到那个永远都不会被大家忘记的场景。

那株长入云霄的仙人掌是从女人的腹中长出来的。女人可能已经死去多日了，全身散发着腐烂的气味。男人紧紧地抱着一个一岁多的男孩，跪在地上，血流了一地，并且正以肉眼可见的速度被仙人掌吸收。村长伸手从男人手中接过小男孩。还活着，村长一脸震惊，迅速带着孩子和众人退了出去。然后众人点火将这株仙人掌连同女人和男人的尸体一起焚毁。

今天，村子已经在燃烧后的灰烬上重新建了起来，村里再也没有见过有人种过一株仙人掌。仙人掌疯长的那天也不再被大人们提起，似乎一切都没有发生过。但是我在那天成了孤儿，我一直想知道更多的关于仙人掌事件和我父母的线索。他们不肯告诉我，并且编造了另一个故事：

我的母亲是被饿死的，那时候我趴在母亲的乳头上，还不知道她死了。我的父亲成天赌博，不管家。母亲死后，父亲因为愧疚，就在把我交给村长后放火把家烧了。那天风大，村子里的人没办法救火，只能眼睁睁看着一切烧成灰烬，看着我的母亲和父亲变成灰烬。

可是我不信，仙人掌疯长的日子。他们放了火，所以他们骗我。

作者简介

左佳怡：宁夏大学农学院2021级林学系学生。

没入尘烟（节选）

王雪雅

这天，外面下着很大的雨，夹杂着声声闪电。每一次闪电都好像要劈碎这个千疮百孔的人间，震得人心慌。

淑华和老人孩子们待在窑洞中焦急地等待国平回来，突然，淑华先是听到了一声"咚"的声音，然后是一阵"哗啦"声，她从来没听过这样的声音，好像是树叶落了下来，但又好像是大地塌陷了一般，听得让人害怕。

淑华慢慢走到窑门口，小心翼翼地把头探出去望了望，她看到窑旁边那棵树的树干被雷劈断了，那树干躺在地上，任凭风雨雷电的击打。

她看着那棵树干发呆，心里好似燃烧着一团火，要将她烧成一团灰烬，国平还没有回来。

风吹来了一股雨，冷冷地抽打在淑华的脸上，她想要进去在窑洞里待着，可她一刻也待不住，于是，她准备出去寻一寻国平。

她绕过那棵树干走了过去。在屠宰场，在碾场，在麦子地，都没有寻到国平的身影，她着急地跑回家，敲开了家安和玉芬房间的窑门。

玉芬开了门，她看着眼前这个人：浑身都湿透了，鞋子上满是泥水，头发凌乱地倒在额头、面前，还没等她开口，淑华就问了："玉芬，家安回来了吗？"

"今天下了雨，回来得早，大嫂，你咋成这样了？快进来避一避雨。"玉芬被眼前的这个大嫂惊了一下，说话也说得着急忙慌。

"国平还没有回来，我找了一圈还没找到，这可咋办呀！"

家安闻声赶了出来，他已经穿好了上衣，准备和淑华一起去寻一寻大哥。

淑华又焦急地往外跑，家安也跟着往前走，他边走边想大哥平常会去什么地方。

家安看到了那棵被电击断的树干，他走过去想要拿起那棵树干，却看到了被压在树干下面的国平。

他赶忙回头叫住了冲在前面的淑华。

淑华看到被树压住的国平，吓得倒在了地上，家安没有看到被吓倒的淑华，他吃力地拖起那棵树干，想要抱起国平，背到窑洞中去。

可这雨却越下越大，地面越来越滑，家安好不容易扶起国平，放到自己的背上，却没有站稳，和国平又一次跌倒在地面。家安捋了捋脸上的雨水，想要赶快把国平拖到窑里面去。

淑华在旁边看到了倒在地上的国平和家安，强撑着地面站了起来，她就像疯了似的冲国平跑了过去，她从家安的手中扶起了国平，把国平放到了自己的肩上，那一刻，她像一个巨人一般，背着国平走进了窑洞。

家安帮着淑华，轻轻地把国平放在了炕上。老太太点着煤油灯，颤颤悠悠地走过来，她看到淑华和家安浑身都滴着脏水，脸上沾满了泥；走近了些，看到了躺在炕上的国平。没等她开口问，淑华就已经拿走了她手中的煤油灯，慢慢地照在躺在炕上的国平身上。

国平的头上、脸上早已被泥土掩盖，看不清他的样子；淑华端着煤油灯，缓缓移动，她看了一圈，还没看到国平究竟伤到了哪里；她想要摇一摇国平，叫醒国平，可又害怕摇痛国平。

淑华把煤油灯放在国平头边，焦急地在炕边走动；家安还在和老太太说刚才发生的事情，老太太的神色瞬间紧张了起来，她的眼睛直勾勾地盯着国平。她起身找来了一张符、一个碗，准备为国平祈福。

淑华并没有注意到老太太的举止，她端来了一盆热水，拿着一块毛巾，准备给国平擦一擦他被泥水裹满的头和脸。

淑华正小心翼翼给国平擦脸；老太太正虔诚地为国平烧符祈福；家安坐在一旁，祈祷大哥能快点醒来。

淑华正给国平擦着手，才发现国平的右手被树干压得溃烂，她终于忍不住哭了起来，老太太还在烧符，家安还在祈祷。

淑华坐在炕边，拉着国平的右手，她不知道国平什么时候才能醒过来，她就这样一直在炕边坐到了深夜。

淑华回想起和国平经历过的所有事情，她想起了自从住到窑洞后，国平夜里一直做梦出虚汗，也愈发不爱说话。她开始怪自己没有好好关心国平，又忍不住小声哭了起来……

作者简介

王雪雅：宁夏师范学院文学院汉语言文学专业学生。

其

他

《孤独树》及马金莲的文学创作

温　乐

马金莲是当代著名的"80后"女作家，她以朴素、有力的现实主义创作风格和诗意的抒情传统驰骋于当代文坛。从2018年开始，马金莲的短篇小说创作开始了探索性的转型，如《绝境》《化骨绵掌》《盛开》等。这些短篇小说的写作背景由乡村移步到城市，在城市与乡村、现代与传统的对立和交融下，书写人们在现代文明下的精神压力，探讨社会暴力现象，呈现出对现代性的反思和批判。2021年出版的长篇小说《孤独树》则又一次将读者的视野拉回到作者的精神家园——西海固。该小说以中国西北小乡村窝窝梁为叙事背景，以哲布这一小主人公的成长为主线，反映了21世纪初近15年间的乡村变迁和留守儿童现状。小说叙事细腻温暖，辅之以舒缓的抒情节奏。虽以儿童视角叙事，但行文如年老智者般将故事娓娓道来，笔触间展现着母亲的温情和女性的细腻情思，这得益于作者马金莲内心的温和，给予了作品如暖阳般的基调。在窝窝梁这样一个闭塞的环境中，孤独和温情就像荒凉高坡上奏响着一曲离别的唢呐，充盈着无奈又心痛的落寞。作者通过描写苦难中的温情，将一个人的成长、两种文明的较量和三代人的孤独交织在一起，构建了一个现代文明冲击下的传统西北乡土世界。

现代性语境下的失根与扎根

"文学作为观察时代意志碾压下人的处境的一种文体，自然会关心所谓的'现代性'，事实上，在不经意之间，现代性已渗透到作家对这个世界的思考及观察的方式之中，成为一种'无意识'的存在，影响着中国人对未来的想象，也影响着中国人的审美和创造。"[1] 在《孤独树》中，城市成了所有村民对现代想象的一个意象，高大的建筑、自由的风气以及成堆出逃的农民就是现代性投射到农民身上的影子，炫目而又混乱。现代性对乡村的破坏正悄然发生在农民的集体无意识中，当梅梅和马向虎从城市回到农村的时候，也正是现代性破坏性地降临到木匠老汉家的时刻。作者没有逃避现代性下农民的众声喧哗，而是通过一种互现的手法，在一幅西北乡土画卷上投射了两种不同的文明，从乡村的角度隐晦地审视着陌生而又冰冷的城市。在她的描写下，乡村与城市处于强烈的失衡状态。城市如同一个巨大的磁铁，牢牢地将人才、财富吸附在周围，相对而言，乡村则显得贫瘠、干涸、穷困、无奈。马金莲将乡村与城市的不平等以写实的手法融化于众多生活细节，如习焉不察的暗流浸入窝窝梁的方方面面，挥之不去。人口流失、儿童留守、土地危机等新的挑战侵袭着传统的乡土社会。

在窝窝梁由传统走向现代的过渡转型期内，危机的分歧在于"根"。中国的传统观念中，往往有着落叶归根的观念。在窝窝梁甚至是西北乡村的内世界中，土地就是农民的"根"。木匠爷爷和木匠奶奶是祖祖辈辈延续下来对"根"的坚守者，他们认为人就应该"学而优则仕"或者勤勤恳恳耕耘在黄土地中，

---

[1] 艾伟. 文学与现代性 [J]. 扬子江文学评论，2021（05）.

任何与传统风气相违背的表现都是不合适的。甚至在后期，为了表达对"失根"的不满，老两口执拗地拒绝现代化的电器。在他们的人生轨迹中，一生谨守农民本分和乡土秩序，固守着土地与乡村。随着劳动力的向外转移，"父母在，不远游，游必有方"的传统乡村伦理被城市化进程所颠覆。他们不再是家庭的中流砥柱，而是被置于家庭资源分配的最末端。在养老问题上，他们也陷入了留守的围困。一方面，在外打工的子女无法对老人给予"经济供养、生活照料、精神慰藉"①。相反，老人还要投身农业生产，维持家庭经济水平，甚至还要补贴子女，出现"代际经济的逆向流动"②。另一方面，老人在风烛残年之际，病体屡弱。在这样的情况下，他们依旧是照顾的"施者"，而非享受被人照顾的"受者"。除此之外，还要承担起代际照料的责任，成为提供照料的最前端。他们在城乡巨变的浪潮中依然恪守着业已成规的秩序，但是在现代化潮流的侵袭下，本该享受儿女承欢之乐的老人却还在肩负着生活的重担，他们将是乡村的最后一批坚守者，也是乡土旧秩序的殉道者。因此，在日益荒凉的乡村里，老年一代随时随地都被巨大的孤寂吞噬着。

在这样的背景下，"失根"代表的"逃离"就成为小说中的重要主题。小说中，老年一代的老王、青年一代的马向虎、少年一代的马园园作为逃离个体，和农村中不断"流"入城里的逃离群体，彼此融合、交汇，他们的"逃离"是国家历史车轮下被动逃离者的主动选择。"逃离者的逃离，由外而内是煎熬磨难和考验历练，由内而外则展示着人物的思想性格和价值追求。"③他们成为新时代下的"游牧民族"，游走于城市与乡村之间，但是"非工非农，亦工亦农"

---

① 许惠娇，贺聪志."孝而难养"：重思农村留守老人的养老困境 [J].中国农业大学学报（社会科学版），2020，37（04）：101~111.

② 慈勤英.家庭养老：农村养老不可能完成的任务 [J].武汉大学学报（人文科学版）.2016（02）.

③ 赵海忠.逃离：主题与结构 [N].文艺报，2019-04-01（006）.

的身份属性也让他们处于十分尴尬的境地。20世纪90年代以来，市场经济和城市化进程的加快，带来了思想观念的巨大转变。新思想的冲击使青年一代以"农民工"的身份卷入现代化的洪流中，在工作环境上摆脱了祖祖辈辈赖以生存的黄土地，改变了几千年来形成的小农经济的结构基础。从生存层面上来看，他们的突围是成功的，但从情感层面上来说，他们的突围无疑是失败的。青年一代的"逃离"对于亲情是孤独的，对于爱情是孤独的，对于城市是孤独的，对于乡村亦是孤独的。

以马向虎和梅梅为例。他们从小疏于农业生产，又不甘终生奋斗于几亩薄田，所以注定了他们与乡村格格不入。后来，他们如愿以偿进入城市，但是他们文化水平受限，只能在城市中从事最底层的工作，无法进入城市的核心，在偌大的城市中找不到归属感，成了城市底层的"流浪者"和边缘人。对于亲情，他们上无法赡养父母，下不能抚养孩子。为了不让城市底层"淘汰"，十几年回家的次数屈指可数，导致儿子和父母的怨恨和误解，在亲情上孤单又无奈。在爱情上，他们同样也是孤独的。

"逃离"母题在文学作品中并不少见，但是大多以逃离者的视角展现新奇的自然和社会环境，或讲述"逃离"的颠沛流离和艰辛疲惫。《孤独树》的创新点在于从事件的对立面进行反思。它并不着重描摹"逃离"的过程，而是从农民"逃离"后对乡村留下的影响出发。从消极方面来看，留守儿童和空巢老人成为乡村的主流。随着学生和老师的"逃离"，乡村小学面临着撤销重组的风险，被"留"下的孩子将面对更艰难的上学环境。村里壮劳力的流失，导致抬埋体的主力都凑不够。由此而生的"孤独"弥散在文章的字里行间。但是从长远的积极影响来看，农民不再依靠"日出而作、日落而息"的旧秩序劳作，机械化、土地流转成为农村经营的新形势。新的经济形态和生态环境正随着现代化进程而形成。逐渐打通乡村与城市壁垒，引进先进生产方式的主力也正是这批"逃离者"。"任何逃离都有时间的推移，而盯着时间推移，是小说最基本的结构方式之一。"①《孤独树》也不例外，它以时间变化为主要的结构方式，人物线索呈现纵横交错的态势。这部小说所记录的时间跨度近15年。在"夏的尾巴后面紧跟的是秋""一走就是三年多"这样的字眼里，四季的变换映射着主人公成长的轨迹，诉尽了等待的漫长与思念的无期，也道尽了"逃离"下生活的艰辛与流离。

叠加视角下的底层观照

《孤独树》并不是单一地使用儿童视角进行小说聚焦，而是以儿童视角为主呈现多重叠加视角，形成立体思维，展开多元投射。"非聚焦型视角有着观察故事的充分自由，因而它可以全方位地了解、支配故事中的人物和事件，但这种无所不能的视角由于囊括了故事的方方面面也可能使故事一览无余……他们往往通过变换视角使作品在若即若离的叙述中达到多样的统一。"②马金莲在《孤独树》中通过成人与成人、成人与儿童、儿童与树之间的不同变换提供多重视角的转移，集中讲述在乡土文明和现代文明的碰撞下，留守儿童的艰难现状。福楼拜在《致乔治·桑》的信中指出，叙事视角的转换是为了适应良好欣赏力而经常做的一种牺牲。正是因为多重视角相互叠加、组合灵巧，给读者形成一种浑然天成的美感，增强了其欣赏力。

叠加视角的运用，增强了故事的逻辑性和完整性，它能以"超视域"的视角范围为儿童的"有限视角"厘清因果，讲述儿童无法讲述的事件。小说的前五章，集中以成人视角审视着马向虎的高考失败和逃离乡村，为后文的"哲布"

---

① 赵海忠. 逃离：主题与结构 [N]. 文艺报，2019-04-01（006）.

② 胡亚敏. 叙事学 [M]. 华中师范大学出版社，2004.12.

视角解释了故事的前因和线索。视角的接力棒在此完成了正式交接，在小说后文中，儿童视角、成人视角交叉出现。成人视角主要以木匠爷爷和木匠奶奶的视角出发，宏观把握在城镇化冲击下的乡村变迁和农民的心灵震颤，也从成人的角度看待留守儿童的艰难困境。儿童视角的运用，一是更好地从儿童的心灵世界出发，将留守儿童的精神话语向读者展露无遗，和成人对他行为的不理解发生对冲和解释。在对哲布的描写上，作者运用了大量丰富细腻的心理描写，让孩童形象饱满鲜活，在保留童真的基础上又施以生活的压力，表面的倔强和内心的渴望通过绵密的心理描写跃然纸上。二是在作者多年的创作经验中，儿童视角运用十分得心应手，作者最深刻的乡村经验发生在自己的童年时期，因此在童趣化的描写和童真心理的构建中，处处展现出作者独特的创作风格。大量的童趣化描写，使儿童形象更加丰厚饱满。比如哲布站在麦场上探寻春的踪迹，在爷爷的鞋里放"癞瓜瓜"。这些童年生活的描写，基于作者的童年记忆和生活经验，她将真实的个人情感注入虚拟的人物当中，给人以虚构与非虚构边界模糊之感，使儿童形象更加真实、生动。因此，《孤独树》成为作者个人标识浓厚的又一标志性作品。

除了成人与儿童的视角，哲布与树之间的对话提供了第三重视角，这也正是小说的题目《孤独树》的意蕴所在。柳树的视角透视着主人公的内心世界，是主人公心灵世界的倾听者和"发声者"。柳树"哲布"是哲布用废弃柳枝栽种的，唯一存活下来的一株。它是作者童年生活的原型，具有丰富的隐喻性。"当年父亲在一个春节砍下大杨树的斜枝，削砍出一些小木棒，埋进土里，等待发芽，后来就变成了一棵棵小树苗，父亲栽树苗的时候我和姐姐就跟在身后看，我们的小手帮父亲扶过树苗。父亲说这个树是你的，这个是她的。我和姐姐为此争抢着占据属于自己的那一棵。当年我们在南山上割麦子，劳累歇息的间隙，遥遥地回头望山下，只要能看到那棵屹立的杨树，我们就心里很踏实，因为它的后面就是我们的家，它代表着一种归宿和收容，温暖和踏实。"在作者的记忆中，童年时期的小杨树代表着温暖与踏实。那么，在小说中，"柳"与"留"同音，这棵叫"哲布"的柳树或将代表着对亲人的期盼与思念，也是留守儿童坚定的守望。在那些孤独的日子里，哲布得不到父母的陪伴和疼爱，爷爷奶奶虽然倾尽他们所有的关怀，但是无法与哲布产生灵魂上的共鸣，而是把哲布对于"家"的需求单纯理解为孩童的调皮。在哲布的情感留白处，柳树"哲布"适时填补了这一空虚，虽然它无法言语，但是它倾听着哲布所有的孤独和渴望，陪伴着哲布跨过一道道坎儿。同时，作者借柳树"哲布"记录了主人公在情感失衡时的伤心和落寞，通过柳树的视角推进了叙事的发展，"讲述"着主人公内心的思念和期待，成为叠加视角中的别样"发声者"。

马向虎和梅梅的婚姻变故是通过哲布的梦境展现出来的。透过哲布的"梦境"，我们看到，爱情和婚姻在物欲横流的现代化社会中摇摇欲坠。在这部分的手法上，作者也别出心裁，通过"梦"达到"限知视角"下的"超视域"，作者想运用"时空叠加"的效果，又限于儿童的"限知视角"，选择了"梦"的介入，以此达到"超视域"的效果。这样的手法提升了视角的广度，也加深了认知的深度。

小说叙事视角不断转换，在若即若离中展现留守儿童和老人的生活以及心灵的颤动。小说正是通过不同视角的转换，以此达到对底层人物全方位的观照。作者面对底层的农民和留守儿童，始终不是一种远观或者玩味的俯视之感，而是以平等的姿态俯身于乡土大地，倾听底层人物的心声，揭示出他们的悲伤与痛苦，以"亲人"的立场、作家的身份观照底层人物的内心和需求。综观当代文坛，关于描写留守儿童的文学作品并不在少数，像牛车的《空巢》、陆梅的《当着落叶纷飞》、齐建水的《笨狗》，还有王安忆的《上种红菱下种藕》等。在这些作品中，作者集中描写留守儿童的"问题"和堕落的一面，他们或沉迷于网络游戏，或奔走于法律的边缘。而《孤独树》这部作品，作者为留守儿童赋予了颇多的温情与诗意，他们善良又自卑，孤独又坚强。无论在物质层面，还是精神层面，留守儿童都是新生的弱势群体。马金莲对留守儿童的意志和精神的描写，并不完全依靠情节的跌宕和偶然的变故，而是通过真诚的生命体验。哲布通过"鞋"和"笔"的对照、梦中对母亲的惦念，将生活的困窘以及情感的贫瘠进行了充分地表达，展示了人生的艰辛和生活的复杂。除了对留守儿童真实地描写，作者还积极探索留守儿童的出路问题。小说以哲布的父亲马向虎第二次高考落榜、外出打工为起点，以哲布寻母失败，考试无果为终点。开头与结尾遥相呼应，相似的命运起点，开放式的结局似乎在暗示着我们：哲布在父亲的"逃离"下饱受精神与物质的困窘，而他，也或将延续父亲的老路，成为下一个起点。在此之间，形成恶性循环，留守儿童将在恶性循环中徘徊往复、反复焦灼，成为时代下的牺牲者。

多重主体意识下的创作坚守

作家创作的主体意识，归根结底就是"为谁写作"的问题。综观马金莲的作品，她笔下的人物都是我们所说的"底层人物"。但是对于马金莲来说，她眼中的底层人物真的就是底层吗？她文章中所描写的那些在苦难生活中或喜或悲的人物，就是她生活记忆中真真实实的乡亲父老。"从某种意义上讲，文学创作就是作家生命记忆和经验的审美表达，这种记忆和经验必然是作家置身其中的生命活动的记忆，这是无法为外力所轻易'变形'或'擦除'的生命印记，具有很强的本土性和民族性。"[①] 马金莲作为一名少数民族作家，又来自具有"苦

---

① 赵学勇，李明. 审美生成与本土化特征 [J]. 天津社会学，2005（03）.

瘠甲天下"标签的西海固地区，她对生命和世界有着不一样的体验和理解，她的笔下写满了对同样生活在苦难中"亲人"的同情，这不仅是作家的人道主义精神，更多的是同样生存境遇下的人情与关怀。这份关怀其实就是作家创作的主体意识，对于马金莲来说，民族的、乡土的和个体的主体意识，共同建构并支撑她坚守在创作之路上。

第一层主体意识是民族群体主体意识。"对于一个少数民族作家个体来说，必定与自己的民族发生关联，在作品中留下民族的'胎记'。"[①] 作为一名少数民族作家，自马金莲创作之日起，民族群体主体意识便伴随而生。在她的作品中，少数民族对于生命的敬畏、对于死亡的坦然、对于洁净的追求、对于心灵纯真的向往，都和民族文化心理有关，也是区别于汉族作家创作的不同之处。她以少数民族作家身份和共建中华民族共同体意识介入到文学作品，使作品更加丰厚有力，既有多元民族文化的独特性，也有不同文化交融的包容感。

第二层主体意识便是地域群体主体意识，或者说乡土意识吧。乡土意识范围还是太广了，在全国当代的作家中，每个作家都有属于自己的文学地域。但是提起西海固地区，首先投射到读者脑海的是"苦瘠甲天下"，是被联合国评为最不适宜人类居住的地方。就在这样以苦难闻名的西海固地区，造就了一批卓有成果的西海固作家。马金莲作为西海固作家群体中的一员，她的文学创作饱含西海固地域文化的汁液，西海固苦难的、坚韧的地域文化对她的思维方式、行为习惯、价值观念以及心理建构都烙上了深深的印记，甚至可以说是终生的印记。当她开始拿起文学之笔进行创作的时候，关于地域文化的印记就会影响到她的取材范围、对于文学的观念、对于人物的态度和对于审美的认同。在马金莲的作品中，她的笔始终围绕着西海固的乡村，但是她的乡村不是一成不变

---

① 罗四鸰. 当代少数民族作家的身份建构与小说创作 [D]. 复旦大学，2011.

的，在时代的发展中，印象中的乡土随着时代变化而变换。以《孤独树》为例，在写到窝窝梁的时候，必然离不开描写城市，进而才写出城市化进程中孤独落寞的乡村，这是一种乡村与时代对话的方式。她对乡土创作的坚守其实也就是地域群体意识下的担当与责任。

第三层是女性主体意识。和其他西海固作家相比，马金莲的作品既诗意盈余，又暖意盎然，这离不开女性心思的细腻。在成为作家以前，马金莲也是徘徊在乡土大地上的碎媳妇和乡村教师，见惯了所谓男尊女卑的传统观念对女性精神世界和生存空间的压迫。所以在马金莲的作品中，她总是站在女性的角度，书写女性的生存和精神困境，唤醒女性的主体意识。张莉评价马金莲只是靠女人本能写下对生活和世界的认知，这种写作一如那西北大地上的茂盛的庄稼和疯长的植物一样，郁郁葱葱，生机勃勃，给当代文学现场带来了喜悦。她的女性本能其实就是一种女性的主体意识觉醒，在西海固的大地上，遍识到了女性没有受教育权、对婚姻没有自主权，一生活在未嫁从父、既嫁从夫的附属关系中，家庭、灶台就是全部的生活半径。《白衣秀士》将一个女性的隐忍刻画到极致，母亲是村里少有的贤淑之人，面对丈夫的不忠，她忍受着；丈夫把在外的私生子交给她，她善待着；私生子对她不好，她百般讨好着；丈夫偶尔回家，她像接待贵宾一样接待着。在这样的委曲求全下，母亲终于忍受不了偶然发出抱怨，却遭到了父亲的武力压制。此后，母亲将所有的委屈隐忍到死亡。马金莲站在女性的角度，同情着、悲悯着西北乡土世界的女性，她的创作揭露出传统观念上的痼疾，从精神层面提升女性的认知和自我意识。

最后一个层面就是个体主体意识。马金莲的创作深植于广袤的西部山村，扎根于底层农民的生活中，以知识分子的精神层面超越底层生活的苦难与悲戚，用文学之笔为乡村发声，为农民呼吁，为女性助力。她关注底层生活的真实诉求和人生期待，密切关注现代文明的进程，在城市与乡村、现代与传统的矛盾张力中，以作家的身份介入，依靠文学作品提升底层的精神层面。这是一种个体的文化自觉，是作家的人道主义精神和乡土关怀。作家的身份立场和马金莲独特的个性，让她的创作风格呈现出苦难的温情。在真实记录乡土生活的基础上，镌刻着自己对于乡村和人物的深情，使作品往往表达的是温暖、是人心向善的力量。这份深情是马金莲区别于其他作家的分界点和独特性，但也有一定的弊端。

以《孤独树》为例。《孤独树》以现实主义的关怀，挖掘、揭露、剖析、干预着在现代文明进程下，乡土文明节节败退的现状以及影响。虽然在小说中，作者努力想透过现实表层，以现实主义的创作把握乡土社会的深层脉搏，但是，作者频繁的温情化书写，弱化了思想的深刻性和尖锐性，在历史的深度和现实的丰富性上有些许薄弱。这源于她有着丰富的乡村生活经验和对乡村的深厚情感，这样宝贵的生活经历形成了她深刻的文化记忆。在小说的创作中，她将自我的乡土情感化为作品中的温情和关怀，因此，马金莲的作品就像苦难岁月中开出的一朵花，坚韧而不妖艳，温和更催人落泪。但是，作者的乡土情结使她留恋于苦难又悲悯的情绪中，无法有更深层次的探析。

结　语

《孤独树》整体叙事细腻温暖，辅之以舒缓的抒情节奏，将一个人的成长、两种文明的较量和三代人的孤独交织在一起，反映21世纪初近15年间的乡村变迁和留守儿童现状，建构了一个现代文明冲击下的传统西北乡土世界。小说通过对乡土社会底层的挖掘，以多重叠加视角展现了留守儿童内心的孤独和思念，体现了"失根"主题下青年人生活的艰辛与复杂，真实地描摹出他们坚强的个人意志和复杂的生命体验。温情化的书写又赋予了现实主义的思想性和诗意美。马金莲的创作历程，让我们看到了她对乡土的深情与关怀，这是一个作家永葆初心、矢志不移的坚韧，更是当代现实主义文学展现多元形态的不竭源泉。总之，马金莲在文学创作上的坚守，就像一把钥匙，打开了另一个乡土世界的大门，通过一个个平凡的小人物和一连串真实的生活场景，让读者感受到文化差异的魅力、生活的美好安宁和向上向善的喷薄之力。

作者简介

温乐：宁夏大学文学院2020级中国现当代文学专业硕士研究生，中国少数民族文学学会会员。作品发表于《作品与争鸣》等刊物。

以飞翔的姿态逃离世俗

——评《飞行家》

刘秀庆

近几年来，"新东北作家群"的创作进入大众视野。随着这个群体影响力的扩大，大众记忆中的东北形象也经历了一个解构与重建的过程。在快节奏的现代生活中，纯文学似乎正在走向没落，复杂的冷峻的故事难以吸引普通的读者。作为"新东北作家群"的一员，双雪涛在创作小说时运用天马行空的想象力，树立起独特的风格，因而他的作品受到众多读者的青睐。在双雪涛的小说集《飞行家》中，读者也能够寻觅到好的故事特质。在文字中抖落一些人间烟火气，加上缥缈的想象力，再加上埋藏其中的真挚情感，就打造出一架带领人们穿越时空的飞行器。

一

读者在阅读中外文学作品时，总能在书中见到底层人物的面孔。这些文学作品中的人物受时代浪潮的影响，个人遭际发生变化，他们的生活往往穷困潦倒，精神困顿萎靡。在中外文学史中，学者们对于这些特质相似的类型人物进行过略微不同的命名，或称其为"多余人"，或称其为"零余者"，抑或是"边缘人"。无论是"多余人""零余者"，还是"边缘人"，这些命名并不能够改变他们在文学作品中本质上的内在关联。他们都是宏大叙事中的小人物，是支撑社会发展的芸芸众生。他们是构成现实生活的细胞，却被世俗社会排挤在外，成为可有可无的影子。《飞行家》这部小说集塑造了"边缘人"的群像，讲述了这些人在变化的社会中的心理状态和试图摆脱世俗偏见的种种努力与奋斗历程。

在未曾抵达天空的时刻，人们对于天空的想象并未停止。人们以想象堆砌出远胜人间的天上宫阙，虚构出清丽脱俗的世外神仙。飞机诞生的百余年间，浪漫的幻想回落为真切的现实，人类借助现代机械飞上梦想的天空。但是在作家们的笔下，由地面到天空之间的距离是遥远而虚妄的，它往往寄托着一个人难以言喻的白日梦。《飞行家》的命名似乎俗套地引向了一个梦想破碎的故事，一个关于飞翔的故事。实际上，这并不是双雪涛的小说中第一次出现"飞翔"这样的意象。他的第一部小说《翅鬼》讲述了一个于黑暗中寻求反抗，以梦想之双翼赢得生机的故事。故事当中一个族群的囚徒们因无翅而遭奴役，这群囚徒由于偶然的地质灾害与原来的国家相隔，于是，他们创立与原来的国家等级观念相反的新的国家，将有翅膀的人充作劳役。可是这群有翅膀的翅鬼内心深处涌动着对于飞翔的渴望以及对于另一边世界的好奇，最终被压抑的翅鬼们奋力反抗，凭借生的本能，使得原本羸弱的双翼注满力量。在这个虚幻的世界中，巨大的真相掩藏于看似合理的生活当中，飞翔成为获取真相、重新明晰身份的有力武器。

而在《飞行家》这篇文章中，故事主角成为一个有着英雄梦的普通人，一个脱离生活的"边缘人"。飞行与制造飞行器是小说作品中经常出现的一个主题，读者无须思索就可以想起许多与此相关的故事。《生死疲劳》中的上官领弟将行动蜕化为鸟的姿态，最后以跳崖的方式实现飞翔的梦想。飞翔的一端系的是轻盈的自由，一端系的是沉重的生活。因此，飞翔最终通向的目的地终究是虚妄的，上官领弟以死的方式完成飞行之旅，实现生命之涅槃。就像传说中飞升月宫的嫦娥，以凡人之躯获得成仙之妙径，却被诗人揣测"碧海青天夜夜心"。既已负载过沉重的生活，飞翔便不再轻盈。飞行这个主题往往维系的就是不得志的群体，就像《飞行家》中"我"那个号称"做人要做拿破仑"的二姑父，与众人乘坐热气球飞往南方做生意，想要以飞行逃离世俗生活。在《飞行家》这部小说集中常常出现这些小人物，他们难以抵御现实生活的困境，于是以逃离来寻找生活的新的可能性。比如《光明堂》中"我"的母亲离开家庭，再未露面；"我"的父亲失业之后日子过得落魄得很，家中缺衣少食，没有过冬的煤炭，因而他离家寻找新工作；三姑将自己的女儿托付给"我"，独自踏上她曾与林牧师约定的南下的旅途。他们并非呼风唤雨的大人物，但是以自身的渺小抵御艰涩的生活，幻想以宏大的梦想超脱现实的生活。在一些超脱因果关系与现实逻辑的描写中，展现出小人物的坚韧与勇敢。

　　作者不但将关注的目光投射于"边缘人"在梦想与现实之间拉扯的生活困境，而且聚焦到小人物的精神状态。《跷跷板》中，刘一朵的父亲刘庆革在生命垂危之际，受到杀人事件的良心谴责，于是，他将故事讲述给"我"，希望"我"能将此事善后。《刺杀小说家》中，"我"的女儿小橘子八年前在火车站失踪，"我"因之与妻子离婚，丧失生活中的一切，唯一的期望就是去看北极熊。仔细想想，小说集中的大多数人都背负着生活前行，拥有着一颗砂石磨砺过的赤裸的心。当读者们看到那些伤痕累累的心，那些因为歉疚、悔恨、灾难而渐渐沉重起来的心，可能都会有所触动。双雪涛对于人物心理活动的刻画并非浅露直白的，他的小说大多以第一人称视角进行叙事，从而营造出一种在场的错觉，似乎作者与叙事主人公是合二为一的，但是他对于故事的讲述是以虚构与想象作为还原事实现场的手段，最终又回归现实主义。故事的结尾往往通向一种现实主义的开放式结局，这种开放式的结局展现出生活的无限可能性，同时，也展现出生活的不确定性与困境。当人们逃离现实生活，未来如何是不可知的，作者设定的开放式结局似乎显示了作者自身无法给出这群"出走者"的最终归宿，于是，将故事的末尾设定为悬而未决之谜。小说之外，作者辞去银行职员的工作，从事专职写作，不啻为另一种形式的飞行。然而，生活并不会一开始就给人们递交答案，谜底总会在前行的道路上缓慢揭开。对于小说中的人物而言如此，对于小说外的人物来说亦如此。

二

双雪涛的小说创作具有创新意识与不落俗套的小说形式，因而，能够带给读者独特的阅读体验。他的小说创作具有鲜明的个人特色，这也是他的小说创作一直受到赞誉的原因。《飞行家》这部小说集延续了他一贯的天马行空的想象力与独具特点的叙事风格，创造出一个现实与虚幻交织的世界。

双雪涛以其天马行空的想象力将真实与虚幻杂糅在一起，留给读者无限思索的空间。一个好故事，恰恰是没有讲尽的故事，能够留下余白交由读者去填充的故事。双雪涛的小说中有梦境，有病人呓语，有界限模糊的魔幻现实，这使得小说的故事在看似平铺直叙的节奏中突然令人眼花缭乱起来。梦境是一种营造虚幻的手段，是现实的影射，也是潜意识的一种反映。《间距》中"我"做了一个荒诞的梦，梦到"猛虎浑身是汗，眼睛淌水，虎皮大了一圈，很不合身"①，这个荒诞的梦是我难以融入现实生活的焦虑在梦境中的投射。《光明堂》

---

① 双雪涛. 飞行家 [M]. 桂林：广西师范大学出版社，2017：100.

中，"我"在梦中见到十几岁的父亲与廖澄湖，听见他们讲述自己的梦想，然而，梦境在凄风苦雨中结束。这场梦境将年少的"我"与年少的父辈汇聚于同样的时空当中，成为父亲与廖澄湖的梦想破灭的一个注脚。与梦境相似，病人呓语以不可确证性增加了小说的虚幻色彩。《跷跷板》以语言铺垫令读者相信刘庆革所说的许多话只是病人呓语，不可当真。前文提到医生说刘庆革可能因为肿瘤的原因出现健忘与幻觉的症状，刘一朵的父亲向"我"陈述的故事也存在着显而易见的错误。当"我"潜入曾经的工厂，看见守门人"干瞪"的时候，读者已在此时彻底相信刘庆革讲述故事的不可靠，因为他口中被凶杀的对象活生生地出现在世界上。然而让人迷惑的是，"我"果然在跷跷板下面发现了刘庆革故事中的一具骸骨，这个凶杀事件的被害人与事件的真相已无从考证，故事也是在确定的叙事过程中走向了不确定。此外，湖底的审判，杀死小说中的角色，乘坐热气球飞往南方，种种情节的设定都为现实主义的描写染上一些魔幻的色彩，让人在平顺的阅读的河流中感受到事先存在的暗礁。

双雪涛的想象力还表现在他奇特的意象上面，他小说中的意象常常兼具象征与隐喻的色彩，这种象征与隐喻的指向并不明确，因而能够给人提供多元解读的可能性。在《刺杀小说家》的前两行文字中，"我"被摘下眼前的黑布之后，看到紧闭着的两扇门像是"结婚照上的夫妻一样靠在一起"[①]。将无生命的实物比喻为亲昵的伴侣，显示出"我"独特的思索与清晰的洞察力。而《刺杀小说家》中则以丰富的意象联结为意象群，读者在阅读的过程中能够结合自己的生命体验领会意象群所隐藏的内涵。这篇小说以元小说叙事的方式打通小说与现实的界限，现实中的人畅通无阻地进入到小说世界中，干预着小说世界的故事进展。而且小说中的人物与现实的人物存在着一种隐含的对应关系，比如小说

---

① 双雪涛. 飞行家 [M]. 桂林；广西师范大学出版社，2017：219.

中掌控权力、分裂土地的赤发鬼与现实生活中的老伯命运相连。小说中的赤发鬼住在庙中，状若佛像，隐喻着他受到信徒的追捧与至高无上的地位，在小说结尾的争斗中，血雾掀翻赤发鬼，雾里的喊声迫近，象征着被残害的冤魂的呐喊。最终赤发鬼倒地身亡，身上壅塞之处流淌出去，那是"石块、污水、臭气"与一颗正常的头颅，被污秽与权势武装下膨胀的个体终于在死亡倒地之后才揭开神秘的面具，恢复正常的面孔。在小说集中还有一个经常出现的意象——水。水象征着对于罪恶的洗涤以及"将无法解决的现实矛盾想象性地解决"[①]。在《光明堂》中，"我"与姑鸟、柳丁三人掉入影子湖，在湖底接受"眼镜"的审判，所有的罪恶在湖水中得到宽恕与解脱；《宽吻》中海豚是被囚禁被压迫，也是至真至纯的生灵，在小说的结尾，"我"在池水中抱紧海豚海子，这象征着"我"渴望在池水中荡涤"我"的痛苦与罪恶，与纯净的生灵靠近。"凶杀"是小说集中反复出现的情节，各个故事所刻画的"凶杀"类型也各不相同。《跷跷板》中是他人讲述给"我"的杀人事件；《光明堂》中"我"目睹杀人事件与杀人者；《刺杀小说家》中"我"作为杀手接近小说家，却被小说家的故事吸引而提供给小说家一些创作的灵感，最终，"我"进入小说世界中，帮助久藏杀死"赤发鬼"。小说之间的这种不同的凶杀类型构成不同文本之间的互动关系，形成关于死亡与蓄意谋杀的网络。作者在小说集中平静地讲述这些故事，并未做出道德层面上的审判。然而水的意象的出现，则将犯罪的灵魂赋予一个象征性的归所。在包容一切的水的世界中，人们可以荡涤心灵，获得灵魂上的平静。

双雪涛的这部小说集在叙述结构与叙事人称方面也具有自身的特色。《飞行家》这部小说集中，故事的展开基本上是以时间顺序推进的线性叙事为主，在叙事人称上以第一人称为主，但是也有所变化。有时候，作者使用多线并进

---

① 黄平．"新东北作家群"论纲 [J]. 吉林大学社会科学学报，2020（01）：181.

的叙述结构以及多元的叙事人称。《光明堂》以第一人称与第三人称交替使用，故事双线并进，分别讲述了"我"周围发生的事情与柳丁周围发生的事情，在某个时间节点上"我"与柳丁相遇，故事由这个交集开始变为单线叙事。《白鸟》则是以文本的拼贴构成故事的主要结构，这篇小说由七个故事的片段组成，在小说中出现了"我"的邻居 Z、"我"的高中语文老师 W、"我"曾经的约会对象 M、"我"的作家前辈 S、"我"的读者 O、"我"的作家朋友 H 和"我"创作的小说人物 V。这七个故事片段看似毫无联系，实则充满想象与虚构的言说，暗含着作者对现实生活的隐喻与和对作家身份的认同与理解。文本的拼贴将碎片化的叙事纳入一个完整故事当中，而文本之间的互文关系形成一种话语的反复与相互补充。

三

《飞行家》依然是建立在东北这一地理空间之上的，或许作家在创作之初总是离不开自己的安身立命之所，而且地域带来的血脉联系就像地理坐标一般确定作家创作的一个方位。东北这个地域也存在着被误读与边缘化的历程，提到东北，人们难免会产生对于东北的刻板印象，例如影视剧中的东北形象、豪爽幽默的东北人、寒冷漫长的冬季抑或是其他。但是，人们对于东北的印象是建构在想象中的东北，而非真实的东北之上的。双雪涛笔下的东北已不再是东北作家群笔下带有乡土气息的东北，也不是迟子建笔下充满着原始野性的自然美的东北，而是后工业时代的建立在废墟之上的东北。这是有着工业废墟、下岗工人记忆、具有现代生活痕迹的东北，也是重新建构大众想象的文学世界中的东北。在《飞行家》这部小说集中照例出现了他的小说创作中经常出现的东北老工业破败的"艳粉街"，在小说中频繁出现的"艳粉街"成为可以按图索骥的地图，读者在阅读的过程中，逐渐熟悉这片地域与各家各户在平行时空中发生的故事。东北老工业区原先的生产作用逐渐减弱，但是其中蕴含的文化与历史凝聚着人们的回忆，寄托着人们的地方认同。

他的小说并非全部是以东北作为故事发生的地域空间的，有些小说的展开并没有明显的地域背景或者地域隐没在故事的背后，失去明显的地域特色。比如《北方化为乌有》《白鸟》《宽吻》等小说就没有明确的地域背景，读者只是在其中阅读到现代都市的某个角落。对于一个作家来说，走向更加广阔的世界是一种冒险的尝试，因为书写一个特定的地方更容易为作品打上鲜明的烙印与特色。但是双雪涛显然并不想局限于此地，而是以更加宽广的空间作为故事发展的场域。写作的成功让双雪涛离开东北，去了北京。如同笔下的小说人物一样，他以出走追寻生命的无限可能。其实他所追求的并不只是地理位置的改变，他的小说中的地域空间的书写同样发生着改变。《间距》中的"我"是一个在北京生活的影视编创者。《白鸟》与《终点》几乎没有任何关于地域的指向，故事就在一个宏大又空白的空间中展开了，这个空间可能容纳着东北的破败的工业区，也可能容纳着现代都市的某个无名之所。作家由东北地区的地域经验走向了北方地区的现代都市经验。双雪涛认为自己"并不只是为东北人而写作"①，因而他感到自己的分裂，就像是一个叛离东北的叛徒。但东北依然是他的创作之根，与他存在着血脉联系。《北方化为乌有》中的作家刘泳，生活在北京的公寓中创作长篇小说，但是他的小说刚写了个开头，便无从下笔，而且一时不知如何继续写下去，于是，他打算"等天暖和了，我回一趟东北，摸一摸素材"②。这时候，他正好读到一篇与他的新小说情节重合的来稿，这让他关于东北的遥远记忆重新复苏，于是，他邀请来稿的作者米粒来到公寓，将所

---

① 许智博、双雪涛. 作家的"一"就是一把枯燥的椅子，还是硬的，南都周刊 [J]，2017.
② 双雪涛. 飞行家 [M]. 桂林：广西师范大学出版社，2017：183.

有的灵感拼贴到一起，共同完成接下来的故事。故事完成之后，回到故乡的想法自然也就打消了，因为故乡的过往只存在于回忆当中，那是一个回不去的地方。原来的工厂已成为废墟。"北方没有了，你明白吧，北方瓦解了。"① 但是瓦解了的北方依然完好如初地存在于故事当中。对于东北地区的书写是建立在回忆基础之上的，而对于其他地区的书写是建立在经验与想象的基础之上的。无论是将故事的背景设定于东北，还是设定于其他地区，都不只是忠诚与背叛的简单划分，关于东北的童年回忆与生活经验早已融于笔墨当中。就像许多评论家将双雪涛冷冽的文风归因于东北漫长苦寒的冬季一样，对于何种地域的书写都将带着源自经验与回忆的独特印迹。因而，在小说中，对于其他的地域空间的书写并不是对于东北的背叛，而是由东北往外拓展的尝试。

总而言之，双雪涛的《飞行家》显示了作家独特的叙事特点，丰富的想象力与鲜活的创作生命力。东北作为作家创作的精神家园，凝聚着他的生活经验与过往回忆，由地域产生的血脉联系就像地理坐标一般确定了他在创作中的方位。正是在关于东北的追忆与重构中，他回避宏大叙事，聚焦小人物，塑造出"边缘人"群像，其笔下的东北充满底层人民的琐碎生活与奋斗历程。他对于东北的书写并不满足于完全的写实，而是选择以虚构的记录取代确凿的史实。他以东北向外拓展，搭建起故事发展的时空背景，以充满想象力与创新精神的创作构建了一个现实与虚幻交织的世界。因而，双雪涛的小说创作以独特的小说创作展现出作者对于东北地区这一精神家园的记忆与眷恋，引起人们深刻的情感共鸣。

作者简介

刘秀庆：宁夏大学文学院2021级文艺学研究生。

---

① 双雪涛. 飞行家 [M]. 桂林；广西师范大学出版社，2017：195.

庸常人生中的精神危机（节选）

——论《西西弗的石头》中的日常生活书写

韩冰冰

　　张学东的长篇小说《西西弗的石头》是一部关于抑郁症患者生活和情感的慰藉之书。小说以当代城市生活为叙述背景，用现实主义的手法讲述了顾责、顾乐、顾产三兄妹的不同经历，以大哥顾责的遭遇为主线，描绘了城市庸常人生中的精神危机。小说通过对日常生活的直观性书写和艺术性呈现，展现了张学东作为亲历者对社会发展中人们精神问题的关注和对现代性的忧思。

一、日常生活的直观书写

　　1. 日常空间：城市与乡村的双重拷问

　　《西西弗的石头》这篇小说的日常生活空间是由城市和乡村构成的，在描写城市空间时，小说更侧重于展现城市发展与独立个体之间的不平衡，这种"不平衡"主要表现在城市对个体的压抑和个体对城市的疏离。在当代消费主义社会，人们开始无限度地追求物质上的消费和肉体上的享乐，对精神目标的追求正在快速消失。主人公顾责就是在这样的社会环境中被摧残、被毁灭的。

小说通过对顾责这一类城市人的生活状态的描写，说明了在消费主义时代，处在城市浪潮中的人们尽管物质充盈，但精神极度贫瘠，黯然的眼神中充满了焦虑和疲倦。

小说除了描写以顾责为代表的城市人的日常生活状态外，还展现了以顾产为代表的乡村人的日常生活状态。乡村承载着张学东对传统思想文化和社会秩序的怀念，他在小说中不仅展现了乡村世界里人与自然的和谐共生，还揭露了在现代化进程中代表传统的乡土文化正在"消失"的现象，体现了张学东对现代性的焦虑与反思。

2. 日常交往：人与人的复杂缠拥

随着城市现代化的进一步发展，越来越多的人住进了高楼，居住模式的改变，使得中国传统社会中那种紧密的邻里关系一天天消失。小说中的顾责和老方就是典型例证。他们是住在对门的邻居，但是顾责对老方的一知半解也只是听小区保安偶尔谈起的。现代城市生活中，古老的邻里关系逐渐疏远，远亲不如近邻已经成为缥缈的传说。

相较于日渐消失的邻里交往而言，顾责、顾乐、顾产三兄妹间的日常交往则更为频繁，这也是他们深厚感情的体现。人与人之间频繁的日常交往不仅可以抚慰孤寂抑郁的心灵，也能让人重拾对血缘亲情的珍视。

二、日常生活的艺术呈现

1. 多重叙述视角的联合运用

《西西弗的石头》这篇小说分为四部分，每一部分都借助不同人物的视角去观察日常生活的不同侧面，用以表现日常生活的不同角度。比如对顾责这一人物形象的塑造上，在以顾责为第一人称叙述的部分，我们可以看出顾责是一个享受当下、知足安稳的人；在以顾乐为第一人称叙述的部分，顾责变成了脾气暴躁、情绪不稳定的抑郁症病人。小说通过不同人物的视角，来展现日常生活中人物心理活动的不同面貌，形成小说内容之间的联动性。

2. 线性时间叙事的恰切选择

《西西弗的石头》运用现实主义手法叙事，对于日常生活的描写多为客观展现。小说四个部分的叙述者虽然不同，但张学东在小说中大多采取这种符合日常生活特点的线性叙事来呈现他笔下人物的生活。

3. 日常生活语言的精准采撷

最能体现小说日常生活语言特色的，当属方言和俗语。在《西西弗的石头》中，方言和俗语的发出者是一直生活在农村的顾产夫妇。张学东用方言俗语的方式让小说中的人物更准确地传达着自己的情感，这也体现了张学东本人对于乡土文化深深的眷恋和自信。

三、日常生活中的精神危机

《西西弗的石头》中，精神危机的表现方式除了发生在顾责身上的抑郁症和邻里关系消失之外，还有顾乐的适者生存、顾产的烦恼焦虑、老方家人的争夺遗产等。由于社会经济的迅猛发展，市场自身的弱点加之人们对物质消费的无限制追求，长此以往就诱发了消费主义、拜金主义和极端利己主义，特别是在当前社会转型的深入期，一些不良思想对人们传统的道德价值观念产生了较大的冲击，进而导致道德天平的失衡。

结　语

　　《西西弗的石头》继承了"五四"以来的"为人生"的文学精神，书写着普通人的日常生活，直面由于社会快速发展而带来的精神危机，张学东用文学的方式来批判社会文明病，隐含了作者对现代人精神状态的忧虑和对城市化后果的深刻思考。

作者简介

　　韩冰冰：宁夏大学文学院2020级中国现当代文学专业硕士研究生，主要研究方向为中国当代文学，宁夏作家协会会员。

浸染血的白色雪地（节选）

冯　淼

开幕舞台全黑，渐明。

景——村落道路的交叉口。初冬，午后两点左右，在七村田庄处。

道路东面是村落家家户户的田地，一直蔓延到太阳初升的地方，西面是各家各户刷得雪白的外墙，政府执行国家政策，路也是新修的水泥路，不像从前那一过车、人就立马尘土飞扬的老路，也不会一遇雨天就出也出不去，生怕脚陷进泥里拔不出来。冬天，老人们闲在家中，中午吃完儿媳或者业已成人的自家孙女做的饭，便三三两两来到路口扯闲、下象棋、晒太阳，准备午休，年轻人还得去工厂做活。

离这里不远的地方有一棵参天大树，冬日里，树叶似乎已经掉光了，小孩常在那树附近玩，树长在道路正当中，虽在农忙时节挡住不少拉粪拉肥料的车辆，但村里人还是留着它，只当这树是庄稼人的命根，老人常说：一年，只有树发了芽来，庄稼收成才好，若砍了这树，农忙人便没了盼头。这树两旁是两道水渠，用来引入那黄河水浇灌。只是今日午后倒出了奇，好几户人家的小孩连带老人都不曾出来，整个村落都极少能见着人。

村落里虽姓氏多样，但马姓居多，回民居多，相同姓氏的则多少沾点亲带点故。马启祥像往常一样吃了饭，坐在村口田前剔牙，没了媳妇的他日子不好过。到了吃饭的时候，父亲母亲便要小吵一阵，一个抱怨要他再找前妻说和，另一个则骂他没本事，让他实在不行就再找个二婚的，哪怕是寡妇呢。马启祥虽烦闷，心中却明确要找个合适的机会再到丈人家求和复婚，实在不行让老婆把户口本偷出来也好，正谋算着，突然被不远处一家几口的熙熙攘攘声扰得回了神。

（张招娣抱着孙儿，牵着孙女，和身旁的年龄相当的同样拖家带口的刘晓凤笑着说话）

张招娣：（笑着嚷）可真够快的。

刘晓凤：（同样笑）谁说不是呢，这次排面可省了好些，来了个电话，可突然嘞！

张招娣：可不是嘛，二婚，真不嫌丢人。

刘晓凤：能收礼，有啥丢人，谁家还不是那臭样子。再说哩，人家那可是干部，他喂日鬼弟弟的工作可解决哩。

（刘晓凤刚说完，便瞥到坐在不远处正望向她们的马启祥）

张招娣：也就是的，那马启祥也不……（被刘打断）

刘晓凤：（拉了拉张）快别说咧！他又在那点坐着呢。

（马启祥依稀听到自己名字，正要侧耳细听二人交谈，却看两人见了他突然住了嘴）

马启祥：（眼见两人拖家带口走到跟前，忙站起身）张婶、刘婶，你俩拖家带口地到哪耍去了？

（两人稍踌躇间，刘家的小孙女蹦跶出来）

马启祥：（没太在意）荣荣在屋里呢，你去找去。

刘孙女：（正准备跳着去找玩伴，却瞥见奶奶脸色不大对，便止住步子）奶奶，你怎么了？我去找荣荣可以吗？

刘晓凤：（面带怒色）先回家！

马启祥：（看见刘、张二人脸色微变，心下奇怪）让娃找嘛，吓着娃咋呢？

张招娣：（担心刚刚自己的话被马听到要询问，心虚不已，忙要走）娃睡着嘞，我先回哩！

刘晓凤：（听到这话，似乎等到机会，一把拉过孙女，推搡了一下）我也得回，一起走，一起走，（瞪着孙女）赶快回家写作业走！（又看向马启祥）出去一天嘞，作业还没写，她妈回来又得说我惯娃了。

马启祥：（心中感慨，不久前，玉玲也曾嘱咐丈母娘不能太惯着誊誊，禁不住竟抹起了眼泪，刘、张二人却趁此逃也似的躲开了，见状忙擦干泪，嘀咕）平日里见哩，话可不少，今个儿也不知道吃错啥药嘞！

（马启祥疑惑间，身后路上只听人叫他）

马宣阳：启祥！启祥！你大（爸的意思）在屋里不在？

马启祥：（回头，见来人十分惊讶）哟！你啥时候从里头出来的，在呢，在呢，你找我大干啥？

马宣阳：（擦了擦头上的汗）就知道你家里人都在，来得准没错。

马启祥：（疑惑）咋说？今儿路上人明显少，可是都有啥事嘞？

马宣阳：（盯着马启祥看，似笑非笑）你还不知道？（强做正色状）也难怪，我也是今儿个跑生意才知道的。

马启祥：（着急）到底啥事吗？！还有你蹲了几年哩？咋突然出现？你小子快说，就会吊人胃口。

马宣阳：（笑嘻嘻）吃席去了呗！你还不知道庄上那些人，都爱凑热闹、看笑话，出礼出一两百，恨不能一家十几口子都去，省下好几张嘴的饭钱哩！

马启祥：（恍然大悟）那有啥嘛，我还以为啥事，你咋没去？

马宣阳：（笑看马启祥，戏谑地）那还不全怪你嘛。

马启祥：（疑惑）怪我干啥？（心下不由得有些慌乱，但说不上来由）

马宣阳：（慢条斯理）当然怪你，（停顿）因为姓马的都吃不上那婚席！

马启祥：（腿软，跌坐在石头上）可是玉玲……

作者简介

　　冯淼：宁夏大学文学院2019级汉语言文学专业教师教育（4）班学生。

入围奖

当代知识分子的守望与自我救赎（节选）

——评析《沧浪之水》

尹博文　唐英乔

一些评论家认为,《沧浪之水》是一部不折不扣的"官场小说",他们主要关注的其实是从池大为被现实所步步紧逼,最后走上追求之路的小说的后半段,即在金钱和权力面前,展现出一个刚刚进入官场的年轻人"一边深刻地质疑、批判自己,一边又对权力趋之若鹜,最终以'不能示人'的手段谋得高位,在人生和事业获得成功的同时,却又饱受心灵的折磨"①;而另一些评论家则认为,这部小说实质上是一部"知识分子小说",这些评论家主要将目光放在这部小说的前半段,去发掘池大为身上的那种属于知识分子的特性,至于这种特性在小说情节的推进中发生了与以市场经济大背景下的社会生活产生种种斗争和矛盾,则被看做是"知识者精神的守望与自救"②,认为它

---

① 沈建阳.组织部又来了个年轻人——重读《沧浪之水》[J].湖南工业大学学报（社会科学版）,2019,24（04）:49~54.

② 林栋.流俗里的挣扎与自拔——再读阎真《沧浪之水》《活着之上》[J].宁夏大学学报（人文社会科学版）,2020,42（01）:94~98.

写出了"当代知识分子的精神困境"。① 据阎真说，《沧浪之水》想要探究的是历史转型时期，市场经济条件下知识分子的精神境况——年轻的学生池大为在研究生毕业以后进入省卫生厅工作，从一名清高、热血的青年学生逐渐转变成一名老谋深算的现代官僚。② 由此我们可以看出，阎真创作的真实意图，是想展示以池大为为典型的知识分子，在现代生活中所遇到的精神困境与守望，并且借此来批判被市场经济和由它产生的相对主义，以及功利主义所异化的社会现状。在这种社会条件下，欲望就像奔腾不息的激流，冲刷着每个知识分子的坚强意志，"软化了知识分子在几十年的苦难折磨中练就的坚硬的心灵。"③ "也许未来的思想史学者会对我们这个时代中国知识分子的精神境况予以特殊的关注。从20世纪80年代中期开始的历史转型至今仍在延续，历史转型给中国知识分子带来的精神裂变，则在90年代中期就基本定型……这就是我写作《沧浪之水》的基本想法。"④ 可见，阎真本人从根本上来讲，是并不认同评论家将《沧浪之水》定义为一部"官场小说"的说法。作为身处在这一时代的知识分子中的一员，他能够敏锐地感知到，传统精神在当前现实的冲击下注定无法避免崩塌的现实，对于固守其中的知识分子来说，这是一场空前的浩劫与考验，是"对知识分子坚守精神家园韧性和硬度的一次残酷挑

---

① 林栋 . 流俗里的挣扎与自拔——再读阎真《沧浪之水》《活着之上》[J]. 宁夏大学学报（人文社会科学版），2020，42（01）：94~98.

② 沈建阳 . 组织部又来了个年轻人——重读《沧浪之水》[J]. 湖南工业大学学报（社会科学版），2019，24（04）：49~54.

③ 谭桂林 . 知识者精神的守望与自救——评阎真的《曾在天涯》与《沧浪之水》[J]. 文学评论，2003（02）：62~67.

④ 沈建阳 . 组织部又来了个年轻人——重读《沧浪之水》[J]. 湖南工业大学学报（社会科学版），2019，24（04）：49~54.

战。"① 同时，阎真也清晰地认识到，在这次挑战中，知识分子几乎没有存在胜算的可能性，"信仰问题是我非常苦恼的问题。作为一个中国知识分子，总有一种形而上追索的本能，但这种追索往往没有结果。"② 这种论断其实早在小说开篇的第一页就已经有所体现，他引用屈原的《渔夫》："沧浪之水清兮，可以濯吾缨；沧浪之水浊兮，可以濯吾足。"可见，世道无论是清，还是浊，知识分子都无法去改变，唯一能够改变的，就是他们面对当今的世道做出自己的人生发展道路的选择。时代的洪流不会因为任何一个人的抗拒而改变其行进的轨道。人生最好的选择，就是把自己交给生活。单纯从字面上来理解这句话的意味其实很容易，但想要真正地付诸实践，就像做一个好人一样，其实是一场极为困难的挑战。在当下生活中，如何更好地生存下来是每个人都首要且必须面对的问题，只有这个前提得以满足时才能论及其他。一个人只有一辈子，拿到手就是真的，要站在自己的立场看世界，不要站在世界的立场看自己。③ 所以我们这个时代，"活着"哲学能够如此流行。看似这种思维方法是十分世俗的，但是它也是十分现实的；看似对知识分子并不适用，实则知识分子时时刻刻都受其束缚，"士志于道，而耻恶衣恶食者，未足与议也。"（《论语·里仁》）这句被世代文人所身体力行的至理名言，然而在今天这个时代中，它已经越来越缺乏能够维系知识分子继续坚守下去的可能性。这种可能性的消解早在鲁迅的《孤独者》中就已经出现：魏连殳具有民主革命的思想，在他的经济条件足以维持生存时，他对黑暗的现实予以强烈地抨击，由于他

---

① 殷宝为，许洪畅.从池大为看《沧浪之水》的知识分子叙事[J].文学教育（上），2017（07）：78~79.DOI：10.16692/j.cnki.wxjys.2017.07.039.

② 林栋.流俗里的挣扎与自拔——再读阎真《沧浪之水》《活着之上》[J].宁夏大学学报（人文社会科学版），2020，42（01）：94~98.

③ 谭桂林.知识者精神的守望与自救——评阎真的《曾在天涯》与《沧浪之水》[J].文学评论，2003（02）：62~67.

发表了过多没有顾忌的议论，被旧势力视为异类，导致他被诬陷，最终被辞退。当他丧失了赖以生存的源泉时，他不得不选择低下自己高贵的头颅，因为他需要活着，这是必须要面对的问题。同样，我们将这种境况应用在池大为的身上，假使他失去了养活家庭的基本手段，在家庭的牵绊中守护自己的文化根性，显而易见，这种设想所能实现的可能性是微乎其微的。适应生活，融入生活，才能在当下的社会里更好地生存。这或许就是这部小说的意蕴之所在，对于身处在社会中的每个人，都有很好的启迪作用。

作者简介

尹博文：宁夏大学文学院2020级汉语言文学（教师教育）专业学生。

唐英乔：宁夏大学民族与历史学院2020级历史学（教师教育）专业学生。

"她"的围城（节选）

——评电视剧《亲爱的小孩》

张展瑜

  《亲爱的小孩》是今年4月的热播剧，该剧围绕"救助患白血病的女儿"一事展开讲述。该剧播出前三集后，在微博、豆瓣等社交媒体平台掀起了探讨与争议的热潮，各路网友就"恐婚""女性生育焦虑""带娃""现实人性"等当下社会热点议题展开了进一步的思索与追问。

  长久以来，女性生育问题都是贯穿着整个人类社会建设与发展进程中的一个重要社会伦理问题。在中国，古有"生儿育女""传宗接代""相夫教子"等对女性带有明显规训性质的家庭与生育观念，这些荒诞不经的社会俗约一再强调社会女性群体在婚姻生活与生育行为中的被动性与依附性。随着时代的进步，加之社会观念的演变，近些年来，有越来越多的女性选择挣脱"婚姻捆绑"与"子宫劫持"所灌注的强硬枷锁。然而尽管趋势向好，在当下社会，大多数女性正经历或不久将面临"生育"这一大伦理困境。

  在电视剧《亲爱的小孩》中，生育困境作为一个重要社会选题，被真实而赤裸地聚焦到了"方一诺"这位女性的身上。剧集开头的画面里，是一位面容精致的都市女性对着浴室里的镜子卸妆，女人脱掉外套，露出上半部贴身的纯白内衣，此时随着女人一步步站离镜面，镜头也循之缓缓下移，画面中呈现出的是女人胯骨之间高高隆起的腹部——女人即将生产。在这场没有一句台词的情景中，凭借着镜头转换，将昏黄灯光下一张遍布黄褐斑的女人的脸、一块爬满妊娠纹的女人的肚皮以及最后那滴无声的女人的眼泪巧妙传神地将一种缄默而坠重的女性孕育生命的情态展现给屏幕前的观众。要说明的是，生育对一位女性来说，不仅象征着生命的孕育及角色由"妻子"到"母亲"的轮回转换，生育对女性来说，更是一种无形的坠重，这种坠重自婴儿萌生并在母亲肚子里一点点发芽长大的时候起，就给冠以母亲身份的女性脖颈上永久地束上了一套甜蜜又痛苦的重枷。

怀孕时身材容貌的走形，生产时的疼痛与慌乱，生产后的虚脱与焦虑等负面影响给女性造成了肉体及精神双重意义上难以言说的苦痛。在《亲爱的小孩》中，怀孕后面容蜡黄、腰酸腿肿的生理变化以及忌吃忌喝、情绪不稳甚至丈夫态度冷淡的状况使得方一诺压抑不已，即将生产时，丈夫不在身边守候转而回家喝酒看球；生产后虚弱地躺在病床上，周围所有人的注意力却都集中在刚出生的孩子身上，剧中有一处细节耐人寻味，被人们忽略在病床的方一诺几次抬手去够桌上的水杯，但无人理会，最后是赶回病房的母亲给她喂了水。

在生育行为中，生产只是其中的一个环节，孩子的出生通常意味着一个家庭内外结构的重组、资源与情感的倾斜。而现实是，本应由家庭成员共同承担的育娃的责任，最后往往只演变成了担任"母亲"角色——女性一个人肩上的重担，其中，"父亲"角色的缺席是一大重要原因。《亲爱的小孩》中，方一诺作为家庭中的母亲，几乎独自扛下了养娃的所有"苦差"，在孩子半夜哭闹时，她马上从睡梦中惊醒起身照看孩子，而同样身为父亲的肖路却只纹丝不动地翻了个身，继续呼呼大睡。在孩子生病时，做母亲的每天都提心吊胆，情绪焦虑，而父亲的态度却云淡风轻不够重视，在方一诺需要他的时候，肖路却三番五次地"不在场"。由于丈夫长时间游离在家庭范围之外，养娃与照顾家庭的重担像巨石一样压在女性的脊背上，生育的困境如同一张吞噬的蛛网，女性始终都面临被束缚到无法脱身的命运，随时会出现焦虑、敏感、压抑的情绪症状。

在当代一众国产现实题材的剧目中，婚姻家庭几乎是无可避免的一个社会流行话题，剧中呈现的鸡零狗碎吵吵闹闹的婚姻家庭生活情状既是对现实的写照，也是对婚姻家庭及两性关系的发展可能性的探讨。然而现实一如剧情描述的那般，对于那些既要承载育孩重任，又要兼顾维持家庭稳固的女性来说，满是裂痕的婚姻与由婚姻关系构建成的三角家庭结构就像一座难逃的围城。

在《亲爱的小孩》中，方一诺与肖路这对夫妻同样深陷围城困境。剧中，夫妻二人婚姻的巨变要从孩子的降临那一刻算起，当身为母亲的方一诺将自身所有情感都倾注到孩子身上后，对于丈夫的关注便无可奈何地降低了，以此为转折，二人的感情浓度随之变淡，受到"冷落"的丈夫开始心猿意马，向家庭之外寻求感情的温存，而在洞察丈夫的出轨真相后，方一诺便果断与其划清界限，而这份看似潇洒的决断背后，是女性所承受的不能被忽视的隐秘的创伤。得知丈夫对自己不忠后的方一诺精神压力几乎被拉扯到了极限，她一面要照顾哭闹不止的孩子，一面又深受残忍婚姻事实的酷刑折磨，忍受浸满油烟的生活对她肉体与精神的双重浸染。在面临婚姻家庭产生的一系列问题时，女性要承受的压力与伤害是他人无法想象的程度，因为围城中的她们许多早已不再是单纯作为独立个体的女性身份，而是肩载着更加沉重的来自社会大环境与传统道德施与她们的重责。

作为一部现实主义题材的电视剧，《亲爱的小孩》探讨的依然是女性生育、婚姻家庭以及伦理纠葛等国产剧中屡见不鲜的主题情节，不浮于婚姻纠葛与家庭乱斗的表面，它凭借着胆大颠覆的选题，强烈真实的现实性剧情与深邃广远的审美内涵在当下影视领域如一匹强健的黑马腾跃而出。虽然其中难脱俗套陈旧的剧情走向，但《亲爱的小孩》在一定程度上指出：当今社会许多女性依然被困于由婚姻、家庭、生育甚至伦理搭建而成的围城内。这为呼吁社会正视女性面临的困境，理解女性的情感，关注女性的需求做出了有益的尝试。

作者简介

张展瑜：北方民族大学文传学院2022级中国少数民族语言文学专业研究生，宁夏作协会员。小说《在病房》发表于《宁夏文艺家》，小说《粉红旗袍》获美丽世界国际学生公益媒体艺术展剧本小说板块二等奖。